GNADENLOS

EDEN SUMMERS

KAPITEL EINS

*P*amela glitt mit ihren nackten Oberschenkeln auf den Barhocker und täuschte vor entspannt zu sein, obwohl das Gegenteil der Fall war.

Seufzen und Stöhnen drang an ihre Ohren, zusammen mit dem rhythmischen Klatschen von nackten, schwitzigen Körpern, die aufeinandertrafen. Früher einmal hatte sie eine solche Atmosphäre genossen. Die lüsterne Umgebung hatte sie belebt und entflammt.

Dann hatte der Reiz nachgelassen und die Verzweiflung eingesetzt.

Einmal im Monat ins *Vault of Sin* zu flüchten war zwei Jahre lang ihr Ritual gewesen. Sie war optimistisch gewesen, hoffnungsvoll, die Leere, die der Tod ihres Ehemannes in ihrer Brust hinterlassen hatte, durch den delikaten Nervenkitzel innerhalb des exklusiven Sexclubs zu verdrängen. Nun hatte ihre strahlende Hoffnung ihren Glanz verloren und sie war verstimmt und verbittert. Es gab hier niemanden für sie. Niemanden, der ihr gab, was sie brauchte. Wonach sie sich sehnte.

„Suchst du Gesellschaft, Süße?“

Aus den Augenwinkeln betrachtete sie den Mann neben sich. Der sanfte Tonfall und das Wort – *Süße* – ließen sie wissen, dass er auf ein Rollenspiel aus war, das nicht ihrem eigenen Geschmack entsprach. Sie wollte nicht sein braves Mädchen sein. Sie brauchte weder ein Podest noch die Berührung einer sanften Hand. Ihre Begierden waren viel komplexer als das.

„Nein, aber vielen Dank."

Es war an der Zeit, sich der harten Realität zu stellen. Ihr Sexleben würde sich von nun an auf einem Abwärtstrend befinden. Ihre Ehe mit einem Mann, der ihre Libido mit einer beachtlichen Präzision beherrscht hatte, hatte sie für alle darauffolgenden Liebhaber ruiniert. Sie musste aufhören ihre Zeit mit Männern zu vergeuden, denen es an Geschick und Geduld mangelte, um sie zum Höhepunkt zu bringen. Sie hatte bereits genug Samstagabende verplempert, zu viele Monate damit verbracht mit Männern zu spielen, die nicht fähig waren, nonverbale Signale zu erkennen.

„Bist du sicher?" Er legte seine Hand auf die Schnüre im Rücken ihres Korsetts, entzückt von den marineblauen Sprenkeln im Stoff, die im Licht der Bar funkelten. Das Dessous-Set, das sie gegenwärtig trug und aus dem verstärkten Oberteil und einem seidenen Höschen bestand, war ein Geschenk ihres verstorbenen Mannes, Lucas, gewesen. Eines der letzten Geschenke, die er ihr gemacht hatte. „Du siehst einsam aus."

Sie seufzte. Jepp, sie musste definitiv weiterziehen. „Nicht einsam. Nur allein. Das ist ein Unterschied." Sie schwang sich auf dem Hocker herum und glitt auf ihre Füße. „Und außerdem waren wir schon einmal zusammen. Ich möchte es nicht unbedingt wiederholen."

„Ach, Schätzchen, meiner Erinnerung nach hatten wir eine Menge Spaß."

„*Du* hattest eine Menge Spaß." Sie biss sich auf die Zunge, um es dabei zu belassen.

Seine Augenbrauen zogen sich zusammen und veranlassten sie dazu sich zu entfernen, für den Fall, dass er mit seiner eigenen Beleidigung kontern wollte. Als sie das *Vault* zum ersten Mal betreten hatte, hatten die anderen Besucher sie für schüchtern und verängstigt gehalten. Sie hatten nur ihr Äußeres gesehen. Sie hatten nicht versucht tiefer zu schauen.

Für sie glich Pamela einer seichten, unberührten Pfütze, während sie in Wahrheit eher die stürmische Weite des Ozeans umfasste. Sie wusste genau, wonach sie suchte. Ihre Checkliste war kurz, aber spezifisch. Und anscheinend war jeder Punkt seltener als ein Einhorn.

An der offenen Tür eines der Zimmer die Wand entlang kamen ihre Füße von selbst zum Stehen. Zoe, eine weitere reguläre Clubbesucherin, lag auf dem Sofa an der Wand, und ihre beiden Männer zollten ihrem spärlich bekleideten Körper mit so sanfter Finesse Tribut, dass Pamelas Augen zu brennen begannen.

Die drohenden Tränen waren nicht auf Schwäche oder Herzschmerz zurückzuführen. Es waren Tränen der Frustration. Der äußersten Verärgerung und Wut. Wieso war es so schwierig, einen Mann zu finden, der ihre Bedürfnisse erfüllen konnte, so wie diese Männer Zoes Bedürfnisse erfüllten?

Ganz gleich, wohin sie sich drehte, von überall starrte ihr sexuelle Kompatibilität entgegen. Die Barkeeperin, Shay, hatte sie mit ihrem Managerfreund, Leo. Dann waren da noch T.J. und seine Frau Cassie, sowie jedes andere Duo innerhalb der geheimnisvollen Mauern des von Sinnlichkeit erfüllten Clubs.

Vielleicht war ihr Hunger das Problem.

Ihre Begierden waren zu spezifisch. Sie hatte keine Verwendung für süße Zuneigung. Sie sehnte sich nach Finesse in einer dominanteren Form. Nach der Kunstfertigkeit eines Mannes, der ihr sowohl geistig als auch körperlich einen Orgasmus bescheren konnte. *Verdammt.* War sie übertrieben kritisch? Es war nicht so, als würde sie erwarten, dass ein Fremder mit einer einzigen Berührung alles über sie in Erfahrung brachte. Das Problem war, dass einige Männer nach drei Orgasmen immer noch keine Ahnung hatten.

Nach *ihren* Orgasmen.

Nicht nach Pamelas.

„Sie passen gut zusammen, nicht wahr?“ Das geschmeidige Brummen kam von einem Mann in ihrem Rücken. „Sie verehren sie.“

„Ja, das tun sie.“ Sie schloss kurz die Augen und unterdrückte ihren Instinkt, eine weitere Zurückweisung auszusprechen. „Aber ich suche nach etwas, das ein bisschen mehr ...“

„Was?“

Sie zuckte mit den Schultern. Auf Einzelheiten hinzuweisen

schien gleichbedeutend damit, ein fertiges Puzzle zu verschenken. Wo war der Spaß dabei?

„Was immer es ist, ich helfe gerne."

Mit jedem Atemzug verblasste ihr letzter Funke Hoffnung mehr. „Ich will kontrolliert werden." Sie zuckte bei ihrem eigenen Bekenntnis zusammen. Sie sollte nicht zu weiteren Gelegenheiten, enttäuscht zu werden, animieren. Davon hatte sie bereits ausreichend gehabt.

„Hmm." Seine Oberschenkel berührten ihre, seine unverkennbare Erektion schmiegte sich an ihren Hintern. „Ich kann dich kontrollieren, Prinzessin."

Ein Arm schlang sich um ihre Taille. Die Berührung leicht, zart – die eines Mannes, der eine dominante Rolle annahm, von der er nicht wusste, wie sie umzusetzen war.

Sie drehte sich um und sah ihn zum ersten Mal an. Seine Hand ruhte nun auf dem unteren Teil ihres Rückens. Er war attraktiv. Ein sanfter haselnussbrauner Blick, ebenmäßige Haut und ordentlich geschnittenes, braunes Haar. Was ihm fehlte, war das gewisse Etwas. Das Kribbeln. Der beherrschende Ausdruck in seinen Augen.

„Heute Abend nicht." Sie zog sich zurück, um dann von seinem fester werdenden Griff aufgehalten zu werden.

„Du bleibst", befahl er.

Ein Schauer lief ihr über den Rücken. Es hätte ein herrlicher Kick sein können, der Beginn von etwas viel Versprechendem, allerdings passten seine Gesichtszüge nicht zu seinem Tonfall. Hinter dem festen Griff war er ein verängstigtes Kätzchen. Ohne Überzeugung. Ohne Kraft.

„Nimm deine Hand von mir", grummelte sie.

Es war nicht leicht eine unvertraute Rolle zu spielen. Es brauchte Eier. Große Eier. Und der Mann, den sie brauchte, benötigte Cojones von der Größe eines Nashorns, keiner Maus.

„Es tut mir leid." Seine Hand fiel von ihr ab, und sein reuevolles Zurückweichen entfachte ihre Frustration erneut. „Ich habe nur versucht—"

„Ich weiß." Sie setzte ein Lächeln auf, entschlossen, ihre bissige Haltung niederzuringen. „Und ich weiß den Versuch zu schätzen."

Es war nicht seine Schuld, dass sie durch ihre bevorstehende sexuelle Abstinenz gereizt war. Sie und ihre giftige Einstellung mussten von diesem Ort der körperlichen Verehrung verschwinden, um dem Ganzen ein Ende zu setzen. Weitere Stunden hier würden ihren Unmut nur noch verstärken. Sie war keine verbitterte alte Hexe. Zumindest nicht ganz. Doch das würde sie bald sein, wenn sie nicht aufhörte sich selbst zu bemitleiden und weiterzog.

Sie drückte entschuldigend sein Handgelenk und durchquerte den Hauptraum des *Vault*, nicht ohne den Gästen, die sie mitfühlend ansahen, ein halbherziges Lächeln zu schenken. Sie passte nicht zu diesen Menschen. Eine Welt, die sie einmal beherrscht hatte, war ihr nun fremd. An einem Ort, an dem Orgasmen eine Währung waren – zumindest was das Erhalten betraf –, war sie zu einer Bettlerin geworden.

Sobald sie die abgeschiedenen Umkleideräume erreicht hatte, setzte ein Gefühl der Niederlage ein. Sie hatte sich sehr weit von der Missionarsstellungsfrau entfernt, die sie vor Lucas gewesen war. Jetzt war sie in fleischliche Ungnade gefallen. Sex war nicht länger aufregend. Ihre Sieben-Tage-die-Woche-Angewohnheit war den Hungertod gestorben, und alles, was ihr geblieben war, war nach vorne zu sehen. Die Begierde zu begraben wie sie ihren Ehemann begraben hatte.

„Verdammt sollst du sein." Sie öffnete ihre Spindtür und warf sie wieder zu. Der laute Knall hallte durch sie hindurch, traf ihre Brust, ihr Herz. Die Tränen waren zurück. Wütende, verachtete Tränen, die den Raum verschwimmen ließen.

Sie hatte geglaubt, sie hätte alles richtig gemacht. Sie war nicht kopfüber in die Erfahrung gesprungen, die ihr das *Vault* bieten konnte. Ihre Schritte waren langsam gewesen. Über endlose Monate hinweg hatte sie sich zur ultimativen Voyeurin entwickelt und erst dann einen anderen Mann berührt, als ihr Verstand, ihr Körper und ihre Seele bereit dazu waren. Dann, einer nach dem anderen, hatten die Stammgäste des Clubs sie enttäuscht, bis die Unerfülltheit überhandnahm, und all das nur, weil das Geschick ihres Mannes nicht zu ersetzen war. „Verdammt seist du, Lucas."

„Hey."

Sie erstarrte beim Klang von Shays Stimme und hoffte, die Frau würde sie in Ruhe lassen. „Gibst du mir eine Minute?"

„Das kommt darauf an. Demolierst du weiterhin *Vault*-Eigentum, wenn ich dich alleine lasse?" Das Geräusch von sich leise bewegendem Stoff näherte sich. „Was ist los?"

Pamela atmete tief ein, drehte sich zu Shay und betrachtete die schöne Gestalt einer Frau, die unmöglich verstehen konnte, was in ihrem verwirrten Kopf vor sich ging.

„Du siehst umwerfend aus, wie immer." Es war ein Ausweichmanöver. Eine hoffnungsvolle Ablenkung. Über das verführerische rote Kleid zu plaudern, das sich an die Brüste der Barkeeperin schmiegte und an ihren Oberschenkeln in einen sexy Rock überging, war besser als die Alternative.

„Vielen Dank. Leo scheint der leichte Zugang zu gefallen." Shay sah kurz an sich herab, bevor sie Pamelas Blick begegnete. „Und jetzt spuck's aus. Was bringt dich dazu, Spindtüren zuzuknallen und so auszusehen, als würde die Welt untergehen?"

Pamela hielt den Mund aus Angst, was herauskommen würde, wenn sich ihre Lippen teilten. Worte bildeten sich in ihrer Kehle, blockierten den kleinen Bereich und der Druck nahm zu. Luft abzulassen war nicht das Problem. Sie konnte ihr Elend morgen mit ihrer Schwester teilen. Selbst mit ihrer Mutter, wenn sie wahrhaft verzweifelt war. Jedoch konnten beide ihre Sehnsüchte nicht richtig nachvollziehen. Es Shay zu erzählen, einer Frau, die diese Art zu leben kannte, wäre anders. Und der Gedanke, ihre schlimmsten Befürchtungen bestätigt zu bekommen, war etwas, das sie im Moment nicht verkraften konnte.

„Komm schon, Pamela." Shay trat vor, ihre sanften Augen beschwörend. „Erzähl mir, was dir Probleme bereitet."

Der Drang es loszuwerden wuchs. Die Wahrheit schnitt ihr die Luft ab, bis sie den Mund öffnete und die Worte herauspurzelten. „*Alles.* Ich kann das nicht mehr. Ich muss aufgeben, bevor es mich umbringt."

„Atme tief durch, Süße, und erzähl mir, was passiert ist."

„Nichts ist passiert." Pamela wandte sich zurück zu ihrem Spind, zog ihren lockeren schwarzen Rock heraus und zerrte ihn ihre Oberschenkel hoch. „Dasselbe Nichts, das jedes Mal passiert, wenn ich hierherkomme." Sie schob ihr Tanktop in die

Handtasche hinten im Spind. Nur mit ihrer Reizwäsche bekleidet hier wegzugehen machte ihr nichts aus, schließlich trugen die Leute, die oben tanzten, weitaus weniger. „Bitte sag Leo, dass ich meine Mitgliedschaft kündigen möchte. Ihr werdet mich hier nicht mehr sehen."

„Okay … Kann ich machen." Shay beugte sich vor und drängte sich in Pamelas Sichtfeld. „Aber bevor ich das mache, könntest du das näher erläutern? Ich habe dich mit verschiedenen Männern gesehen, also verwirrt mich deine Bemerkung, es wäre nichts passiert, ein wenig."

„Ich meine, dass bei *mir* nichts passiert." Sie deutete mit einer ausladenden Handbewegung auf ihren Körper – auf die Brüste, die nie von der Berührung eines Mannes prickelten, auf die Vagina, die nie vor Erregung pulsierte. „In der ganzen Zeit, in der ich hier war, und bei all den Männern, mit denen ich geschlafen habe, hatte ich nicht ein einziges Mal einen Orgasmus. Nicht einmal einen kleinen. Ich war nicht einmal in der Nähe davon." Sie griff nach ihren Schuhen und ließ die drei Zentimeter hohen Pumps neben ihren Füßen zu Boden fallen. „Ich mache mir nur etwas vor, wenn ich immer wieder zurückkomme."

„Hat Leo dich nicht vor einer Weile mit jemandem zusammengebracht?" Shay runzelte die Stirn. „Ja, es war an meinem ersten Abend hier unten, und er hat die Rolle des Instrukteurs übernommen. Hat das nicht geklappt?"

„Das war das erste Mal, das ich nach meinem Ehemann mit jemandem zusammen war." Sie schnappte sich ihre Handtasche aus dem Spind und legte sich den Gurt über die Schulter. „Ich habe alles vorgetäuscht, weil ich dachte, es sei nötig, um wieder hineinzufinden. Seitdem habe ich nichts anderes mehr gemacht."

Shay setzte sich auf die Sitzbank in der Mitte des Raumes. „Vielleicht ist es noch zu früh für dich, um neu anzufangen."

„Es ist drei Jahre her." Für andere mochte die Zeitspanne der Trauer unendlich lang sein, aber nicht für sie. Sie war schon lange bereit neu anzufangen. „Ich bin bereit. Das Problem ist, die richtige Person zu finden."

„Gibt es etwas Bestimmtes, das du suchst? Geht es um Ästhetik? Sind die Männer nicht dein Typ? Oder hast du eine besondere Vorliebe?"

„Ich weiß genau, was ich will." Einen Klon ihres Mannes, zumindest, was den Sex betraf. „Ich will einen Mann, der mich beherrscht und mein Vergnügen kontrolliert. Jemanden, der weiß, was ich will, bevor ich es will, und der seine Großspurigkeit nicht mit Finesse verwechselt." Sie seufzte und ließ ihre müden Schultern hängen, als sie neben Shay auf die Bank sackte. „Entschuldige meinen hysterischen Anfall. Ich schätze, die Frustration hat endgültig die Oberhand gewonnen."

„Ist es nur das? Frustration?"

Ja ...

Vielleicht ...

Nein.

Sie starrte auf ihre glänzenden Schuhe und durchlebte in Gedanken noch einmal ihre Vergangenheit. „Ich war nicht lange mit Lucas verheiratet. Wir haben nicht einmal unseren ersten Hochzeitstag erlebt. Und in dieser Zeit hat er mein Sexleben völlig verändert. Er zeigte mir eine Sexualität, von der ich nie wusste, dass ich sie besaß. Allerdings war mir nicht bewusst, dass das ausschließlich auf unsere Beziehung zutraf. Ich dachte, die physische Verbundenheit wäre ersetzbar. Vielleicht nicht im genauen Ausmaß dessen, was wir hatten. Ich hatte nur auf etwas Ähnliches gehofft. Stattdessen verliere ich den Glauben daran, jemals den Teil von mir wiederzufinden, durch den ich mich am lebendigsten gefühlt habe."

Sie klang erbärmlich. Wie konnte Sex einen so wesentlichen Teil von ihr ausmachen? Es war schließlich nur körperliche Verausgabung, richtig?

Falsch.

Der Akt war so viel mehr. Sie brauchte es, gesehen zu werden, ohne dass sie in der Menschenmenge mit den Armen rudern musste. Sie wollte ohne Worte gehört werden. Sie sehnte sich nach jemandem, der sie kannte. Allerdings war sie sich nicht einmal mehr sicher, ob sie sich selbst noch kannte.

„Würdest du mir erlauben, dich mit einem Mann zusammenzubringen, der eventuell in der Lage ist, dir zu helfen?" Shay lehnte sich hinüber und legte den Kopf auf Pamelas Schulter.

„Ich befürchte, mir ist nicht mehr zu helfen. Früher konnte ich mit einem Fingerschnipsen meines Mannes zum Orgasmus kommen. Jetzt müssen Männer das Kamasutra beherrschen und Kratzwunden von tausend befriedigten Jungfrauen tragen, damit ich ihnen Beachtung schenke." Sie stieß ein halbherziges Glucksen aus. „Ich bin zu anspruchsvoll."

„Die Person, die mir vorschwebt, würde das als eine Herausforderung betrachten."

„Ich war mit dem Großteil der zur Verfügung stehenden Männer im *Vault* zusammen."

„Mit ihm warst du nicht zusammen. Das wüsste ich." Shay stand auf und rieb die Hände aneinander. „Ich habe ein wirklich gutes Gefühl dabei. Ich brauche nur fünf Minuten, um alles in die Wege zu leiten."

„Es ist zu spät. Ich bin ..." *Eine alte Witwe? Eine wiedergeborene Jungfrau? Eine gebrochene Seele?*

„Du steckst in einer kleinen Krise. Das ist alles." Shay ging zur Tür, ihre Miene vor Optimismus leuchtend. „Und ich bin überzeugt, dass Brute der ideale Partner für dich sein wird."

KAPITEL ZWEI

Bryan Munro schleifte den minderjährigen Mistkerl am Hemdkragen durch den Club. Die üblichen Gepflogenheiten konnten ihn mal. Auf keinen Fall ließ er diesen Scheißkerl hier raus, ohne ihn unsanft zu behandeln. Wenn jemand gerissen genug war, die Begutachtung des Türstehers zu bestehen und sich illegal in den *Shot of Sin*-Nachtclub zu schleichen, sollte man meinen, dass Aufmerksamkeit auf sich zu lenken, indem man das erste Paar Möpse begrabschte, das an einem vorbeiging, das Letzte war, was man tun wollte.

„Kommst du je wieder zurück, werde ich dir zeigen, wie es sich anfühlt, sexuell belästigt zu werden." Er schubste den Jungen durch die offene Vordertür. Als der Kerl sich fing, ohne auf dem Bürgersteig zu landen, war die Enttäuschung groß. „Glaub mir, an manchen Tagen vermisse ich meine Zeit im Gefängnis. Dich zu meiner Schlampe zu machen, würde Erinnerungen wecken."

Das war eine Lüge. Doch die großen Augen des Teenagers waren es wert.

Der Türsteher gluckste. „Du machst deinem Spitznamen wirklich alle Ehre, Brute."

„Das tue ich." Er ruckte mit dem Kinn in Richtung des Clubs. „Und wenn ich dort drinnen noch jemanden finde, der minderjährig ist, wirst du herausfinden, wie brutal ich sein kann."

Der Mann richtete sich auf. „Tut mir leid, Boss."

„Das sollte es dir auch." Bryan und seine Geschäftspartner, T.J. und Leo, hatten keine Zeit für diesen Mist. Das angrenzende Restaurant *Taste of Sin* wurde jeden Abend von begieriger Laufkundschaft überrannt, die bereit war, um einen Tisch zu betteln, wenn die ohnehin schon verlängerten Tischzeiten bereits mit den Reservierungen nicht mithalten konnten. Und das *Vault of Sin* im Untergeschoss war immer mit einem guten Schuss Drama verbunden. Er konnte es nicht gebrauchen, dass das *Shot of Sin* noch rechtliche Schwierigkeiten mit minderjährigen Trinkern auf seine Liste setzte.

„Ich werde gründlicher sein." Der Türsteher verschränkte die Arme vor der Brust, seine Lippen zu einer schmalen Linie gepresst, seine Stirn gerunzelt. Ein Abbild klischeehafter Security.

„Tue das." Bryan schritt zurück in den Club, und sein Pech setzte sich fort, als er Shay in ihrem verführerischen, kurzen Kleid an die Wand der Eingangshalle gelehnt vorfand. Leos Partnerin war ihm nicht nur ein Dorn im Auge, sondern ein verdammter Tannenzapfen in seinem Hintern. Wenn er es nicht besser wüsste, würde er annehmen, es sei ihre Lebensaufgabe, ihn ergrauen zu lassen. Und sie hatte Erfolg damit. „Was willst du, Frau?"

Ihre Mundwinkel hoben sich, als sie sich von der Wand abdrückte. „Ich muss mir für eine Minute deinen Schwanz ausleihen."

Er hob eine Braue und stellte sich dicht vor sie. „Hast du endlich begriffen, dass ich eine bessere Wahl bin als Leo?"

Ihr Lächeln wurde unschuldig, ihre langen braunen Wimpern klimperten ihn an. „Nicht einmal annähernd." Sie wirbelte auf den Zehenspitzen herum und schlenderte auf die tanzenden Körper zu, während sie über ihre Schulter hinweg einen Finger krümmte. „Komm schon."

Er folgte ihr knurrend und tat so, als würde er nicht begrüßen, wie seine sexy Untergebene ihn herumkommandierte. Sie führte ihn durch die dichte Menge zum Eingang des *Vault,* der von einem einzelnen Sicherheitsmann bewacht wurde.

„Wieso gehen wir nach unten?" Er erhob seine Stimme über den dumpfen Klang der Musik hinweg. „Ich habe heute Abend die Aufsicht über die Bar."

„Hör auf zu meckern. Die Angestellten können für eine Weile

ihre Arbeit machen, ohne dass du ihnen im Nacken sitzt." Sie zog die Tür auf und verschwand im dunklen Treppenhaus.

Er warf dem Wachmann einen zweifelnden Blick zu und grübelte darüber nach, was vor ihm liegen könnte. Das kaum kontrollierte Zucken des Mundes des Mannes verkündete laut und deutlich, dass es möglich war, dass der Teufelsbraten des Clubs ihn mit einem Stahldildo zu bearbeiten plante, sobald sie sich in Abgeschiedenheit befanden. „Wenn ich nicht innerhalb von zwanzig Minuten zurück bin, ruf Leo um Hilfe."

„Alles klar."

Bryan ging hinein und zog die Tür hinter sich zu. Mit dem Klicken des Schlosses wurde die Clubmusik abgeschnitten und der laute Beat durch ein leises Rauschen ersetzt. „Halt."

Der Eifer, mit dem Shay die Stufen zum privaten Sexclub hinunterhüpfte, steigerte seine Besorgnis noch mehr. Sie war wegen irgendetwas aufgeregt.

Etwas, das seinen Schwanz mit einbezog.

„Shay", brummte er regungslos. „Was soll das hier?"

Sie drehte sich zu ihm um. Die Deckenlampen tauchten sie in einen himmlischen Schein, der ihn nicht im Geringsten täuschte. „Da ist eine Frau, die deine Hilfe braucht."

„Hilfe? Reden wir hier über ein Instandhaltungsproblem oder ein Eine-Frau-will-flachgelegt-werden-Problem?"

Mit Ersterem hatte er keine Schwierigkeiten, Letzteres war etwas völlig anderes. Anscheinend hatte er sich innerhalb der verruchten Mauern des Clubs einen Namen gemacht. Einen Namen, der ihn an erste Stelle der Masturbationsvorlagen jeder Frau beförderte.

„Diese Situation fällt eher in den Bereich des Letzteren", sagte sie hastig. „Aber lass mich ausreden."

Er funkelte sie an. „Du kennst meinen Standpunkt in dieser Sache."

„Ich weiß, ich weiß. Aber diesmal ist es anders. Du warst noch nie mit ihr zusammen. Keine deiner kostbaren Regeln wird gebrochen. Außerdem ist sie nicht der anhängliche Typ."

Das hatte er bei dem Großteil der Frauen, die das *Vault* besuchten, ebenfalls angenommen. Leider wurde ihm immer wieder das Gegenteil bewiesen. Ganz gleich, wie brutal ehrlich er bezüglich seiner Absichten war, sie erwarteten immer mehr von ihm, sobald er sie mühelos ins Ziel orgasmischer Glückseligkeit gebracht hatte.

„Und ich bin nicht der helfende Typ. Du solltest Leo oder T.J. fragen."

Sie schüttelte den Kopf. „Ich bin nicht bereit, Leo zu teilen. Und T.J. ist viel zu lieb für diese Rolle."

Er stapfte auf sie zu und das enthusiastische Funkeln in ihren Augen wurde mit jedem seiner Schritte schwächer. „Für *welche* Rolle genau?"

„Du musst deine Magie bei jemandem walten lassen, der Probleme in der Orgasmusabteilung hat."

Sein Stirnrunzeln war eine adäquate Reaktion.

„Sieh mich nicht an, als wäre es eine Qual." Sie schwang sich herum und stürmte weiter die Treppe hinunter. „Beeil dich."

„Warte." Shay wusste es besser, als die Kupplerin zu spielen, was bedeutete, dass die Neugier ihn jetzt bei den Eiern hatte und ihn dazu drängte, sie unten am Treppenabsatz einzuholen. Er packte sie an der Armbeuge, damit sie anhielt. „Warum kann es nicht jemand anderes übernehmen?"

„Sie hat es mit jedem versucht. Niemand hatte Erfolg."

„Dann sag ihr, sie soll das nächste Mal wiederkommen, wenn das *Vault* geöffnet hat. Es gibt immer frisches Material zum Ausprobieren."

„Sie ist schon seit Monaten dabei. Vermutlich seit Jahren. Sie will ihre Mitgliedschaft beenden."

„Dann ist das vielleicht das Beste."

Shays Ausdruck verwandelte sich von hoffnungsvoll in sauer. „Sei nicht so ein egoistisches Arschloch. Ich weiß, dass du der Richtige für die Aufgabe bist."

„Das bezweifle ich nicht. Aber ich wiederhole: Ich bin nicht der helfende Typ."

„Dann betrachte es als eine Herausforderung. Leo hat mir erzählt, dass du Pläne für einen Weiterbildungsabend hast, bei dem es um das weibliche Vergnügen geht. Das hier ist eine großartige Gelegenheit, deine Fähigkeiten unter Beweis zu stellen."

„Ich muss meine Fähigkeiten nicht beweisen, Sonnenschein."

„Da bin ich anderer Meinung."

Einer seiner Mundwinkel zuckte. „Dann runter mit dem Höschen und erlaube mir, es zu demonstrieren."

Ihr Lachen war unbeschwert und ansteckend. Das war das Problem mit Shay – bei ihr fühlte er sich anders, weniger aggressiv in Situationen, in denen er es sonst vorzog, distanziert und bissig zu bleiben.

„Du weißt, dass das nicht passieren wird. Aber ich ermuntere dich dazu, dein Können an dieser Frau zu beweisen. Jeder andere Mann hier ist unfähig, sie zum Höhepunkt zu bringen. Ich bin sicher, du könntest ihre Probleme in einer Art Fallstudie darstellen und eine perfekte Gelegenheit daraus machen, den Gästen zu zeigen, was für ein guter Lehrer du bist."

Er beugte sich vor, sein Gesicht nur Zentimeter von ihrem entfernt, und feixte: „Ich weiß, dass du mich hier unten beobachtest. Du weißt, dass ich ein guter Lehrer bin."

„Unzählige Frauen zu befriedigen, die allein durch die Atmosphäre des *Vault* schon scharf sind, ist kein ausreichendes Zeichen. Ich bezweifle, dass du mit jemandem, der sehr spezifische Bedürfnisse hat und nicht mehr hier sein will, die gleichen Erfolge haben würdest."

„Sehr spezifisch?"

„Sie will kontrolliert werden. Beherrscht werden. Sie will nicht jedem Kerl, der zwischen ihre Schenkel gelangt, eine Karte malen müssen."

Er richtete sich auf und versuchte den Köder, der seine Aufmerksamkeit lockte, nicht zu schlucken.

Sie verengte die Augen und grinste. „Komm schon. Du weißt, dass du es willst. Es ist ein klassischer Hattrick. Du darfst eine schöne Frau während der Arbeitszeit verwöhnen. Du erhältst eine großartige Fallstudie für deinen Kurs, während du gleichzeitig beweist, dass du der talentierteste Mann im Club bist."

Der Titel stand nicht zur Debatte.

„*Bitte*." Sie faltete ihre Hände zusammen und hob sie auf Brusthöhe – bettelte mit etwas zusätzlicher Überzeugungskraft ihres Dekolletés. „Tu es für mich."

„Ich kann nichts versprechen. Ich muss sie erst einmal kennenlernen."

Nickend ging sie rückwärts, bis sie die Tür zur Umkleidekabine erreichte. „Bryan, das ist Pamela.“

Pamela?

Fuck.

Er brauchte nicht näherzukommen, um zu sehen, wie sie aussah. Eine umwerfende Blondine mit üppigen Kurven und tiefbraunen Augen. Er hatte sich von dem Moment, in dem er auf das Mitgliedschaftsfoto klickte, das in seiner Mailbox gelandet war, zu ihr hingezogen gefühlt.

Dann hatte er ihren Namen gelesen, und alles Interesse war verschwunden wie Kondome in einem Studentenwohnheim.

„Brute“, warnte Shay. „Beeil dich und komm her.“

Er starrte finster drein, als er die Schwelle übertrat und die blonde Schönheit auf der Bank in der Mitte des Raumes betrachtete. Ihre spärliche Kleidung offenbarte eine Figur, die sich seit ihrem Beitreten nicht verändert hatte. Das dunkle, marineblaue Korsett war enganliegend, die Körbchen mit einer üppigen Brust gefüllt, ihre Taille schmal, was ihren Körper zu einer perfekten Sanduhr formte. Sie begegnete kurz seinem ungestümen Starren, dann senkte sie ihren Blick ebenso schnell wieder.

Unterwerfung.

Wie schön.

Normalerweise waren die Frauen im *Vault* übertrieben eifrig. Funkelnde Augen. Blickfickendes Starren. Der Typ Frau, der mehr von ihm erwartete, als er jemals zu geben gedachte. Selten gab es die Gelegenheit mit jemandem zusammen zu sein, der weniger enthusiastisch war. Manchmal fühlte es sich so an, als müsse er nur in die falsche Richtung blinzeln, und schon begannen die Frauen, ihre Unterwäsche auszuziehen.

Nicht, dass er es ihnen verübeln konnte. Er hatte aus gutem Grund Sexgroupies.

Er räusperte sich, das tiefe Geräusch ein Test, wie sie reagieren würde. Und ebenso schnell wie sie ihren Kopf gesenkt hatte, straffte sie ihre Schultern und begegnete ihm mit einem provozierenden Blick aus verengten Augen.

Interessant.

Ihre Aufsässigkeit bezwang das Verlangen sich zu unterwerfen.

Vielleicht war sie doch nicht die scheue Frau, für die er sie anfangs gehalten hatte.

„Habt ihr zwei schon einmal miteinander geredet?" Shay stand immer noch in der Türöffnung, eine Schulter an den Rahmen gelehnt.

„Sehr wenig." Dafür hatte er gesorgt, stets bemüht, sich von Triggern seiner Vergangenheit fernzuhalten. „Aber ich habe Ellas Antrag bearbeitet, also kenne ich die Gründe für ihre Anwesenheit hier."

„Pamela", murmelte die Frau.

Er ignorierte die Richtigstellung und pirschte um die Sitzbank herum. Die Rebellion in ihren Augen und die sture Haltung ihrer Schultern ließen ihn erkennen, dass sie nicht von Natur aus unterwürfig war. Sie wollte den Kampf. Sehnte sich vielleicht sogar mehr danach als nach körperlichem Vergnügen.

„Du kannst gehen, Shay." Er fokussierte sich weiter auf Ella, sog die Geschichten in sich auf, die ihr Körper ihm bereitwillig zuflüsterte. Sie war selbstbewusst, ihre Körperhaltung gerade, ihr Kinn stolz gereckt. Sie war außerdem wohlhabend. Ihre Schuhe waren poliert und eindeutig von einem Designer. Ihr Korsett war aus teurem Material gefertigt, keine billige Imitation. Und ihr blondes Haar war sauber geschnitten und zu einem ordentlichen Pferdeschwanz zusammengebunden.

„Seid ihr sicher?"

„Geh", zischte er.

„Pamela?", fragte Shay.

Er warf der Barkeeperin einen ungläubigen Blick zu. „Geh. *Sofort.*"

Sie hielt kapitulierend ihre Hände hoch. „Ich verschwinde ja schon."

Sie murmelte etwas vor sich hin – einen Kraftausdruck, da war er sich sicher –, aber er ließ es durchgehen und beschloss sich stattdessen auf Ella zu konzentrieren.

Schweigend standen sie da, ein paar Meter voneinander entfernt, und taxierten sich gegenseitig. Sie versuchte sein Scheitern vorauszusagen, bevor er überhaupt begonnen hatte. Die zusätzliche Herausforderung ließ seinen Puls ansteigen. Es lag keine Erregung in ihren Zügen. Nicht einmal ein Hauch von Hoffnung. Die Mauern des Pessimismus waren solide gebaut, und es würde ihm Vergnügen bereiten, sie niederzureißen.

„Shay behauptet, kein Mann könne dich befriedigen."

Ihr Kinn hob sich. „So ist es."

„Ich bin anderer Meinung."

Sie schnaubte verächtlich und griff nach dem Riemen ihrer Handtasche, um ihn höher auf ihre Schulter zu schieben. „Hör zu, es wird nicht funktionieren. Wir verschwenden beide unsere Zeit."

„Und warum das?"

Sie schluckte, Angst oder Manieren ließen sie zögern.

„Du kannst ehrlich sein." Er war kein Weichei, das zwar brutale Ehrlichkeit austeilte, sie aber nicht einstecken konnte.

„Wirklich?" Sie hob eine Braue. „Wenn das so ist ... Ich bin nicht daran interessiert, mit jemandem zusammen zu sein, den Arroganz antreibt. Für mich ist das kein Spiel. Und ich weigere mich, einen weiteren Kerl in Watte zu packen, der sich für talentiert hält, wenn die Realität beweist, dass er Wahnvorstellungen hat."

„Du glaubst, ich hätte Wahnvorstellungen?" Ihr Desinteresse war befreiend. Verdammt erfrischend. Vielleicht sollte er Shay dazu bringen, das Gerücht in die Welt zu setzen, dass er den Rausch der Jagd liebte. Auf diese Weise würden die Frauen aufhören ihn zu verfolgen und er könnte seine Zeit im *Vault* wieder genießen.

„Ich glaube, du bist wie alle anderen hier, die von mir erwarten, dass ich ihnen einen kurzen Nervenkitzel und einen Boost für ihr Ego verschaffe. Ich versichere dir, du wirst weder das eine noch das andere von mir bekommen."

Angriffslustig. Der Reiz dieser Frau nahm weiter zu.

„Schau ..." Sie seufzte. „Ich entschuldige mich für meine Unhöflichkeit, aber das hier ist sinnlos." Sie machte sich auf den Weg zur Tür. „Es tut mir leid, dass Shay dich bei was auch immer gestört hat."

„Zu gehen wäre ein Fehler." Er drehte sich nicht zu ihr um. Das brauchte er auch nicht. Obwohl sie abweisend war, war ihre

Hoffnung spürbar. „Ich verspreche, ich werde dir geben, was du brauchst, aber ich werde dir nicht nachlaufen. Wenn du durch die Tür gehst, werde ich nicht folgen."

Ihre Schritte hielten inne und ein tiefer Atemzug drang an seine Ohren. „Wie kannst du das versprechen?"

„Weil das, was du als Arroganz interpretierst, tatsächlich Erfahrung ist. Im Gegensatz zu anderen Männern weiß ich, was ich tue."

Ihre großen Augen machten stumm ihren Unglauben deutlich. Er ließ sie darüber nachgrübeln, und prognostizierte eine Reihe von Antworten, bevor sie schließlich sprach.

„Eine lange Liste an Eroberungen wird nicht helfen. Mein Geschmack ist spezifischer als der der meisten."

„Wie du willst." Er schritt zur Tür, verringerte zügig den Abstand zwischen ihnen.

Ihre Kehle arbeitete schwer. Ihre Finger zuckten. „Warte." Sie streckte eine Hand aus. Ihre erhitzte Handfläche traf in einer zarten Berührung auf seine Brust. „Wie?"

Er hob eine Braue. „Wie?"

Sie ließ schnaubend ihre Hand sinken. „Wie würdest du mich zum Kommen bringen?"

„Plaudereien sind nicht wirklich mein Ding. Warum lässt du es mir dir nicht einfach demonstrieren?"

„Weil jeder andere Mann, der die Gelegenheit dazu bekommen hat, kläglich gescheitert ist."

„Es ist nicht meine Schuld, dass du einen schlechten Geschmack bei Liebhabern hast."

Ihre Augen verengten sich zu kaltherzigen Schlitzen, was seinen Schwanz zucken ließ. Er hatte sie. Sie mochte es nicht wissen, war vielleicht nicht damit einverstanden, aber er hatte definitiv gewonnen.

„Lass die Tasche fallen." Mit eimem Rucken seines Kinns wies er auf den Lederriemen, der auf ihrer Schulter lag.

Sie streckte ihre Brust vor, und die Rebellion kurbelte seinen Puls stärker, schneller an. Er war jetzt voll dabei und wollte, dass sie weiterspielte, weil es selten war, dass Frauen ansatzweise sein Interesse weckten.

„Lass sie fallen." Seine Stimme war tief, der Befehl unmissverständlich.

Sie rührte sich nicht. Weigerte sich zu gehorchen.

Stummes Lachen erfüllte seine Brust, weil sie so offensichtlich eine Bestrafung forderte. Ihre Augen bettelten. Ihr Körper summte.

„Okay, Liebes. Wie du willst." Er näherte sich ihr bedrohlich. Mit unbeirrtem Blick legte er seine Hand auf ihren Oberarm und glitt damit über die freiliegende Haut ihrer Schulter hinauf zu ihrem Hals.

Er umfasste ihre Kehle, und ihre Körperwärme brannte sich in seine Handfläche. Sie sog scharf den Atem ein, schnell und tief, und gab mit einem heftigen Ausatmen ihr Einverständnis. Ihre leuchtenden Augen flackerten in einem Feuer der Verärgerung auf, als sie ihm so ausgeliefert war. Und doch wich sie nicht zurück, zuckte nicht einmal zusammen, als er seinen Griff verstärkte.

Jeder andere Mann wäre vermutlich durch ihre fehlende verbale Zustimmung abgeschreckt worden. Doch ihn kümmerte das nicht. Nicht ein bisschen. Er erhielt ihre Erlaubnis durch ihren entschlossenen Blick, das Lecken ihrer verführerischen Lippen, dem Hervorstrecken ihrer Brust.

Ihre Großspurigkeit bröckelte bereits. Es war kein großer Bruch, lediglich ein Riss, der offenbarte, wie sehr er ihr schon unter die Haut gegangen war. Er war ebenfalls nicht immun. Der erhöhte Puls ihrer Halsschlagader unter seinen Fingern und das zarte Schlucken ihrer Kehle ließen sein Glied gegen seinen Reißverschluss zucken.

„Lass. Sie. Fallen." Die Worte waren wie Reibeisen in seinem trockenen Mund.

Sie nahm den Gurt von ihrer Schulter und ließ die Last unter Klimpern ihres losen Kleingelds neben ihre Füße fallen.

„Gut." Er streichelte ihren Hals mit seinem Daumen und starrte in ihre beschwörenden Augen. Mit diesem Blick sagte sie ihm alles, was er wissen musste. Sie war entblößt. Transparent. „Du willst, dass es passiert. Willst du wissen, woher ich das weiß?"

Ihre Kehle weitete sich unter seiner Handfläche, und er spürte ihr heftiges Schlucken bis in seine Venen.

Er beugte sich näher zu ihr, sein Mund weniger als einen Zentimeter von ihrem Ohr entfernt. „Weil ich zuhöre, Ella. Ich kann dich hören. Ich kann wie in einem Buch in dir lesen."

Sie schüttelte den Kopf. „So heiße ich nicht."

Er knurrte, als er daran erinnert wurde. „Heute Abend schon."

KAPITEL DREI

*P*amela schloss die Augen und versank in dem Nervenkitzel, den der feste Griff um ihre Kehle auslöste. So etwas hatte sie lange nicht mehr gespürt – eine so gebieterische Präsenz, eine überwältigende Dominanz. Es erfüllte sie mit Erleichterung, zusammen mit anderen Empfindungen, für die sie zutiefst dankbar war. Selbst wenn dieser Mann es nicht schaffte sie zum Höhepunkt zu bringen, hätte er dennoch ein kleines Erfolgserlebnis zu verzeichnen.

„Sag mir, was dir gefällt", flüsterte er.

Sie erstarrte. Der harte Schlag der Enttäuschung erwischte sie ohne jegliche Vorankündigung. So viel zu den kleinen Erfolgserlebnissen. Mit dem Öffnen ihrer Augen befand sie sich wieder am Anfang, nicht bereit, ihm eine Karte zu zeichnen.

„Vergiss es." Sie stieß gegen seine Brust, und ihre Hände kollidierten mit unnachgiebigen Muskeln.

Er lachte, Heiterkeit erhellte seine strengen Züge. Es war ihr egal, ob er in seinem maßgeschneiderten Anzug wie ein *GQ*-Model aussah, oder dass es in ihren Fingern juckte, durch sein kinnlanges Haar zu fahren. Zum Teufel, sie sehnte sich sogar nach dem rauen Kratzen seiner kurzgeschorenen Bartstoppeln auf ihren Brüsten ... Aber er war ein Mistkerl.

Ein gottverdammtes Arschloch.

„Beweg dich."

Er gluckste weiter vor sich hin, und das Geräusch zermürbte ihre empfindlichen Nerven, als sie ihn erneut von sich stieß. Seine Hände sanken hinab zu ihren Handgelenken und packten sie fest, um sie an seine Brust zu ziehen.

„Du bist empfindlich", knurrte er. „All diese Gehässigkeit wegen einer rhetorischen Frage."

„Sie war nicht rhetorisch." Sie versuchte vergeblich ihre Handgelenke zu befreien.

„War sie nicht? Habe ich dir nicht gerade gesagt, dass ich in dir lesen kann wie in einem Buch?" Er zeigte seine Zähne.

Es war kein freundliches Lächeln. Es war bösartig. Und, Gott möge ihr beistehen, es verengte ihre Brust aus den richtigen Gründen. Oder vielleicht waren es die falschen Gründe.

Die *absolut* falschen Gründe.

Sie wollte nicht bei einem Mann schwach werden, der ihr mit unverhohlener Selbstgefälligkeit ins Gesicht lachte. Sie *sollte* bei so einem Kerl nicht schwach werden. Oder doch?

„Wäre ich ein schlauer Mann, würde ich dir die Gelegenheit geben mir genau zu zeigen, was du willst, ohne zu fragen, oder nicht?"

Sie schüttelte ungläubig den Kopf. „Du veralberst mich, und das gefällt mir nicht."

„Doch, tut es. Du suchst nach einem Kampf." Seine Finger drückten sich in ihre Handgelenke, seine Stärke hielt sie auf mehr als eine Weise gefangen. „Das gefällt dir, oder etwa nicht?" Sein Blick suchte ihren, musterte sie eindringlich und legte dabei Dinge offen, die sie nicht laut aussprechen wollte. „Sag mir nicht, dass es anderen Männern nicht gelungen ist, eine so einfache Reaktion in dir hervorzurufen. Ich kann praktisch an deiner Nasenspitze ablesen, was du willst."

„Hör auf." Er hatte Recht. So sehr, dass es wehtat. Normalerweise war sie nicht so. Ihr Drang zum Sparring war untypisch für sie und das hatte er mit zielgerichteter Präzision erkannt.

Seine starken Hände drehten sie herum, um einen Arm auf ihrem Rücken, den anderen vorne zwischen ihren Brüsten zu fixieren. Er presste sie an sich, und sein erhitzter Atem strich über ihren Nacken.

„Ich werde das nur einmal sagen", sagte er schroff in ihr Ohr. „Bei mir gibt es keine Safe Words. Wenn du aufhören willst, brauchst du nur wiederholen, was du gerade gesagt hast, und ich bin weg. Ich werde nicht hierbleiben, während du dir deine kleinen pervertierten Fantasien betreffend etwas vormachst. Wenn du willst, dass ich dich zum Kommen bringe, musst du dazu stehen."

Sie wimmerte. Lucas hatte nie von ihr verlangt, sich die schmutzigen Dinge einzugestehen, die ihr durch den Kopf gingen. Für ihn war es ein Rollenspiel, während es für diesen Mann Realität war. Gezwungen zu werden ihre Begierden laut auszusprechen war Quälerei – eine köstliche Strafe.

„Sag mir, dass du es willst." Er fuhr mit Nase und Lippen über ihren Nacken. „Gib zu, dass du dich absichtlich wehrst, weil du willst, dass ich dagegenhalte."

Ihr Herz klopfte ihr bis zum Hals. Das Atmen wurde zu einer enormen Herausforderung. Ihr Körper reagierte auf ihn wie Papier auf eine Flamme. Er verbrannte sie. Versengte ihre Haut mit seinen Berührungen.

Sie kämpfte gegen ihn an, beschämt und schmerzhaft erregt, während sie versuchte, ihre Handgelenke aus seinem Griff zu befreien.

„Braves Mädchen." Bei der Arroganz in seiner Stimme zog sich ihre Mitte zusammen. „Ich liebe es, Recht zu haben. Das macht mich hart." Er unterstrich seine Aussage, indem er seinen Schwanz an ihrem Hintern rieb.

Seinen großen, erigierten Schwanz.

Zum Teufel mit ihm. Das Letzte, was dieser versierte Mann brauchte, war eine weitere Bestätigung für sein Ego.

„Du bist ein Arschloch." Sie bockte mit ihren Hüften, und sein Griff wurde fester, bis es himmlisch schmerzte.

„Ich bin außerdem besser als du. Hierbei werde ich *immer* besser sein als du." Er stupste sie vorwärts zu den Spinden. „Leg deine Handflächen auf das Metall."

Er ließ sie los und kesselte sie zwischen zwei unbeweglichen Objekten ein, das eine höllisch warm, das andere schrecklich kalt. Er hielt sie auf Trab. Woher kam dieser Mann, und wie war er an den Spickzettel über ihren Körper gelangt?

Nein. Nicht über ihren Körper. Über ihren Verstand. Er spielte mit ihrem Innersten, seine Worte verzückten sie mit Erregung, während sein Selbstvertrauen Herzrhythmusstörung verursachende Hoffnung in ihr weckte.

„Leg sie auf den Spind, Ella."

Sie biss sich auf die Lippe, hob die Hände und drückte sie an Ort und Stelle gegen das Metall. Einen Herzschlag lang war es still, die Ruhe, die sich mit dem Blutrausch in ihren Ohren vermischte, beinahe ohrenbetäubend.

Er hob ihren Rock, und der Saum kratzte über ihre empfindliche Haut wie Sandpapier und nicht wie eleganter Stoff. Jeder Zentimeter von ihr reagierte mit erotischer Faszination – ihre Brustwarzen verhärteten sich, ihre Brüste schmerzten, selbst die Haare in ihrem Nacken stellten sich auf und gierten nach mehr.

Die Empfindungen waren fremd. Jahre waren vergangen, seit ihr Körper auf diese Weise reagiert hatte. Ein ganzes Leben.

Das geschmeidige Gleiten seiner Finger bahnte sich seinen Weg über die Kurven ihres Pos, dann tiefer, zwischen ihre Oberschenkel. Langsam und qualvoll.

„Du bist klitschnass." Seine Zähne streiften entlang ihrer Schulter und ließen sie erschaudern. „Aber wie kann das sein, Liebes? Ich dachte, du wärst eine Eisprinzessin." Er schob den Schritt ihres Höschens beiseite, und die leiseste Berührung ihres Geschlechts sandte eine Welle der Lust von ihrem Innersten aus. „Wie sich herausstellt, bist du genauso gierig nach meinem Schwanz wie alle anderen."

Ein atemloses Zischen entwich ihren Lippen. Sie wollte ihn hassen. Sein Talent verachten.

Das genaue Gegenteil geschah.

Sie war ihm zu Dank verpflichtet, ihr Orgasmus so beängstigend nah, dass sie ihn tatsächlich niederkämpfen musste.

„Wenn ich's mir recht überlege, brauchst du meinen Schwanz nicht einmal, oder?" Sein spöttisches Glucksen strich über ihre Haut. „Ich wette, ich könnte dich mit einem Finger zum Höhepunkt bringen."

Sie schloss die Augen, unwillig zuzugeben, dass viel weniger nötig wäre.

„Soll ich es beweisen?"

Eine einzelne Fingerspitze teilte ihre Falten und glitt mit Leichtigkeit durch ihre Erregung. Er studierte sie, fuhr mit seinem Finger von außen nach innen. Vor und zurück. Hin und her und herum. Ohne in sie einzudringen neckte er sie bis zur stummen Hysterie.

Er beeilte sich nicht, geriet nie ins Stocken bei seinem herrlichen Tun. Er war zu gut, zu geschickt, und das nicht allein in seiner Fingerfertigkeit. Seine Präzision war strategisch – ein Spielplan, den sie von ganzem Herzen genoss, der Lust und des Adrenalins nach zu urteilen, die ihre Adern durchströmten.

„Schluss mit den Fragen." Sie bäumte sich auf in seine Richtung, kämpfte gegen ihre mentale Verbindung an und konzentrierte sich auf die körperliche. Augenblicklich wurde sie mit einem antwortenden Stoß seiner Hüften gegen die Spinde gepresst. Sie wollte, dass er es wiederholte, diesmal mit seinem Schaft in ihr. Wieder und wieder. „Du redest zu viel."

„Dann höre ich auf."

Panik durchflutete ihre Venen. *Shit.* Sie wollte seine Stimme. Brauchte sie. Das bedrohliche Grollen war der Ursprung ihrer Erregung, und sie wusste, dass er arrogant genug war, es ihr vorzuenthalten. „Ich nehme es zurück. Red weiter ... I-ich will, dass du weiterredest."

„Nein, willst du nicht", flüsterte er in ihr Haar, jedes Wort leiser als das vorherige.

„Doch." Sie wartete einen langen Moment mit kreisenden Hüften, die dem Pfad seiner Fingerspitze folgten. „Bitte."

Meine Güte, sie bettelte um Worte. Flehte ihn an.

Er antwortete nicht. Nicht mit Worten. Nur mit Bewegungen. Sein Finger glitt weiter um ihr Geschlecht herum, umriss ihre Schamlippen, dann geradewegs hinunter zu ihrem Kern. Er umkreiste ihren Eingang, quälend langsam, herrlich aufreizend.

Sie wimmerte. Flehte ihn gedanklich an.

Er fühlte sich so gut an, doch sie brauchte die mentale Stimulation. Die schmutzigen Worte waren notwendig, damit sie kommen konnte.

„Sprich mit mir." Sie schob sich rückwärts gegen seine Brust.

Und noch einmal, als er nicht antwortete. „So wirst du mich nicht zum Höhepunkt bringen."

Der Finger kreiste auf effiziente Weise weiter und strafte sie Lügen, ihr Orgasmus zum Greifen nah. Sie warf einen flehenden Blick über ihre Schulter, und ihre Blicke trafen sich augenblicklich. Sein Selbstbewusstsein spülte durch sie hindurch. Es ließ sich nicht leugnen, dass sie sich in erfahrenen Händen befand. Alles an ihm traf ins Schwarze.

Seine Berührung.

Seine Entschlossenheit.

Sein Gespür.

Er hörte zu.

Endlich hörte jemand zu. Nicht ihren Worten, sondern *ihr*.

Sie spürte Druck auf ihrer Klitoris, seinen Daumen, der das Nervenbündel unnachgiebig gefangen hielt. Ein Keuchen entwich ihr, und er hob eine Braue, als wollte er sagen *Schachmatt*.

Verdammt sollte er sein. Sie wandte sich ab, schloss die Augen und lehnte ihre Stirn an das Schließfach.

Seine andere Hand zeichnete auf ihrem Körper einen Pfad, der an ihrer Hüfte begann. Er wanderte über ihren Bauch, durch ihr Dekolleté, entlang ihres Brustbeins, bis zum Ansatz ihrer Kehle.

Auf ihrer Haut brach Gänsehaut aus, ihre Lungen spannten sich an. Sie neigte ihren Kopf nach hinten, lieferte sich seiner Gnade aus. Doch er nahm nicht an. Er umschloss ihre Kehle nicht wie sie es sich wünschte. Stattdessen führte er seine Hand zu ihrem Nacken, packte ihren Pferdeschwanz und zog fest daran.

Sie wimmerte.

Dieser Mann las nicht nur ihre Signale und antwortete entsprechend, er ging noch einen Schritt weiter. Lotete ihre Grenzen aus, indem er ihr etwas gab, das sie nicht erwartete.

„Rede mit mir."

Er weigerte sich. Das einzige Geräusch kam von der sich öffnenden Tür im oberen Stockwerk und der lauten Tanzmusik, die zu ihnen hereindrang, bevor sie abrupt wieder verstummte. Schritte und leises Gerede waren im Flur zu hören, während er ihr weiter Vergnügen bereitete. Leute näherten sich, und er machte keinerlei Anstalten aufzuhören.

„Whoa." Eine Männerstimme, die von der Tür zu ihnen getragen wurde. „Das nenne ich eine angemessene Begrüßung."

Eine Frau lachte, freundlich und hell.

Bryan ließ sich nicht beirren. Machte nicht einmal eine Pause. Er hielt ihr Haar in seinem Griff, sein Finger reizte immer noch ihren Schoß. „'n Abend", grüßte er gedehnt. „Schau, Honey, wir haben Gäste."

Sie stöhnte angesichts des Geschenks seiner Stimme.

Konnte er erkennen, dass sie es genoss, ein Publikum zu haben? Sie wusste nicht wie oder warum, doch dieser Mann hatte schon so viel über sie in Erfahrung gebracht.

„Ich sagte *schau*."

Ihre Brustspitzen prickelten bei seinem Befehl, und sie sog heftig den Atem ein, um dem Schock entgegenzusteuern. Seine Worte brachten sie zum Kribbeln. *Nein.* Sie musste stets in Erinnerung halten, dass es nicht die Worte waren, sondern die Überzeugung in seinem Tonfall. Die pure Autorität. Er sprach ohne Angst vor einer Zurückweisung ihrerseits. Er gab Anweisungen, von denen er wusste, dass sie sie befolgen wollte.

„Komm jetzt", schnurrte er. „Sei nett."

Sie öffnete wimmernd die Augen, um das Paar anzusehen, das ein paar Meter entfernt stand. Die Frau mittleren Alters biss sich auf die Lippe, während sie sich an ihren Begleiter schmiegte, dem eine riesengroße Erektion die Hose ausbeulte.

Oh, lieber Himmel.

Ihre Pussy flatterte, ihr Innerstes krampfte sich zusammen. Sie keuchte, nicht länger in der Lage zu sprechen. Der Mann starrte sie an, sein Blick aufmerksam, seine Wertschätzung klar ersichtlich, während Bryans einzelner Finger weiter ihren Eingang quälte.

„Sag hallo." Ein weiteres Zerren an ihren Haaren, deren leichtes Ziehen ihr Vergnügen nur noch weiter steigerte. „Sei nicht so schüchtern."

Sie stöhnte und weigerte sich mit einem Kopfschütteln.

Bryans leises Glucksen jagte einen Schauer ihre Wirbelsäule entlang. Er liebte es, erfreute sich an ihrem Widerstand.

„Du bist unhöflich." Sein Bart streifte die Haut ihrer Schulter, dann neigte er ihren Kopf weiter nach oben.

„Fick dich", murmelte sie im Flüsterton.

Fick mich.

Der Hunger nach Penetration machte sie besinnungslos. Alles, was sie brauchte, war ... etwas. *Irgende*twas.

„Das würde dir gefallen, nicht wahr?" Er bohrte seinen Schwanz in ihren Hintern und versenkte seinen Finger tief in ihrer Hitze. „Verdammt, du würdest es lieben. Mit meinem Schwanz in dir zu kommen und mich mit deiner engen Pussy zu melken."

Sie wollte ihm nicht zeigen, wie Recht er hatte, aber ihr Körper weigerte sich zu gehorchen. Sie erzitterte, nicht mehr als einen Atemzug von ihrem Orgasmus entfernt. Er war so verdammt gut. *Zu* verdammt gut.

Ihr Innerstes pulsierte unaufhörlich, und entzündete einen Höhepunkt, der sich in seiner Intensität nicht ausbremsen ließ.

„*Herrgott*", stieß sie atemlos aus. Es war Befreiung und Vergnügen und Folter. Abschluss und Verzückung und Verwüstung.

Reine, animalische Erlösung.

Sie krallte sich am Spind fest und schaffte es nicht, sich aufrecht zu halten, während sich ihre Mitte enger und enger zusammenzog und sich an dem einzelnen in ihr vergrabenen Finger festklammerte. Sie sank einen Zentimeter, zwei, nur um noch härter gegen das Metall gepresst zu werden von seinem Körper, der sie aufrecht hielt. Ihr Innerstes krampfte sich in einer Endlosschleife zusammen, eine Erschütterung nach der nächsten, während sie keuchte und um Luft rang.

„Genau so", beschwor er sie. „Zeig mir, wie gut ich bin."

Sie knirschte trotzig mit den Zähnen, doch es war zu spät. Er hatte bereits gewonnen. Der Gipfel ihres Orgasmus war erreicht und vorbei, jede Erschütterung nun kürzer als die vorherige.

Alles wurde schwer – ihre Arme, ihre Beine, ihre Brust. Die Erleichterung verwandelte sich in ein unangenehmes Ziehen hinter ihren Rippen. Sie hatte so lange gewartet, kaum noch Hoffnung gehabt. Nun ... nun hatte dieser selbstgefällige Arsch eines Mannes ihre Libido erneut entfacht, und sie könnte glücklicher nicht sein.

Sie wandte sich ihm zu und versuchte den rapiden Anstieg des von ihm ausgehenden Reizes zu ignorieren. Man hatte sie allein gelassen, ihre Zuschauer nirgends in Sicht, als sie darum rang, ihre Atmung zu normalisieren.

„Ich schätze, meine Arbeit hier ist getan." Er zwinkerte ihr zu. Seine Finger verließen ihr Höschen. „Und du dachtest, ich würde keinen schnellen Rausch oder Boost für mein Ego bekommen. Wie sich herausstellt, habe ich beides bekommen."

Sie ließ ihn in seinem Sieg schwelgen und wünschte sich, das glückselige Summen ihres Körpers würde dem lodernden Feuer seiner Arroganz keinen zusätzlichen Brennstoff geben. Er war ein Arsch, daran bestand kein Zweifel. Aber *Herrgott nochmal*, er war ein begnadeter Arsch.

Mit schlotternden Knien rutschte sie das kühle Metall der Schließfächer hinunter und landete in einem Häufchen auf dem Boden. Erleichterung überwältigte sie und verwandelte ihr Ringen nach Luft in ein Schnappen nach mentaler Stabilität.

„Wir sehen uns, Ella." Er zog sich zurück, und sein erhitzter Blick machte sie sich ihres zerzausten Zustands bewusst, bevor er sich umdrehte und den Raum verließ.

Sie fand nicht einmal den Atem, um ihren Namen zu korrigieren. Es war sowieso egal. Er war verschwunden, und kurz darauf öffnete und schloss sich die Tür zum Nachtclub im Obergeschoss unter lauter Musik.

Fragen und eifrige Beobachtungen beschäftigten ihren adrenalingeladenen Kopf, während sie das Geschehene noch einmal durchlebte. Er hatte in ihrem Gehirn einen eigenen Fanclub eröffnet, und eine Unzahl quietschender Groupies verwiesen auf seine Leistungen, als wären sie olympisches Gold wert.

Er hatte sich nicht einmal selbst Erleichterung verschafft. Hatte das Thema Gegenleistung nicht einmal erwähnt, ungeachtet der Härte seiner Erektion, deren Gegenwart an ihrem Po unverkennbar gewesen war.

„Geht es dir gut?"

Pamela blinzelte sich aus ihrer Trance und sah zu Shay in der Türöffnung hinüber.

„Ja." Sie räusperte sich, um das Sandpapier in ihrer Kehle loszuwerden. „Besser als gut."

Die Barkeeperin schlenderte näher, ihr Lächeln breit. „Er war großartig, nicht wahr?"

Pamela lachte. Sie konnte es nicht erklären. Konnte es nicht beschreiben. Sie glaubte nicht einmal, dass sie das wollte, schließlich war die Vorstellung, dem arroganten Arsch zu einem Kompliment zu verhelfen, eine verachtenswerte Aussicht. Andererseits hatte er irgendwie das ganze Lob verdient, das in ihrem rasant fließenden Blutstrom zirkulierte. Sie hätte nie geglaubt, dass ein Orgasmus mit minimaler Penetration möglich wäre. Nicht einmal, als Lucas noch am Leben war.

Bryan hatte nur einen Finger benötigt.

Einen. Verdammten. Finger.

„Das freut mich." Shay hielt Pamela eine Hand hin und zog sie auf ihre zittrigen Beine. „Heißt das, dass du deine Mitgliedschaft nicht kündigen wirst?"

Sie blinzelte, zu geschockt, um die richtige Antwort zu wissen. „Es heißt, dass es Hoffnung gibt. Und das reicht für den Augenblick."

KAPITEL VIER

*D*as Schlurfen von Schritten vor der offenen Bürotür forderte Aufmerksamkeit, die Bryan nicht unbedingt zu gewähren bereit war. „Wolltest du etwas?" Er begegnete Leos durchdringendem Blick, als dieser sich an den Türrahmen lehnte. „Oder planst du dort stehenzubleiben und mich schweigend zu bewundern?"

„Was hast du für heute Abend geplant?"

Bryan hob eine Braue. „Vermutlich eine ganze Reihe von Das-geht-dich-nichts-an. Wieso?"

„Shay fragte, ob du vorhast, dich im *Vault* zu vergnügen."

Großartig. Eine weitere Frau, die er seiner Liste hinzufügen konnte. „Frag Shay, ob sie kein eigenes Leben hat. Ich will nicht, dass sie die ganzen Fragen der Hyänen da unten zu ernst nimmt."

„Meine Güte, hast du mal wieder eine Laune."

Bryan sank schnaubend in seinem Stuhl zurück. Er *hatte* schlechte Laune. Heute Abend war er für das Restaurant eingeteilt, und nachdem das *Taste of Sin* nun geschlossen hatte, hätte er eigentlich bereits unten sein und sich mit einem Bier und einer Frau entspannen sollen. Stattdessen kämpfte er mit Verärgerung.

Er hatte endlich die Feinheiten für den Weiterbildungsabend ausgearbeitet, den er bald im *Vault* veranstalten würde. Penibel genaue Detailarbeit war in die erste E-Mail an die Clubbesucher geflossen, in der er sie darüber informierte, was sie erwarten und was sie lernen konnten. Ja, er hatte mit Fragen gerechnet, und ja, es waren viele gewesen, allerdings drehten sich alle um sein Sexleben und darum, wem er es als nächstes besorgen würde.

„Ich habe den Fehler gemacht, meine Telefonnummer in der E-Mail anzugeben, die ich an die *Vault*-Mitglieder geschickt habe. Jetzt jagen mir lauter Weiber nach. In den letzten fünf Minuten haben mich zwei angeschrieben und gefragt, wann ich runter komme.“

„Heilige Scheiße“, flüsterte Leo gespielt übertrieben. „Du armer, wehrloser Bastard.“

Bryan sah ihn finster an.

„Die meisten Männer würden dafür töten, um mit dir zu tauschen. Aber nicht du. Für so einen harten Kerl bist du ein ziemliches Weichei, wenn Frauen Interesse zeigen.“

Ja, das war er. Ein reueloser Junggeselle auf Lebenszeit. Er weigerte sich, sich an jemanden binden zu lassen. Auch nicht vorübergehend. Und wenn es ihn zu einem Weichei machte, vor beziehungshungrigen Frauen zu fliehen, dann würde er den Titel bereitwillig wie ein Ehrenabzeichen tragen. „Ich bin nicht wie die meisten Männer.“

„Offensichtlich. Aber dir ist schon klar, dass sie sich zurückziehen würden, wenn du dich regelmäßig mit derselben Frau treffen würdest? Solange du single bleibst, werden sie sich ständig Chancen ausmalen.“

„Ich werde sicher nicht zulassen, dass eine Frau ihre Krallen in mich schlägt, um den Rest in Schach zu halten. Sie sollten inzwischen alle die Spielregeln kennen. Falls nicht, muss ich sie daran erinnern.“

„Nun, dann aber bitte freundlich. Sie werden sich ihre Slips durchnässen, wenn du die übliche Brute-Manier an den Tag legst.“ Leo lachte halbherzig. „Ich weiß nicht, wie du es anstellst, aber sie saugen deine griesgrämige Art in sich auf wie in der Sonne zerfließendes Vanilleeis mit Karamellsauce.“

Genau das machte es zum Teufelskreis. Er war nicht nett. War er nie gewesen. Und doch inhalierten die Frauen jedes Mal, wenn er seinen Mund öffnete, seine abweisende Gleichgültigkeit. „Tu mir einen Gefallen und erwähne meine Art und Vanille nicht im selben Satz. Wir wissen beide, langweiliger Vanillesex ist eher dein Stil."

„Weißt du, was noch mein Stil ist?", konterte Leo. „Mich einer Frau zu verschreiben, damit alle anderen wissen, dass ich nicht zu haben bin."

„Jeder weiß, dass du nicht zu haben bist, weil Shay droht mit einer zerbrochenen Flasche auf sie loszugehen, wenn sie dir zu nahe kommen."

„Jepp." Leo grinste. „Sie ist ein echter Glückstreffer." Er stieß sich vom Türrahmen ab, um der Person hinter sich Platz zu machen.

Shit. Janeane. Sie war eine der Textnachricht-Jägerinnen. Langes, braunes Haar, dunkle, haselnussbraune Augen, ein Körper, der für die Sünde geschaffen war, und mit einer Zielstrebigkeit auf Beziehungsjagd, von der er Gänsehaut bekam.

„Sieht aus, als hättest du Besuch", sagte Leo gedehnt. „Ich lasse euch beide allein."

„Bleib hier." Bryan sah seinen Businesspartner aus zusammengekniffenen Augen an, die eine unmissverständliche Botschaft vermittelten. „Wir haben noch einiges zu besprechen."

Sein Freund grinste nur. „Ich würde ja gerne, Kumpel, aber ich muss meiner Freundin helfen, ihr eigenes Leben zu führen. Wir reden später weiter." Mit einem Zweifingersalut verabschiedete sich Leo und verschwand den Flur hinunter.

Mistkerl.

„Der hatte es eilig." Janeane schlenderte mit einem übertriebenen Schwung in den Hüften auf den Schreibtisch zu. „Wie geht's, Brute?"

„Gut." Er griff nach den Armlehnen seines Stuhls, um sein Temperament in Zaum zu halten. „Dir?"

„Auch gut."

Er verstand den Blick, mit dem sie ihn bedachte. Er saugte ihn leer. Sie versuchte, mehr Sex mit ihm zu bekommen, was ihr nicht gelingen würde. Er hatte bereits einmal mit ihr geschlafen. Sie hatte ihre Kerbe in seinem Bettpfosten hinterlassen – das genügte für die Vergangenheit, die Gegenwart und die Zukunft. „Was machst du hier oben?"

„Ich dachte, wir könnten deinen kommenden

Weiterbildungsabend besprechen. Willst du immer noch, dass ich deine Assistentin bin?"

Er dachte darüber nach. Nach ihren Nachrichten, und nun dem Besuch im Mitarbeiterbereich des Clubs, war ihm bewusst, dass er sich besser jemand anderen suchen sollte. Aber wen? Sie war wie praktisch jede andere Frau im *Vault*. Sobald er mit ihnen geschlafen hatte, verwandelte sein Sperma sich in ein potentes Bindemittel, das sie tollwütig nach mehr gieren ließ.

Er musste wirklich einen Weg finden, wie er solche Schlamassel vermeiden konnte.

„Du wärst nicht wirklich eine Assistentin." Entspannt lehnte er sich in seinem Stuhl zurück. „Ich brauche nur jemandem, an dem ich demonstrieren kann."

„Dann bin ich genau die Richtige."

Natürlich war sie das.

„Aber ich würde es vorziehen, im Vorfeld zu üben." Sie schob den Saum ihres Rockes hoch und begann ihre Unterwäsche auszuziehen.

„Ist nicht nötig." Er kam auf die Beine und schritt um den Schreibtisch herum. „Ich will eine Session ohne Skript."

Sie klimperte mit den Wimpern und ließ ihren String zu Boden fallen. „Kein Problem, dann ist der heutige Abend nur zum Spaß."

„Kein Interesse."

Sie glitt vorwärts und legte ihre Hände auf seine Brust. „Bist du sicher?" Ihre Nägel zogen eine Bahn über seine Brustmuskeln und seinen Unterleib zu seinem Schritt. „Ich wette, ich kann dich überzeugen."

Diese Wette würde er bereitwillig annehmen. Er würde sogar sein Haus darauf verwetten. „Du wirst nicht gewinnen." Er musterte sie teilnahmslos in dem sicheren Wissen, dass sein schlaffer Penis durch ihre Berührung nicht zum Leben erweckt werden würde. Er hatte kein Interesse. Nicht im Geringsten. Und wenn sie ihn befummeln musste, um es zu kapieren, dann sei es so.

„Heute Abend nicht in Stimmung?" Sie schmollte. „Was ist los?"

„Du weißt, dass ich kein Wiederholungstäter bin, Janeane. Wir werden nicht nochmal miteinander schlafen."

Ihre Hand hielt an seinem Schritt inne, ihre Augenbrauen waren zusammengezogen. „Aber der Kurs, den du gibst ..."

„Ist eine einmalige Sache. Etwas Geschäftliches. Wenn du es mit jemandem treiben willst, geh runter und such dir jemand anderes."

Ihre Hand ließ von ihm ab. „Ich dachte—"

„Du hast falsch gedacht." Er wollte zu keiner Frau irgendeine Art Verbindung. Und er wollte definitiv nicht, dass sie ihre Krallen noch tiefer versenkte in dem Irrglauben, zwischen ihnen wäre etwas. „Ich schlage vor, du gehst wieder nach unten und suchst dir einen Kerl, der dich gescheit behandelt."

Herrgott. Wo war seine Promiskuität? Er fuhr grob mit einer Hand über seinen Bart, als sein Telefon erneut ertönte. Dieser Scheiß musste aufhören.

Janeane leckte sich die Lippen, ohne sich der unterschwelligen Spannung im Zimmer bewusst zu sein. „Komm schon, Brute. Mach mit mir, was du willst."

Er hob eine Braue. „Sicher, dass es das ist, was du willst?"

„Das weißt du genau." Ihre Augen leuchteten auf.

„Also gut." Er packte sanft ihr Handgelenk und führte sie in den Flur. „Wir sehen uns später."

Ihr fiel die Kinnlade herunter, als er sie losließ und kehrtmachte, um dann vor ihrem Gesicht die Tür zuzuknallen. *Perfekt.* Endlich Ruhe und Frieden.

„*Brute.*" Sie hämmerte gegen die Tür.

„Verflucht nochmal." Er knirschte mit den Zähnen. Was musste er machen, um diese Frauen davon abzubringen, den Boden unter seinen Füßen zu verehren? Es war kein Geheimnis, dass er sie geringschätzend behandelte. Von einer direkten Aufforderung sich zu verpissen abgesehen, hatte er alle Varianten durchprobiert. Dennoch fielen sie über ihn her wie defensive Linebacker über den Quarterback.

„Sofern du nicht auf der Suche nach deiner Unterwäsche bist, solltest du gehen."

Sie schnaubte. „Gut. Behalte sie als Souvenir."

„Ja, danke." Er sammelte das Stückchen Stoff vom Boden auf

und warf es in den Müll. Er brauchte kein Andenken. Sie hatte seine verdammte Handynummer und er war sicher, dass sie ihn das nicht vergessen lassen würde.

„Tschüss, Brute."

Er schloss seufzend die Augen. „Mach's gut, Janeane."

Friedliche Ruhe folgte, die er mit wachsendem Unmut begrüßte. Das *Vault* sollte eigentlich sein Rückzugsort sein. Seine Domäne. Ihm gehörte das Grundstück, auf dem es errichtet worden war. Er hatte Jahre damit verbracht, die perfekte Umgebung für seine Befriedigung zu schaffen, allerdings war Sex mittlerweile zu einer lästigen Angelegenheit geworden. Da war kein Nervenkitzel mehr. Keine Verfolgungsjagd. Vor allem aber war Respekt Mangelware.

Sex außerhalb des Clubs war keine Option. Er würde sich nicht auf ein Date einlassen, und er weigerte sich, Zeit damit zu verschwenden nach Frauen zu suchen, die moralisch in der Lage waren, einen hemmungslosen One-Night-Stand zu genießen. Er hatte weder die Geduld noch die Motivation dazu. Daher musste er sich mit der länger werdenden Liste von abzuweisenden Frauen innerhalb des *Vaults* abfinden. Denjenigen, die wieder und wieder für mehr zurückkehrten. Reuelos und hartnäckig.

Eine solche Angewohnheit war nicht bewundernswert und definitiv nicht attraktiv. Je mehr eine Frau ihm hinterherlief, desto weniger Respekt zollte er ihr in seinem Versuch, sie von seiner Fährte abzubringen. Selbst dann schien seine Art der Zurückweisung noch nach dem neuesten, frisch auf dem Markt erschienenen Parfüm-Bestseller zu duften.

Er konnte verdammt nochmal nicht gewinnen.

„Das ist Bullshit." Er riss den Dokumentenschrank auf und sortierte ungeordnete Rechnungen, um sich von dem Ort abzulenken, an dem er eigentlich sein wollte. An dem er sein *sollte*.

Ein weiterer schriller Piepton ertönte von seinem Handy, und er schlug frustriert den Schrank zu. Er zog das Telefon aus seiner Tasche, das Mahlen seiner Zähne hart genug, um Schaden anzurichten. Er würde das verdammte Ding bis zum Morgen ausschalten. Dann würde er die Nummer wechseln.

Er war im Begriff das Gerät abzuschalten, als es zu vibrieren begann und das Display einen eingehenden Anruf einer unbekannten Nummer anzeigte. Unter der Last seiner Rage hätten seine Zähne brechen müssen.

„Wenn das eine weitere Frau ist ...“ Er drückte auf *Annehmen*. Seine Nasenflügel bebten, als er das Gerät an sein Ohr hob. „*Was?*“

Einen Herzschlag lang herrschte Stille. Ein herrlicher Schlag, währenddem er hoffte, dem Anrufer ausreichend Grund gegeben zu haben, seine Absicht zu überdenken, um ein weiteres Stelldichein zu bitten. Oder um einen Fick. Oder welche Version eines Angebots derjenige auch immer vorschlagen mochte.

„Bryan?“

Jepp. Eine weitere verdammte Frau. „Wer ist da?“

„Ich bin’s, Tera.“

Tera?

Er runzelte die Stirn. Mit diesem Namen kannte er nur eine Frau, und er hatte noch weniger Lust mit ihr zu sprechen als mit den Hyänen im *Vault*.

„Bryan?“ Ihre Stimme klang zaghaft, weniger direkt als er sie in Erinnerung hatte.

Er fuhr mit einer Hand über seinen Mund und erwog aufzulegen. „Ja.“

„Hier ist deine Cousine Tera.“ Sie machte eine Pause, vermutlich erwartete sie eine überschwängliche Begrüßung. Darauf würde das arme Ding lange warten müssen. „Ist gerade ein geeigneter Zeitpunkt bei dir, damit wir reden können?“

Er schnaubte verächtlich. Was zum Teufel sollte er darauf antworten? *War* gerade ein geeigneter Zeitpunkt? Jetzt, nach über zehn Jahren, die er ausgeschlossen von seiner eigenen Familie verbracht hatte?

„Sicher.“ Er machte keinen Hehl aus seiner Animosität. „Ich habe auf die passende Gelegenheit gewartet, um alles nachholen zu können. Wer hätte ahnen können, dass es ein wahlloser Samstagabend sein würde, fast ein ganzes Leben, nachdem ihr mir alle den Rücken zugekehrt habt?“

„Bryan ...“

„Nichts, *Bryan*. Sag mir, wieso du anrufst, damit wir es hinter uns bringen können.“

Sie seufzte. „Ich rufe an, um dich zu bitten, nach Hause zu kommen.“

„Das wird nicht passieren."

„Nicht einmal, wenn deine Mutter krank ist?"

Der Zorn verschwand, genau wie die Bitterkeit. Die Welt blieb stehen. Die Geräuschkulisse des Clubs und das Echo seines Herzschlags pausierten ebenfalls. Er hatte geglaubt, dieser Tag würde niemals kommen. Dass seine Familie ihn stets wie einen Aussätzigen behandeln würde – ihrer Zuwendung unwürdig. Nach einer Kindheit, in der er Eltern nachgejagt hatte, die sich Mühe gaben, seine Existenz zu ignorieren, wurde er endlich wahrgenommen.

„Bryan, bist du noch dran?"

„Ja, bin ich." Er lehnte sich an den Aktenschrank, der Drang aufzulegen noch immer präsent. Er wollte es nicht wissen. Und ganz bestimmt wollte er nicht, dass es ihn kümmerte.

„Es tut mir leid, dass ich diejenige bin, die es dir mitteilt, aber sie hat Krebs im Endstadium."

Fuck. Er hatte sich gefragt, ob ein derartiges Ereignis mit seiner Mutter je eintreten würde. Nicht bezogen auf das Karma, das sich in Form einer Krankheit mit Todesfolge offenbarte. Er hatte sich gefragt, ob sie Reue verspüren würde in dem Moment, in dem sie realisierte, dass sie eine Liste von Sünden besaß, von denen sie sich lossprechen musste, bevor sie das Heilige Land betreten durfte, das ihrer Meinung nach auf sie wartete.

„Sie kämpft schon seit einer Weile. Ich bin mir aber nicht sicher, wie viel Kampfgeist noch in ihr steckt."

Eine Weile. Es sollte ihn wirklich nicht überraschen. „Falls sie mich sehen will, kann sie selbst anrufen."

„Sie weiß nicht einmal, dass ich anrufen wollte." Die Worte hingen in der Luft wie eine Schlinge, die auf einen unfreiwilligen Hals wartete. „Niemand weiß es."

Mit anderen Worten: Er war ihnen immer noch egal. Ihnen allen.

Er stieß ein abfälliges Lachen aus. Nicht einmal die Aussicht auf ihren womöglich kurz bevorstehenden Tod hatte in seiner Mutter eine gewisse Zuneigung geweckt. Wie konnte er nach all dieser Zeit noch etwas anderes von der eiskalten Hexe erwarten?

„Danke für den Anruf, Tera."

„Kommst du nach Hause?", fragte sie eilig.

„Tampa war nie mein Zuhause. Dafür haben meine Eltern gesorgt." Er räusperte sich und versuchte gleichzeitig, seinen Geist von der Vergangenheit zu befreien. „Es ist für alle Beteiligten das Beste, wenn du diese Nummer vergisst."

Er wartete auf eine Reaktion auf seine Aussage – das leichte Stocken in ihrem Atem –, bevor er den Anruf beendete und sein Handy einsteckte.

Er hatte kein Zuhause. Brauchte und wollte keines.

Er hatte allerdings einen Zufluchtsort, und es war an der Zeit ihn zurückzuerobern.

KAPITEL FÜNF

*P*amela überreichte dem Sicherheitsdienst am Parkplatzeingang zum *Vault* ihren Ausweis. Ihr ganzer Körper vibrierte angesichts der vielen Möglichkeiten.

Die letzten zwei Wochen hatte sie damit verbracht, die Erlebnisse ihres letzten Besuchs des geheimen Clubs bis in kleinste Details wieder und wieder zu durchleben. Das Erwachen. Das Vergnügen. Die absolute Leichtigkeit, mit der sie sich unter der talentierten Hand aufgelöst hatte.

„Angenehmen Abend." Der Wachmann gab ihr den Ausweis zurück und wies sie mit einem Ruck seines Kinns an weiterzugehen.

„Vielen Dank." Sie schob ihre Handtasche höher auf ihre Schulter und näherte sich der verdunkelten Treppe. Der Klang von Stöhnen und Grunzen wurde immer lauter, je tiefer sie hinabstieg, bis sie sich auf der untersten Stufe befand und ins *Vault* hineinspähen konnte.

Ausnahmsweise einmal lächelte sie, als sie an der Bar vorbeiging, nicht länger frustriert zu beobachten, wie andere Frauen mit Leichtigkeit auf ihre Kosten kamen. Wie üblich zog sie in der Umkleide ihre Kleidung aus, packte ihre Handtasche weg und kehrte anschließend in den Hauptbereich zurück.

Der Raum war gefüllt mit der üblichen Kundschaft, inklusive einiger unbekannter Gesichter, die ihr Interesse nicht wecken konnten. Paare mischten sich mit Getränken in der Hand unter die Menge, andere trieben es in ruhigen Ecken oder in exponierterer Lage auf Sofas.

Niemand schenkte ihr viel Aufmerksamkeit. Nicht mehr oder weniger als gewöhnlich.

„Pamela", rief Shay von hinter der Bar. „Du bist zurück."

„Ja." Sie näherte sich der grinsenden Frau und glitt auf einen freien Hocker. „Ich dachte, ich versuche es noch einmal, nach dem Erfolg der letzten Session."

„Freut mich, das zu hören. Kann ich dir zur Feier des Tages einen Drink bringen?"

„Sicher. Einen *Tequila Sunrise*, bitte."

Shay bereitete den Cocktail zu, während Pamela sich auf ihrem Sitz umdrehte und die Menge überflog. Die Szene vor ihr hatte nichts Neues oder Anderes an sich. Ein Paar benutzte die Sexschaukel. Singles drängten sich in den Rahmen der offenen Türen zu den angrenzenden Zimmern. Andere scharten sich um die Bar.

Das Einzige, was fehlte, war ihr Unmut.

„Er ist noch nicht da."

Sie wandte sich zu Shay und ergriff das Getränk, das nun vor ihr stand. „Wer? Brute?"

„Bist du nicht wegen ihm wieder hier?"

„Nein." Das war die Wahrheit. „Ich denke nicht, dass ich noch einmal mit ihm zusammen sein werde." Sie wollte sein Ego nicht füttern, ganz gleich wie begabt seine Hände waren. „Nicht, dass ich technisch gesehen überhaupt mit ihm zusammen gewesen wäre. Alles, was es brauchte, war ein Daumen, eine Fingerspitze und ein paar gut platzierte Worte."

Was sie veranlasste hatte, ihren Hintern zurück ins *Vault* zu schwingen, war die Hoffnung, dass Bryan die Schleusen geöffnet hatte, als er ihre Dürre durchbrach. Derjenige, den sie sich für ihre nächste Spielsession aussuchte, würde hoffentlich genauso erfolgreich sein.

„Das hört sich ganz nach ihm an", gluckste Shay. „Ich schwöre, er wurde mit einer Gabe geboren. Er lässt die Frauen immer um mehr bettelnd zurück."

„Ich wünschte, ich müsste dem nicht zustimmen." Leider tat

sie das. Er war wahrhaftig begabt in der Kunst der Verführung. Und zweifelsohne seines Talents unwürdig.

„Warum versuchst du es dann nicht mit einer zweiten Runde? Wenn ihr beim letzten Mal technisch gesehen nicht zusammen wart, würde es nicht gegen seine Spielregeln verstoßen."

„Regeln? Wirklich?" Ihre Worte trieften vor Ungläubigkeit. Der Kontrast zwischen seiner Begabung und seinem Temperament schockierte und verblüffte sie immer wieder. „Nein, danke. Gott weiß, ich würde ihm nicht auf die Füße treten wollen."

„So schlimm ist er nicht. Ehrlich. Ich hätte ihn nicht dazu gebracht dir zu helfen, wenn es so wäre. Er weiß, was er will, genauso wie du. Der Unterschied ist, dass er nie ins Wanken gerät."

„Wem sagst du das." Pamela nahm einen Schluck ihres Drinks. „Ich bin ins Wanken geraten wie eine Palme in einem Zyklon. Es gibt hier keinen Kerl, mit dem ich nicht zumindest geflirtet habe, alles in dem Versuch, meinen Fix zu erhalten."

Shay legte ihre Hände auf die Bar und lächelte traurig. „Kannst du ihm dann wirklich vorwerfen, dass er feste Grenzen setzt, Süße? Bei ihm wissen die Frauen wenigstens, was sie zu erwarten haben."

Das stimmte. Vielleicht sollte sie Bryan nicht dafür verurteilen, dass er zu seiner Einstellung stand. Selbstbestimmung und so weiter. „Vermutlich nicht. Trotzdem eckt er bei mir mit seiner Persönlichkeit an."

„Wen kümmert es, ob seine Persönlichkeit bei dir aneckt, solange es weiter Orgasmen gibt? Glaub mir, würde Leo mich jeden Kerl, der hier reinkommt, fesseln und knebeln lassen, damit es keinen lästigen Smalltalk gibt—"

Ein Mann, der zwei Hocker weiter saß, zog mit einem Räuspern ihre Aufmerksamkeit auf sich.

„Oh, ich bitte dich, Jeff. Erzähl mir nicht, dass du bei dem Gedanken, gefesselt und geknebelt zu werden, keinen Steifen bekommst."

Der Mann grinste. „Gib mir einen trockenen Bourbon, und ich werde so tun, als hätte ich nichts gehört."

Shay gluckste, als sie sich die gewünschte Spirituosenflasche schnappte. „Siehst du? Fesseln und knebeln ist definitiv die Lösung. Aber das wird nicht passieren. Das hier ist ein Sexclub, kein Rückzugsort, um Bindungen zu knüpfen, und es wird gutes Geld gezahlt, um durch diese Türen zu gelangen. Mach das Beste daraus. Bestehe auf eine ganze Runde mit ihm. Was ist das Schlimmste, das er tun könnte?"

Vielleicht hatte Shay Recht. Pamela sollte ihre Entscheidung basierend auf Bryans Fähigkeiten fällen, nicht seiner Einstellung. „Ich werd's mir überlegen."

„Nun, dann überleg schnell." Shay blickte über Pamelas Schulter. „Denn der Mann der Stunde ist hier."

Das Pochen ihres unregelmäßigen Herzschlags dröhnte in ihren Ohren, begleitet von einer ungesunden Dosis Verwirrung angesichts ihrer eigenen Reaktion.

Sie schwang sich auf ihrem Hocker herum und nahm den Mann ins Visier. Sein Anzug umhüllte ihn wie eine Rüstung, stark und sicher. Sein Hemd war weiß und makellos, mit einer glänzenden schwarzen Krawatte, die lose um seinen Hals hing. Er musste zum Arbeiten, nicht zum Vergnügen hier sein. Anderenfalls hätte er Boxershorts getragen, so wie es die Regeln des *Vault* verlangten.

Sie griff nach ihrem Glas, um ihre Hände beschäftigt zu halten, während ihr Kopf Überstunden machte. Arschloch oder nicht, er war mit körperlicher Attraktivität der Art gesegnet, die nicht verblasst war, seit sie mehr über seine Persönlichkeit erfahren hatte.

Seine Mimik war alles andere als einladend. Seine Augen waren streng, sein Gesicht von einem hellen, borstigen Bart bedeckt, der stets tadellos gestutzt zu sein schien. Er hatte kräftige Schultern, eine massive Gestalt und einen kraftvollen Gang.

Ein emotionsloser Vortex von Kopf bis Fuß.

Ohne Erlaubnis durchzuckte sie ein Kribbeln, das sie erschaudern ließ. Sie wollte sich nicht zu ihm hingezogen fühlen. Verdammt, sie würde sich unter den Tisch trinken, in der Hoffnung, ihre nüchterne Sicht mit einigen Kurzen zu beeinträchtigen. Doch der Alkohol würde nicht helfen.

Sie war von ihm fasziniert.

Angezogen, fasziniert, und vielleicht auch ein bisschen neugierig.

„Ich könnte zu ihm gehen und fragen, was er vorhat", sagte sie laut, weil sie hoffte, damit eine Art Verpflichtung gegenüber dem Universum einzugehen, die sie an einem Rückzug hinderte.

Er ging weiter in Richtung eines der Nebenzimmer, als sein düsterer Blick ihrem begegnete.

Sie hielt ertappt inne, immer noch zur Hälfte auf ihrem Hocker sitzend.

Sie wartete auf ein Zeichen. Einen Impuls. Eine Würdigung des monumentalen Funkens, den sie das letzte Mal, als sie hier war, miteinander geteilt hatten.

Nichts.

Er sah weg, ohne auch nur mit den Lippen zu zucken.

„Ähm." Sie drehte sich zur Bar zurück. „Das wirkte nicht gerade freundlich."

„Das ist Brute. Einhundert Prozent Arschloch in einhundert Prozent aller Fälle. Hält ihn nicht davon ab, wie ein Trojaner zu vögeln."

Verdammter Mist. Teile ihres Körpers reagierten ohne Vorwarnung – Brüste, Magen und tiefer. *Viel tiefer.* Seit wann hatte sie eine masochistische Ader?

Sie riskierte einen weiteren Blick über ihre Schulter und konzentrierte sich auf die Dunkelheit des Zimmers, in das er verschwunden war. Sie wollte diesem gnadenlosen Mann keine Macht über sich geben, doch die Wahrheit war, dass er sie bereits besaß. Er konnte ihr Dinge geben, zu denen kein anderer Mann fähig zu sein schien.

„Ich versichere dir, er weiß, wie man sich amüsiert. Er ist nur extrem wählerisch, wen er an seiner Abwehr vorbeilässt."

Ein Einzelgänger.

Wie ihr Ehemann.

Diese Erkenntnis schwächte ihr Interesse ein wenig ab. Aber nicht ausreichend. Die Vergangenheit schien sich zu wiederholen, und wie bei ihrem Mann fand sie sich nicht in der Lage kehrtzumachen.

„Wirst du kneifen?" Shays Stimme war leise, ein bloßes

Flüstern unterbewusster Gedanken in Pamelas verwirrtem Verstand.

„Nein. Es ist alles gut. Ich sehe mal nach, was er so treibt. Fragen kostet nichts, richtig?" Sie sog heftig an ihrem Strohhalm und leerte ihr Glas. „Wünsch mir Glück."

„Zeig's ihm."

Pamela gluckste zum Abschied, dann rutschte sie von ihrem Hocker und richtete ihr tiefpinkfarbenes Korsett, bevor sie in seine Richtung tapste. Ihre Situation wäre eine andere, wenn er nicht der letzte Mohikaner wäre, nach Jahren unerreichbarer Orgasmen.

Er war ein Einhorn, das war alles.

Eine übellaunige, bissige Anomalie.

Und wenn sie wirklich ehrlich mit sich selbst war, war sie nicht gerade begeistert davon, mit einem ihrer vorherigen Spielgefährten erneut anzubandeln. Bei der Aussicht, die Fehler aus der Vergangenheit zu wiederholen, stellten sich ihr die Nackenhaare auf.

Sie blieb in der Türöffnung stehen und nahm die schemenhafte Gestalt von ihm in sich auf, wie er an die Wand gelehnt dastand und den Dreier beobachtete, der sich auf dem runden Bett in der Raummitte gegenseitig küsste und streichelte. Der reizvolle Anblick von Zoe und ihren Männern hatte Pamela schon immer fasziniert. Jedoch nicht heute Abend. Im Augenblick konnte sie nicht aufhören den Mann anzustarren, der den Schlüssel zu ihrem Vergnügen besaß. Der Mann, bei dem eine bloße Erinnerung ausreichte, dass sich ihre Pussy genüsslich zusammenkrampfte.

Verdammt sei er.

Sie stellte sich neben ihn und ignorierte den tiefen, holzigen Duft seines Aftershaves, der sie wie ein Zaubertrank umhüllte. „Hey."

In der Zeit, die sein Blick brauchte, um endlich ihrem zu begegnen, hätten zehn Kinder gezeugt werden können. Keine Worte wurden gesprochen. Da war weder Vertrautheit noch Freundschaft. Nur Pflichterfüllung ohne jede Wärme, als er mit dem Kinn ruckte. Er bedachte sie nicht nur mit einer kalten Schulter, sondern auch mit einem kalten Blick.

Das Problem war, sie war jetzt hier, an seiner Seite, und sie wollte nicht mit eingezogenem Schwanz kehrtmachen. Schon gar nicht, wenn sich Shays Worte wie ein Mantra in ihrem Kopf wiederholten – *hält ihn nicht davon ab, wie ein Trojaner zu vögeln.*

„Arbeitest du?" Sie bemühte sich unbeteiligt zu wirken. „Du trägst immer noch deinen Anzug."

„Hab gerade Feierabend gemacht."

Sein Tonfall transportierte andeutungsweise ein *Verpiss dich.* Eine Andeutung, die sie zu Herzen nehmen sollte. Sie sollte die Warnung als solche erkennen und das Zimmer verlassen. Den Club. Sein Leben. Stattdessen ließ sie ihren Blick über die harten Linien seiner Brust wandern, hinunter zu den kräftigen Oberschenkeln, von denen sie noch gut wusste, wie sie sich anfühlten, wenn sie gegen sie gepresst waren.

Verflucht sei er dafür, ihre ausgehungerte Weiblichkeit so erregt zu haben.

Diese Hände hatten sie zu Tagträumen inspiriert, von denen sie monatelang etwas haben würde. Diese Beine hatten dazu beigetragen, ihr während ihres gewaltigsten Orgasmus Halt zu geben.

Er drückte sich von der Wand ab und marschierte ohne ein Wort des Abschieds an ihr vorbei.

„Hey." Mit missbilligender Miene sah sie seinem sich entfernenden Rücken hinterher. „Warte."

Er blieb stehen, seine Schultern breit und bedrohlich.

„Bist du daran interessiert heute Abend zu spielen?"

Diesmal klingelte die Stille wie eine explodierende Bombe in ihren Ohren. Die Welt hielt kollektiv den Atem an.

Langsam drehte er sich zu ihr um, die Furche zwischen seinen Brauen markant genug, um Stein zu schneiden. „Habe ich in den letzten fünf Minuten etwas getan, das dir den Eindruck vermittelte, ich sei interessiert?"

„Äh ..." Ihre Kehle trocknete aus und schnitt ihr das Wort ab.

„Die Antwort, die du suchst, lautet nein", brummte er leise. „Ich habe nicht hallo gesagt. Ich habe nicht einmal gelächelt. Dann bin ich weggegangen. Was muss ich noch tun?"

Schock vernebelte ihr Gehirn und machte zusammenhängendes Denken unmöglich. Sie wusste nicht, ob sie sich entschuldigen oder ausrasten, wimmern oder die Zähne fletschen sollte. Sie war schon öfter in einer solchen Situation gewesen. Viele Male. Aber immer andersherum. Ihr war noch nie vorgeworfen worden, einen Wink nicht zu verstehen. Sie war immer die Anklägerin gewesen. Der Unterschied war, dass sie dabei nicht so ein Arsch war. „Ein einfaches Nein hätte gereicht."

„Dann: nein." Er hob gleichzeitig seine Stimme und seine Arme und zog damit die Aufmerksamkeit auf sich. „Ich bin nicht interessiert."

Sie blinzelte heftig in dem Versuch, stark zu bleiben, während die Demütigung auf ihren Wangen brannte. „Du bist ein unhöflicher Scheißkerl."

Sie ging an ihm vorbei, nicht gewillt, ihm seine Dosis Herabwürdigung zu gewähren.

„Halt." Der Befehl hallte von den Wänden wider, stoppte Orgasmen, unterbrach Vorspiele. Ihre Wangen erhitzten sich, als sich mehr als ein forschender Blick auf sie richtete. „*Ich bin* ein Scheißkerl?"

Panik stieg ihr in die Kehle. Sie war selbstbewusst. Stark. Doch konfrontiert mit einem Mann wie Brute begann ihr Selbstwertgefühl zu flackern und drohte vollständig zu erlöschen.

„Das reicht", kam Zoes Stimme vom Bett. „Was auch immer es ist, es muss nicht vor einer Menschenmenge ausgetragen werden. Brute, du solltest es besser wissen."

Nein, Pamela hätte es besser wissen müssen. Sie hätte auf ihren Bauch hören und es gut sein lassen sollen. Bevor sich Verbitterung breitmachte. Bevor sie Shay um Hilfe gebeten hatte. Und definitiv bevor dieser Schuft auf den Plan getreten war.

„Ich bin nicht der Einzige, der es besser wissen sollte." Bryan schritt an ihr vorbei. „Die Clubregeln zu ignorieren scheint hier unten zu einer Epidemie zu werden."

Er betrat den Hauptbereich, sein geschmeidiger Gang noch immer intakt. Jeder Schritt, den er machte, vermittelte seine Kontrolle, sein Selbstvertrauen, während ihre Fähigkeit hoch erhobenen Hauptes dazustehen kurz vor dem Ende stand.

Es hätte schlimmer sein können. Immerhin hatte er ihre Erniedrigung auf ein kleines Zimmer mit einer geringen Anzahl an Zeugen beschränkt. Er hätte—

„Ich sollte nicht alle Anwesenden daran erinnern müssen, dass nein verdammt nochmal nein heißt." Mit erhobener Stimme beanspruchte er die Aufmerksamkeit des gesamten Clubs. „Ihr habt eine Zurückweisung ohne Zögern hinzunehmen oder ihr verschwindet auf der Stelle aus meinem Club. Ist das klar?"

Ihre Lippen teilten sich, ihre Demütigung entwich in einem abgehackten Atemzug.

Ihr fehlten die Worte, um das Ausmaß seines Angriffs zu beschreiben. Er hatte sie absichtlich verstoßen. Aus welchem Grund? Weil sie ihn gefragt hatte, ob er spielen wollte?

„Ihr alle habt am Anfang der Woche meine E-Mail erhalten", fuhr er fort. „Und ich bin stinkwütend, dass viele von euch meine Handynummer als Aufforderung betrachtet haben, mir sexuelle Avancen am Telefon zu machen."

Sie sah sich um und erwartete Verachtung und Verurteilung in den Gesichtern. Was sie stattdessen vorfand, waren unbehagliche Mienen von zahlreichen Frauen, die Brute entgegenblickten. Einige sahen beschämt aus, andere wirkten bloßgestellt, während die Blicke der Männer wie Pingpong-Bälle im *Vault* hin- und hersprangen, in dem Versuch, herauszufinden, wer das Erdbeben ausgelöst hatte.

Bryan nahm sich die Zeit, jede Frau in Sichtweite mit einem finsteren Blick zu bedenken. „Diese Scheiße muss aufhören. Wir haben aus gutem Grund strikte Regeln, und ich will verdammt sein, wenn ich mich in meinem eigenen Club belästigt fühle. Respektiert die Grenzen und akzeptiert die nonverbalen Hinweise oder rechnet damit, eure Mitgliedschaft gekündigt zu bekommen." Er nahm einen tiefen Atemzug und stieß in kraftvoll wieder aus. „Und wenn ich herausfinde, dass jemand ein Handy mit hier drin hat, anstelle es sicher in der Umkleide zu verstauen, wird hier der Teufel los sein."

Das Schweigen verdichtete sich.

„Danke für die Erinnerung", rief Leo von der Bar, ein Hauch von Belustigung in der Stimme. „Wer will einen Drink?"

So schnell wie sich das Lauffeuer verbreitet hatte, wurden die Flammen mit dem angebotenen Alkohol auch wieder gelöscht. Paare setzten ihre Knutschereien fort, Voyeure nahmen wieder ihre Positionen ein, und Exhibitionisten versanken erneut in Glückseligkeit.

Die Welt um sie herum begann sich wieder zu drehen, während ihre Füße an Ort und Stelle verharrten.

„Ich würde es mir nicht zu Herzen nehmen." Zoe stellte sich neben sie, die Augenbrauen der hübschen Frau waren zusammengekniffen. „Dem Flüstern nach zu urteilen, was ich heute Abend vernommen habe, war der Ausbruch unvermeidlich."

„Ich ... ähm." Sprachlos? Wirklich? Der Effekt dieses Mannes kannte keine Grenzen. Sie hatte noch immer keine Ahnung, was gerade geschehen war.

„Ich bin sicher, es war nicht direkt gegen dich gerichtet." Zoes Augen verengten sich. „Außer du hast ihn angerufen und angeschrieben, damit er sich mit dir trifft."

„Nein. *Gott*, nein." Wäre da nicht seine magische Berührung, hätte sie ihm nicht einmal die Uhrzeit gesagt. „So dumm bin ich nicht."

„Du wärst überrascht, wie viele Frauen es sind. Ich habe es munkeln hören, dass es eine Wette darüber gibt, wer als nächstes mit ihm schlafen darf. Die teilnehmenden Mitglieder sind nicht gerade zimperlich. Sie versuchen alle, die glückliche Frau zu sein, die ihn vom Markt nimmt."

„Soweit es mich betrifft, gehört er ganz ihnen." Die rhythmischen Geräusche von Sex und Erfüllung wurden lauter, als hätte es keine Unterbrechung gegeben. „Ich wünschte nur, ich käme mir nicht wie ein Idiot vor." Sie *hatte* ihn belästigt und seine nicht gerade subtilen Hinweise ignoriert. „Ich hätte mehr auf sein Verhalten achten sollen."

„Brutes Verhalten?" Zoe lachte. „Wenn wir das alle täten, würde niemand mehr mit ihm reden."

„Vermutlich." Sie nickte und versuchte die Kameraderie anzunehmen, obwohl sich Säure durch ihren Magen fraß. „Ich gehe jetzt besser."

„Du kannst jetzt nicht gehen." Zoe wandte sich zu den Männern auf dem Bett um und bat mit einer gespreizten Hand um fünf Minuten. „Wenn du gehst, gewinnt er mit seiner beschissenen Einstellung. Lass uns erst etwas trinken."

Sie hatte kein Interesse daran, irgendeine Art von Sieg zu

erringen. Außerdem konnte sie nicht gegen jemanden kämpfen, der das Zimmer verließ. „Nein, ich habe mein Limit erreicht." An Schwachsinn *und* Alkohol. „Lass deine Jungs nicht warten."

„Süße, die gehen nirgendwohin."

„Vielleicht nicht, aber ich schon. Ich kann nicht hierbleiben. Trotzdem danke für das Angebot."

Sie verabschiedete sich nicht. Nicht bei Zoe, Shay, oder sonst einer einzigen Seele, während sie durch den Hauptraum, die Newbie-Lounge und den Eingangsbereich schlich. Sie musste hier raus, bevor ihr Kopf durch das Vakuum, das einmal ihr Stolz gewesen war, explodierte.

KAPITEL SECHS

*B*ryan hatte seine Hand im Safe und griff nach seinen Schlüsseln, seiner Brieftasche und seinem Handy, als die Bürotür aufflog, um Sekunden später wieder zugeknallt zu werden.

„Was zur Hölle ist los mit dir?" Shay tauchte hinter ihm auf, ein Bild der menschgewordenen Entrüstung und Rage.

„Das *Vault* drohte außer Kontrolle zu geraten. Es war an der Zeit, alle wieder auf Kurs zu bringen. Ich werde mich nicht dafür entschuldigen, sie an die Regeln erinnert zu haben."

„Davon spreche ich nicht. Ich will wissen, warum zum Teufel du an Pamela ein Exempel statuierst, wenn sie nichts falsch gemacht hat."

Er schnitt eine Grimasse. Dieser Name. Er machte ihn fertig. Jedes Mal. „Nichts falsch gemacht?" Die Frage drang durch zusammengebissene Zähne. „Was ist damit, dass sie mich einen Scheißkerl geschimpft hat, weil ich nicht von ihr abgeschleppt werden wollte?"

„Es ist mir egal, ob sie versucht hat, dich einer analen Zwangsuntersuchung zu unterziehen. Du hättest sie behutsamer abweisen können. Es gab keinen Grund, sie zum Gespött zu machen."

„Kümmere dich um deinen eigenen Scheiß, Shay."

Er bereute keine Sekunde seines Zorns heute Abend. Insbesondere, nachdem er im Treppenhaus des *Vault* angehalten worden war, um von der Gruppe von Frauen zu erfahren, die Wetten auf sein Sexleben abgeschlossen hatte. Dieses Wissen hatte ausgereicht, ihn in nukleare Rage zu versetzen.

Ihre einzige Rettung war das Glück, ihn als ihr Ziel gewählt zu haben. Hätten sie einen anderen Mann oder eine andere Frau auf diese Weise behandelt, wäre er längst Amok gelaufen.

„Es ist mein Scheiß, da ich es war, die sie überzeugt hat, dich anzusprechen."

Seine Brust wurde eng, das untrügliche Pulsieren der Wut blockierte seine Kehle. „Du hast ihr gesagt, sie solle mich schikanieren?"

„Dich schikanieren?" Sie stemmte die Hände in die Hüften. „Sie wollte nicht einmal in deine Nähe gehen. Ich musste sie dazu überreden."

Er hätte wissen müssen, dass Shay etwas damit zu tun hatte. „Dann ist es deine Schuld. Nicht meine. Ich habe deutlich gemacht, dass ich nicht interessiert bin. Ich habe kaum zwei Worte zu ihr gesagt, bevor ich weggegangen bin. Sie war diejenige, die mir folgte. Sie war diejenige, die weiter so tat, als wäre ich eine sichere Sache, weil du ihr anscheinend einen falschen Eindruck von mir übermittelt hast."

Ihre Körperhaltung veränderte sich, zeigte das leiseste Anzeichen von Schuldgefühl.

Nur weil Ella nicht so unverblümt war wie die anderen, die angerufen oder ihn angeschrieben hatten, bedeutete das nicht, dass sie es beim nächsten Besuch des *Vault* nicht sein würde. Seine Ansage war eine Warnung für jeden Besucher gewesen, der daran erinnert werden musste, dass jegliche Hinweise auf Zurückweisung genauso ernst zu nehmen waren wie eine offensichtliche Abfuhr.

„Und wie ich unten schon sagte, ist sie nicht die Einzige." Er warf sein Handy in ihre Richtung, und das Gerät tanzte in ihren Fingern, bevor sie es sicher in der Hand hielt. „Check die Nachrichten. Sieh nach, wie viele Frauen aus dem *Vault* versuchen, meinen Schwanz zu reiten."

„Ich will nicht—"

„*Verflucht*, guck's dir an." Ihm war gleichgültig, ob sie ihn für unverbesserlich hielt. Aber er ließ sie ganz sicher nicht in dem Glauben, dass die Frauen da unten alle liebreizend und tugendhaft waren.

Sie hob überheblich eine Braue und verlagerte ihr Gewicht, dann entsperrte sie seinen Bildschirm und navigierte zu seinen Mitteilungen. Sie scrollte und scrollte, während ihre Augen Nachrichten überflogen, von denen er wusste, dass sie ebenso vulgär wie dreist waren.

„Deine Freundin mag keine Wiederholungstäterin sein. Aber das ist nur eine Frage der Zeit."

„So ist sie nicht ... Heilige Scheiße, ich kann nicht glauben, dass Elise dir ein nacktes Selfie geschickt hat."

Er nickte. Elise hatte einen hübschen Vorbau, doch er würde das Bild trotzdem löschen und sie fest auf seine schwarze Liste setzen. „Eine von vielen."

Sie verzog das Gesicht und gab ihm das Telefon zurück. „Das bedeutet nicht, dass du das Recht hast, deine Frustration an Pamela auszulassen. Ihre Beteiligung war meine Schuld."

„Shay bekennt sich schuldig?" Er steckte sein Handy ein, zusammen mit seinen Schlüsseln und seiner Brieftasche. „Du musst diese Frau wirklich mögen."

„Ich fühle mit ihr mit. Sie ist zu jung, um Witwe zu sein."

Er hatte den toten Ehemann beinahe vergessen. Allerdings spielte das keine Rolle. Das Einzige, was schlimmer war als eine aufdringliche Frau, war eine aufdringliche Frau mit Ballast. „Sie ist attraktiv, und es treten ständig neue Männer dem *Vault* bei. Sie wird schon bald jemanden finden, der zu ihr passt."

Daran gab es keinen Zweifel. Von ihrer Schönheit abgesehen war sie zudem leidenschaftlich und sexuell. Die ersten drei Punkte auf der Liste jedes heißblütigen Mannes.

„Und was ist mit dir?" Shay verschränkte die Arme vor der Brust. „Nach deiner entwürdigenden Zurschaustellung vermute ich, dass es für dich schwerer werden wird, im *Vault* flachgelegt zu werden. Weibliche Solidarität kann eine vertrackte Angelegenheit sein."

„Weibliche Solidarität kann mich mal kreuzweise. Es ist mein Club. Wenn ich bei den weiblichen Mitgliedern aufräumen und neu anfangen will, werde ich das tun." Die Ausmusterung von Mitgliedern schien sogar eine verdammt gute Idee zu sein.

„Du bist nicht der Einzige, dem der Club gehört. Er gehört auch Leo und T.J."

Er knurrte durch zusammengebissene Zähne hindurch. Er mochte diese Frau. Wirklich, das tat er. Aber, *heilige Scheiße*, manchmal hasste er sie gleichermaßen. „Sag Leo, dass ich gehe."

„Ich denke nicht—"

Er hielt eine Hand hoch. „Wenn es um mich geht, nicht nachdenken. Nie wieder. Hörst du mich? Halte dich aus meinem Sexleben raus, sofern du nicht willst, dass ich mich in deines einmische."

Ihr Kinn hob sich, der Ausdruck hielt sich eine kurze Sekunde, bevor sie nickte.

„Ich bin froh, dass wir endlich auf einer Wellenlänge sind."

Ihre Arme blieben weiter fest vor ihrer Brust verschränkt, als er das Büro verließ.

Er schritt in den Flur und die Treppe hinunter zur Bar. Der Clubabend war in vollem Gange, mit lauter Musik und einer überfüllten Tanzfläche. Aus dem Augenwinkel beobachtete er, wie sich die Tür des *Vault* öffnete, und er verharrte, da er sichergehen wollte, sich nicht in der Menge verstecken zu müssen, um vor einer weiteren weiblichen Klette in Deckung zu gehen.

Der Wachmann, der den Eingang bewachte, trat zur Seite, um jemanden in der Dunkelheit zu begrüßen.

Bryan hätte weitergehen sollen. Hätte direkt zum Parkplatz gehen sollen, ohne sich um irgendwen aus dem Privatclub zu scheren. Doch dann war es zu spät. Ella trat aus dem Schatten, in ein seidenes Kleid gehüllt, das die spärlichen Dessous darunter kaum verdeckte.

Sie schenkte der Security ein halbherziges Lächeln, dann bahnte sie sich ihren Weg über die Tanzfläche zum Haupteingang des *Shot of Sin*.

„Du kannst sie nicht alleine rausgehen lassen." Shays erhobene Stimme schallte über seine Schulter und hatte den Effekt eines Überraschungseinlaufs.

„Bin dran."

Es hatte einen Grund, dass sie das *Vault* so umgestaltet hatten, dass es einen Parkplatzausgang hatte. Einer Schar betrunkener Partygänger vor dem Club zu entkommen war keine Option, besonders nicht für eine Frau, die allein unterwegs war. Sie müsste um das Gebäude herum gehen. Unbeaufsichtigt. Ungeschützt.

„Verdammt nochmal." Diese Frauen würden einmal sein Tod sein. Oder zumindest der seiner Libido. Er wandte sich zu Shay um. „Geh wieder nach unten. Ich sorge dafür, dass sie zu ihrem Auto kommt."

„Sorgst du auch dafür, dass sie eine Entschuldigung erhält?"

Er setzte eine finstere Miene auf. *Von wegen Entschuldigung.* „Gute Nacht, Shay."

Sie lächelte, breit und voller Schadenfreude. „Nacht, Brute."

Ella wiederzufinden war nicht schwer. Sie teilte das Meer aus sexhungrigen Männern mit der Wirkung eines Peitschenhiebs. Er folgte ihr mit wenigstens drei Metern Abstand. Er würde nicht mit ihr reden. Sie würde nicht einmal wissen, dass er da war. Er würde sie lediglich im Schatten zu ihrem Auto begleiten und seine Verärgerung über sie loslassen, sobald sie wohlbehalten weggefahren war.

Sie erreichte die Clubtüren, senkte ihren Kopf, um dem Augenkontakt mit dem Türsteher auszuweichen, und lief in die Nacht hinaus.

Er tat es ihr gleich und wandte sich wenige Sekunden später an Greg.

„Alles in Ordnung, Boss?"

„Ja. Bin auf dem Heimweg." Sie schauten beide Ella hinterher.

„Eine Freundin von dir?"

„Nein, sie ist von unten."

Greg nickte und senkte seinen Blick auf ihr sich wiegendes Hinterteil.

Niemand innerhalb des Clubs wusste, was sich hinter den bewachten Türen des *Vault of Sin* verbarg. Nicht die Türsteher, nicht das *Shot of Sin*-Personal, und ganz sicher nicht die Menge, die jede Woche die Tanzfläche aufmischte. Davon wussten nur Bryan und seine Businesspartner, sowie einige sehr wenige des Barpersonals. Für alle anderen war es ein exklusiver VIP-Bereich mit Besuchern, deren Status so faszinierend schien wie der einer Berühmtheit.

„Behalte die Tür im Auge", brummte er. „Ich sorge dafür, dass sie ihr Auto erreicht."

„Natürlich."

Ella gewann an Abstand, und zwei Männer, die in der überfüllten Schlange auf ein Taxi warteten, traten vor, um ihr entlang des Gebäudes zu folgen. Sie kesselten sie ein, lehnten sich dicht zu ihr hinüber, womit sie ihre Absichten deutlich machten. Bryan beschleunigte seine Schritte.

Er musste ihr zugutehalten, dass sie nicht davonrannte. Sie blieb stehen, konfrontierte einen der Männer mit vorgerecktem Kinn und verkündete laut genug, dass jeder es hören konnte: „Ich bin nicht interessiert."

Er hätte über die Parallelen zu ihrer Situation vorhin lachen können. Andererseits machte es ihm auch ihre Unterschiede deutlich.

Ihre Position barg Verwundbarkeit. Bei ihm war das anders gewesen.

Sie musste aggressiv werden, um sie zum Rückzug zu bewegen. Er dagegen hatte es nur getan, um eine Szene zu veranstalten.

Die Männer akzeptierten die Abweisung und glucksten vor sich hin, als sie sich auf den Weg zum Ende der Taxischlange machten. Bryan wurde langsamer, wartete auf einen abfälligen Kommentar, eine spitze Bemerkung, irgendwas, das ihm eine Rechtfertigung lieferte, eine Nase oder einen Kiefer zu brechen.

Doch nichts kam.

Die Männer waren ebenso harmlos wie taktlos.

Ella setzte ihren Weg entlang des Gebäudes fort, ihre Absätze klackerten mit jedem ihrer beherzten Schritte. Sobald sie die Ecke des Gebäudes erreichte, würde sie außer Sichtweite sein, sowohl für die Clubsecurity als auch für alle anderen, bis auf diejenigen, die es für eine gute Idee hielten, in den frühen Morgenstunden einer bildschönen Frau zu einem Privatparkplatz zu folgen.

Nach einem kurzen Blick über ihre Schulter bog sie scharf links ab und verschwand.

Sie hatte ihn nicht gesehen. Hatte nicht genug auf ihre Umgebung geachtet, um zu bemerken, dass er ihr gefolgt war. Ihr

Hauptaugenmerk hatte auf der Taxischlange und den Männern gelegen, die sich ihr genähert hatten.

Großer Fehler.

Sie musste aufmerksamer sein.

Er beschleunigte sein Tempo in der Absicht sicherzugehen, dass niemand in der Dunkelheit lauerte. Sobald er um die Ecke kam, trafen seine Füße auf den Kies des Parkplatzes. Das Knirschen unter seinen Sohlen war unüberhörbar.

Sie hatte es allem Anschein nach ebenfalls gehört, so, wie sie nach ihrer Handtasche griff und den Inhalt durchwühlte.

Fuck.

Wenn sie sich umdrehte, würde er mit ihr reden müssen. Und wenn sie es nicht tat, würde er mit der Schuld leben müssen, sie unbeabsichtigt erschreckt zu haben. Vielleicht sollte er sich zu erkennen geben und sagen: „Hey, du kleine Närrin, wieso hast du nicht den anderen Ausgang benutzt?"

Doch er wollte heute Abend nicht mehr mit ihr reden. Oder mit sonst irgendjemandem, um genau zu sein. Der Gedanke an Gesellschaft hatte den Reiz einer betäubungslosen Beschneidung. Nicht, dass sich das Gefühl von jedem anderen Moment, in dem er gesprächig sein musste, unterscheiden würde.

Er ignorierte das Knirschen seiner Schritte und folgte ihr, kam ihr immer näher. Sein Tempo hatte sich nicht erhöht. Ihres hatte sich verlangsamt. Wieso zum Teufel hatte sie ihres verlangsamt?

Er war im Begriff, seine Gegenwart kundzutun, in dem Bemühen ihr die Angst zu nehmen, als sie sich herumschwang und ein Taschenmesser in seine Richtung hob.

Bei seinem Anblick teilten sich ihre Lippen, und der entschlossene Ausdruck in ihren verengten Augen verwandelte sich in ein verwirrtes Starren aus geweiteten Augen.

„Hast du vor, das zu benutzen?" Er richtete seinen Fokus auf das Messer, dessen Klinge kaum lang genug war, um nennenswerten Schaden anzurichten. Das hielt sie jedoch nicht davon ab, ihn zu taxieren, als würde sie sich ihre beste Angriffs- und Fluchttaktik errechnen. „Das *Vault* hat nicht ohne Grund einen Ausgang zum Parkplatz hin. Du solltest hier draußen nicht alleine sein."

Ihre Wangen erröteten, ob aus Verlegenheit oder Verärgerung

konnte er nicht sagen. Dennoch schwang sie das Messer weiter umher, als hätte sie die volle Absicht es einzusetzen. „Du bist mir den ganzen Weg gefolgt, um mir eine Standpauke zu halten?"

„Ich bin dir gefolgt, um sicherzugehen, dass du wohlbehalten zu deinem Auto kommst."

Sie schnaubte spöttisch und klappte das Messer mit einem selbstbewussten Klicken zu, bevor sie es zurück in ihre Handtasche beförderte. „Ritterlichkeit steht dir nicht. Sie macht nicht einmal Sinn, wenn man bedenkt, dass du der Grund dafür bist, dass ich mich zu gedemütigt gefühlt habe, um noch einmal durch das *Vault* zu gehen."

Der Stich in seiner Brust war alles andere als willkommen.

„Geh wieder rein." Sie drehte sich auf den Zehenspitzen ihrer glänzenden schwarzen Schuhe um und ging weiter das Gebäude entlang. „Ich brauche deine Hilfe nicht."

Sie ließ ihn stehen, wandte sich in die entgegengesetzte Richtung, während alle anderen Frauen nach der Chance, ein Gespräch mit ihm zu führen, zu geifern schienen. Vielleicht hatte Shay Recht. Diese Frau war womöglich doch keine Blutsaugerin.

„Vor zwei Wochen sah das anders aus." Seine Entgegnung kam aus heiterem Himmel. Eine nicht geskriptete Erwiderung, die er nicht hatte kommen sehen.

Sie lief weiter. Einen Schritt. Zwei. Dann schenkte sie ihm eine weitere schwungvolle Drehung, um ihn anzugreifen und Verachtung in seine Richtung zu spucken. „Weißt du was?" Sie presste ihre Lippen auseinander.

„Was? Lass es raus." Er sollte ihre Rage nicht amüsant finden. „Red es dir von der Seele, Prinzessin."

Ihre Augen loderten auf. „Oh, Freundchen, ich weiß nicht, was dich daran anmacht, so mit mir zu sprechen, wenn ich nichts falsch gemacht habe. Heute Abend hast du mich behandelt, als wollte ich mich in deine kohlrabenschwarze Seele einbrennen oder dir deine kostbare Junggesellenzeit stehlen."

Sie machte einen Schritt auf ihn zu und straffte ihre Schultern. Frauen sollten wirklich begreifen, dass es sich nicht zu ihren Gunsten auswirkte, wenn sie ihre Brüste vorstreckten. Es gab Männern nur das Gefühl, sie hätten während der Auseinandersetzung einen dreifachen Punktebonus erhalten.

„Ich versichere dir", fauchte sie, „ich bin an beidem nicht interessiert. Genau genommen bin ich ziemlich sicher, selbst wenn du der letzte Mann auf Erden wärst, würde ich eher anfangen es mit Vieh zu treiben, um meinen Kick zu erhalten, bevor ich mich mit deiner Bullshit-Einstellung herumschlagen muss." Ihr Mund blieb erschrocken offen stehen.

Ja, Liebes, deine Tirade enthielt tatsächlich eine Anspielung auf Sodomie.

„Gut zu wissen." Seine Lippen formten sich zu einem Lächeln, und das Beben ihrer Nasenflügel verkündete, dass sie es nicht zu schätzen wusste.

„Das ist nicht lustig."

Nein, war es nicht. Abgesehen von der Genugtuung, die ihre Verärgerung ihm bereitete, war es überhaupt nicht lustig. Es gefiel ihm nicht, dass ihm die Freude am *Vault* durch respektlose Frauen genommen wurde. Es gefiel ihm nicht, überrollt zu werden. Und es gefiel ihm ganz sicher nicht, daran erinnert zu werden, dass er eine Familie in Tampa hatte, die seine Existenz ignorierte. „Nein, du hast Recht. Nach dem Tag, den ich hinter mir habe, ist dein Desinteresse eine verdammte Erleichterung."

„Nun", knirschte sie und wandte sich zum Gehen. „Ich bin froh, dass ich die Situation etwas auflockern konnte."

Diesmal folgte er ihr nicht. Das lästige Pochen in seiner Brust nahm zu. Es war nicht seine Schuld, dass sie vorhin in die Schusslinie geraten war. Sie war Kollateralschaden gewesen. Ein kurzer Leuchtimpuls auf dem Unfallradar.

Alles, was er getan hatte, war sein Desinteresse zu verkünden. Lautstark. Während er mit voller Absicht die Aufmerksamkeit anderer Clubgänger auf sich lenkte.

Fuck.

„Ich hatte einen beschissenen Tag, okay? Ich hätte es nicht an dir auslassen sollen."

Sie erstarrte, wandte ihm aber immer noch den Rücken zu. „War das eine Entschuldigung?"

Wenn es eine war, dann eine bescheidene, aber aus seinem Mund war es ein heiliger Gral der Reue. „Es ist, was auch immer du gerade brauchst."

Sie stieß ein sardonisches Lachen aus und überwand eilig die Distanz bis zum Gebäudeende.

Der Schmerz hinter seinen Rippen wuchs, verlangte nach mehr. Mehr was? Er wusste es nicht.

„Hör zu, ich hätte meine Wut nicht gegen dich richten sollen." Er holte joggend auf, jagte seiner ersehnten Ablenkung hinterher.

„Du bereust also nicht, was du gesagt hast, nur, dass du mich mit einbezogen hast?" Sie näherte sich den parkenden Autos und glitt zwischen einen polierten SUV und T.J.s neuen BMW.

„Teufel, nein, ich bereue es nicht. Es war überfällig." Er folgte ihr in den schmalen Gang und blieb am Beginn ihrer Tür stehen, einen Meter von ihr entfernt. „Glaubst du nicht, dass ich das Recht habe, Frauen zu sagen, sie sollen sich zurückhalten? Wenn es deine Privatnummer wäre, die im Club verteilt wurde, an die die Männer im Club laufend und zu jeder Zeit Nachrichten schicken würden, um nach einem Treffen zu fragen, während sie gleichzeitig unaufgefordert Dick Pics mitsenden, würde ich dafür sorgen, dass diese Wichser nie wieder einen Fuß in den Club setzen. Doch wenn es mir passiert, soll ich mich damit abfinden? Ich bitte dich, mach mal halblang. Ich weiß ungewollte Aufmerksamkeit genauso wenig zu schätzen wie du."

Sie öffnete ihre Tür und er machte einen Schritt zurück. Er hatte nicht bemerkt, wie nah sie sich gekommen waren.

„Sag's mir, Ella. Verdiene ich es nicht, in meinem eigenen Club in Ruhe gelassen zu werden, oder meinst du, ich hätte es ihnen weiter durchgehen lassen sollen?" Er war sich nicht sicher, ob die Frage rhetorisch gemeint war. Das Einzige, dessen er sich sicher war, war sein ungewöhnliches Verlangen, das Gespräch fortzusetzen. „Muss ich wirklich jedes Mal, wenn ich das *Vault* betrete, immer und immer wieder dieselben Frauen abweisen, obwohl sie meine Antwort bereits kennen?"

„Wie können sie die Antwort kennen?" Ihre Stimme wurde sanfter, der bittere boshafte Unterton versiegte.

„Ich mache immer deutlich, dass ich nicht zweimal mit derselben Frau schlafe. Daran lasse ich nie einen Zweifel." Das hatte sich seit der ersten Nacht, in der sich die Türen des *Vault* geöffnet hatten, nicht geändert.

„Mir hast du es nicht deutlich gemacht."

Nein, hatte er nicht. Ihre Ausgangssituation war eine andere. „Wir haben noch nicht miteinander geschlafen." *Noch nicht?* Ohne seine Zustimmung hatte sein Unterbewusstsein das zusätzliche Wort hinzugefügt.

„Nun ..." Sie senkte ihren Blick auf seine Schuhe. „Ich schätze, das Thema anzusprechen, war gerechtfertigt. Aber du hättest es anders ausdrücken können. Du hättest dabei nett sein sollen."

„Ich bin nicht nett."

Ihr Grinsen brachte ein Grübchen zum Vorschein, ein leises Lachen folgte.

„Lachst du mich jetzt aus?" Er hätte verärgert sein sollen. Stattdessen erwischte er sich dabei, wie er zurückgrinste. Er ergab überhaupt keinen Sinn. Andererseits gab es kaum Frauen, die sich über ihn lustig machten. Sie schmiedeten lediglich Pläne, mit ihm zu vögeln.

„Ich kann nicht anders. Du klingst wie ein Fünfjähriger mit einem Wutanfall. Ich kann mir gut vorstellen, wie du denselben Tonfalls benutzt, um zu sagen: *Ich mag kein Gemüse.*"

„Ich mag aber Gemüse", entgegnete er. „Was ich nicht mag, ist, den Scheiß anderer Leute zu tolerieren. Es tut mir nur leid, dass du ins Kreuzfeuer geraten bist."

„Wirklich?" Sie zog ungläubig eine Braue hoch.

„Ja, wirklich."

Sie gab ein leises Schnauben von sich und warf ihre Handtasche auf den Beifahrersitz. „Danke, dass du mir das gesagt hat."

„Heißt das, zwischen uns ist alles in Ordnung?"

Sie knabberte an ihrer Unterlippe. Nicht verführerisch, nur nachdenklich. Und *heilige Scheiße*, es war auf der Sexskala mehr wert als jedes Lippenkauen, das er zuvor gesehen hatte. Der Anblick ließ seinen Kopf schnell zu dem Abend in der Umkleide zurückspulen. Ihr Körper, der an seinem lehnte. Ihr Stöhnen, das seine Ohren erfüllte.

„Ich schätze schon."

Sein Schwanz begann Schecks einzulösen, die sein Verstand nicht auszuzahlen bereit war. „Ich bin froh, das zu hören." Er ging rückwärts, um Abstand zu gewinnen. Und zwar schnell. „Wir sehen uns."

„Nope.“ Sie glitt auf den Fahrersitz. „Ich komme nicht wieder.“

„Dann schätze ich, war es schön, dich gekannt zu haben.“

Sie gluckste wieder und war im Begriff die Tür zu schließen. „So weit würde ich jetzt nicht gehen.“

KAPITEL SIEBEN

*E*ine Scheißlaune kam nicht einmal annähernd dem nahe, was Bryan an den Tag legte, als er sich am folgenden Tag durch die Glastüren des *Taste of Sin*-Restaurants schob. Die bevorstehende Mittagsschicht war nicht das Problem, sondern sein Telefon.

Er hatte mit ein oder zwei hinterlassenen Nachrichten der Spermageier gerechnet, während sein Handy über Nacht geschlummert hatte. Die Intimfotos, die seine Nachrichtenbox füllten, waren keine Überraschung gewesen. Auch die ausfällige Nachricht von Leo bezüglich der Geschehnisse des vergangenen Abends hatte er erwartet.

Was er nicht vorhergesehen hatte, war die Mitteilung von Tera – *Wenn du deine Meinung änderst und reden willst, ruf mich bitte an.*

Oh, *zum Teufel*, nein. Er würde nicht zulassen, dass sie einen weiteren Tag versaute. Soweit es ihn betraf, waren seine Eltern bereits tot und begraben. Er vermutete, dass das Gefühl auf Gegenseitigkeit beruhte.

Die Erinnerung, seine Handynummer ändern zu müssen, versetzte ihn in eine Scheißlaune. Doch dem Anblick seiner Geschäftspartner nach zu urteilen, die neben einem Tisch im leeren Restaurantsaal des *Taste of Sin* standen, stand ihm das Schlimmste noch bevor.

T.J. behielt seinen gewohnten freundlichen Gesichtsausdruck

bei – lässiges Lächeln, entspannte Körperhaltung. Leo auf der anderen Seite blickte finster drein und musterte ihn, als wartete er ungeduldig auf den Beginn der Intervention, die diese Woche auf der Tagesordnung stand.

„Was macht ihr hier?" Bryan schwenkte nach links, zwischen den Tischen hindurch und in Richtung des Lagerraums hinter der Bar. „Ich dachte, ihr arbeitet beide heute Abend."

„Tun wir auch." T.J. räusperte sich und warf einen Blick auf Leo. „Wir haben ein paar Dinge, die wir vorher mit dir besprechen wollten."

„Aha ..." Er ging weiter, nicht überrascht, als sie ihm beide in den schmalen abgetrennten Raum hinter der Bar folgten. Sie verharrten im Türrahmen, während Bryan seine Brieftasche und seine Schlüssel in den Safe schmiss. „Gebt Gas, bringen wir es hinter uns."

„Gestern Abend bist du zu weit gegangen." Leo trat ein und zog die Tür hinter ihnen zu. „Ich hatte keine Ahnung von dem Ausmaß der Geschehnisse, bis du abgehauen bist. Dann brach die Hölle los, und ich hatte eine Horde von Frauen um mich herum, die mich vollnörgelten, weil sie wissen wollten, wie ich mit der Situation umgehen würde."

„Mit der Situation umgehen? Du machst Witze, richtig? Ich habe die Clubregeln befolgt. Ich habe nach Vorschrift gehandelt. Die Frauen im *Vault* mussten an die Clubetiquette erinnert werden, also habe ich eine öffentliche Ansage gemacht." Keine große Sache. Zumindest nicht aus seiner Sicht. „Würdest du alle fünf Minuten Pussyfotos und kurz darauf kehlige Sprachnachrichten erhalten, hättest du verdammt nochmal dasselbe getan."

„Ich versteh dich." T.J. bedachte ihn mit einem beschwichtigenden Blick, gerunzelte Stirn inklusive. „Leo sagte, einige der Frauen hätten dir nachgejagt—"

„*Einige?*" Bryan funkelte Leo an. „Wenn du schon eine Story verbreitest, dann erzähl sie wenigstens richtig."

„Okay, eine Menschenmenge entsprechend der Größe der chinesischen Armee hat darum gebettelt, dich nageln zu dürfen. Besser?" Leo rollte mit den Augen. „Du kennst meine Meinung dazu bereits. Du kannst nicht abstreiten, dass du überreagiert hast."

Bryan knirschte mit den Zähnen. Hatten seine Freunde schon vergessen, wie es war, in einem Club voller unersättlicher Frauen single zu sein? Erinnerten sie sich überhaupt noch daran, wieso sie das *Vault* eröffnet hatten?

Nein, natürlich nicht.

Sie waren zu sehr damit beschäftigt, zusammen mit ihren besseren Hälften Erinnerungen zu kreieren und damit gleichzeitig die Dynamik ihres Unternehmens zu verlagern. T.J. hatte sich mit seiner Ehefrau Cassie versöhnt, und Leo und Shay kamen sich mit jeder öffentlichen Zurschaustellung ihrer Zuneigung näher. Beschlüsse, die die Führung des *Taste of Sin*, *Shot of Sin* und *Vault of Sin* betrafen, wurden nicht länger in geschlossener Runde diskutiert.

„Ich besuche das *Vault*, um mich zu entspannen", brummte er. „Ich werde mir da unten nichts gefallen lassen. Wir haben es für uns geschaffen. Wir haben es eröffnet. Wir haben die Regeln gemacht."

„Und jetzt ist es ein florierender Teil unseres Unternehmens." T.J. lehnte sich gegen einen Stapel Bierkisten neben der Tür. „Es ist inzwischen mehr als ein sporadischer Abend voller Spaß und wächst zu etwas Größerem heran, als wir geplant hatten."

„Dann sollte es vielleicht wieder zu dem werden, was es war." Er glaubte den Worten, die aus seinem Mund kamen, selbst nicht. Er meinte sie nicht so. Aber es musste sich etwas ändern. Er wusste nur nicht, was.

Seine Freunde runzelten die Stirn, zwei ähnliche Mienen der Ungläubigkeit blinzelten ihm mit unterschwelliger Verärgerung entgegen.

„Du bist derjenige, der diese Showabende vorgeschlagen hat", sagte Leo bissig.

Vorführungen. Es waren Vorführungen oder Kurse, keine Shows, doch Bryan verkniff sich die Korrektur.

„Du wolltest das Befriedigungsniveau erhöhen und darüber sprechen, wie man Frauen effizient zum Orgasmus bringen kann. Du bist derjenige, der angeregt hat, zukünftig eine BDSM-

Diskussionsrunde zu veranstalten. Jetzt geht es dir plötzlich zu schnell? Du kannst nicht beides haben."

Bryan fuhr sich mit einer Hand über die Stirn und massierte sich die Schläfen. „Ich weiß."

Dank Teras Anruf war er gereizt, bis hin zur wütenden Hysterie. Nachdem er jahrelang die Erinnerungen an seine Vergangenheit begraben hatte, war durch ein zwanzigsekündiges Gespräch alles zurück in den Vordergrund gerückt.

„Komm schon, Mann. Du weißt, das *Vault* hat sich bewährt, was unsere Einnahmen betrifft." T.J.s Stimme wurde weicher. „Die Mitgliederzahl hat sich verdoppelt. Aufgrund der Nachfrage haben wir an immer mehr Abenden geöffnet. Und das Interesse an dem Kurs, den du organisiert hast, ist verdammt groß."

„War es", korrigierte Leo. „Ich bezweifle, dass es jetzt noch so ist."

„Was?" Bryan ließ seine Hand an seine Seite sinken. „Wieso?"

Er hatte wochenlange Arbeit investiert, um eine perfekte Informationssession zu konzipieren. Mit dem Zustrom neuer Mitglieder hatte das Vergnügen der weiblichen Gäste etwas nachgelassen. Die Intention war, Männer, die derzeit mehr an ihren eigenen Orgasmen interessiert waren, so zu motivieren, dass sie größeres Vergnügen darin fanden, sie anderen zu schenken.

„Du hast gestern in ein Hornissennest gestochen. Nachdem du gegangen warst, war die Hälfte der Mitglieder in Aufruhr und schrien Zeter und Mordio."

„Lass mich raten", schnaubte Bryan spöttisch. „Die weibliche Hälfte?"

„Du hast den Nagel auf den Kopf getroffen." Leo blitzte ihn durch schmale Schlitze an. „Also, wie bringst du das wieder in Ordnung?"

In Ordnung bringen? Er ballte seine Hände zu Fäusten, die Kluft zwischen ihnen vergrößerte sich. Es gab nichts in Ordnung zu bringen. Nichts, was ihn betraf.

„Wie ich schon sagte, haben mich gestern Abend Frauen belästigt. Ich erinnerte sie an die Regeln. Ende der Geschichte." Er ging zur Tür. „Wenn sie eine ernste Verwarnung nicht vertragen können, sollten sie den Club nicht besuchen."

„Das ist nicht der Grund, weswegen sie angepisst waren. Sie

sagen, du hättest in einem der Privatzimmer eine der Frauen bloßgestellt. Sie verlangen eine Entschuldigung."

„Er übertreibt nicht." T.J. holte sein Handy aus seiner Jacketttasche. „Ich habe diesbezüglich heute Morgen einige Nachrichten erhalten. Cassie auch."

Bryan schob das angebotene Telefon zur Seite und griff nach der Türklinke. „Nun, dann haben sie Glück, denn ich habe mich bereits gestern Abend bei Ella entschuldigt. Dieser Scheiß ist tot und begraben." Er schnitt eine Grimasse, als ihn die Worte an seine Mutter erinnerten.

„Hast du dich wirklich entschuldigt?"

Bryan wandte sich zu Leo. „Sehe ich aus, als würde ich mir die Mühe machen, deswegen zu lügen?" Er war vieles, aber definitiv kein Lügner. Seine Freunde wussten das ebenfalls.

„Gut." Die Besorgnis in T.J.s Miene ließ nicht nach. „Das ist ein Anfang. Sie werden trotzdem weiterhin eine öffentliche Entschuldigung verlangen, aber wenn wir allen eine E-Mail schicken, in der wir darlegen, was nach der Konfrontation geschehen ist, kann die Session vielleicht stattfinden."

„Eine öffentliche Entschuldigung?" Eine *verfickte* öffentliche Entschuldigung? Machten sie Witze? „Die wird es nicht geben."

„Dann die Session ebenfalls nicht." Leo breitete seine Arme aus. „Du kannst das eine nicht ohne das andere haben."

„So soll es also laufen?" Rage wütete in seinen Adern, brachte seine Finger zum Zittern, sein Herz zum Rasen. Er machte einen bedrohlichen Schritt auf Leo zu und versuchte krampfhaft, seine Emotionen im Zaum zu halten. „Du drängst mich etwas zu tun, das ich nicht tun müssen sollte?"

„Müssen wir uns wirklich deswegen streiten?" Leo hob sein Kinn. „Was ist in dich gefahren? Ich habe dich gestern gewarnt, freundlich zu bleiben. Jetzt schau, was passiert ist – die Frauen haben aufgehört, nach deiner unmöglichen Art zu geifern. Selbst Janeane hat ein Piksen in ihrer Pussy und weigert sich, für den Vorführungsabend dein Lustobjekt zu sein."

Ein Piksen, auch bekannt als abweisende Rache. „Ich brauche ihre Hilfe nicht." Gott wusste, er hatte all seine Reserven ausgeschöpft, als es um seine Begeisterung dafür ging, eine Frau zu nehmen, die Krallen hatte, die sie nur allzu gerne in seiner Haut versenken würde.

„Nun, du wirst jemanden brauchen, und keine der Frauen im *Vault* will dich berühren. Sie haben bereits geschworen zusammenzuhalten, um ihren Standpunkt klarzumachen."

„Wir sind nicht der einzige Club in der Stadt. Ich werde jemand anderen finden."

„Darum geht es nicht. Aus demselben Grund wird auch niemand als Zuschauer zur Vorführung erscheinen." T.J. steckte sein Handy in seine Jacketttasche. „Du weißt, ich mag dich, Mann, aber es ist unser Ruf, mit dem du da spielst. Du musst dich entweder entschuldigen oder die Frau wieder herholen, um zu beweisen, dass alles geklärt wurde."

„Dem stimme ich zu", fügte Leo hinzu. „Oder vielleicht bleibst du dem *Vault* einfach fern, bis Gras über die Sache gewachsen ist."

„Fernbleiben?"

Fuck.

Er kapierte es, wirklich, das tat er. Die Frauen spielten die emotionale Wir-haben-nichts-falsch-gemacht-Karte aus, und alle Männer standen hinter ihnen, weil sie sonst nicht flachgelegt werden würden.

Gut gespielt, Ladies. Gut gespielt.

„Das kann ich nicht." Das *Vault* war wie sein Zuhause. Sein einziger Zufluchtsort. Und nie hatte er seinen gedankenbetäubenden Anker mehr gebraucht. „Nicht jetzt."

„Und warum nicht?", fragte Leo. „Du bist schon seit Monaten kein williger Teilnehmer mehr."

Jetzt führten sie bereits Buch über ihn? „Weil Shay immer wieder fragt, ob sie meinen Schwanz reiten kann, und ich kurz davor bin, nachzugeben."

Leo funkelte ihn an. „Sarkasmus? Ist ja mal was ganz Neues. Du hättest mich einfach bitten können, mich um meine Angelegenheiten zu kümmern."

„Ich bin mir ziemlich sicher, dass ich das schon öfter gemacht habe, als ich zählen kann. Sieht so aus, als würde Shay langsam auf dich abfärben."

„Kommt schon, Leute." T.J. drückte sich vom Bierkisten-Stapel ab. „Wir müssen Ordnung in dieses Chaos bringen. Die

Vorführung ist nächsten Donnerstagabend, und wir haben vorher keine weitere Party im *Vault* geplant."

Es gab kein *wir*. Es lastete alles auf Bryans Schultern. Zusammen mit all der anderen Scheiße, die diese Woche auf ihm abgeladen worden war.

„Keine Sorge. Ich krieg das schon hin." Bryan ging zur Tür, entschlossen, diesen Mist hinter sich zu lassen, um Platz zu machen für den wichtigeren Mist.

„Ja?" Leo folgte ihm. „Und wie willst du das anstellen?"

„Es gibt eine einfache Lösung." Er zuckte mit den Achseln. „Ich werde Ella überzeugen, meine Assistentin zu sein."

KAPITEL ACHT

*P*amela übergab den Kaffee zum Mitnehmen und den Muffin an den Bauarbeiter, der ein Stammkunde in ihrem Café war. Er war ein netter Kerl. Gab immer ein großzügiges Trinkgeld in die Trinkgelddose. Schenkte ihr stetig ein süßes Lächeln. Ließ seine Manieren nie ins Wanken geraten. „Guten Appetit."

Er neigte den Kopf und steigerte die zuckrige Süße seines Lächelns, während er einen Schritt zurück machte. „Dankeschön."

Ihre Schwester Kim stöhnte von ihrer Position vor der Kaffeemaschine. „So viele attraktive Kerle heute. Ich habe das Gefühl, wir haben den Jackpot für heiße Typen geknackt."

„So heiß ist er auch wieder nicht." Pamela legte die Glaskuppel wieder oben auf die Muffin-Auslageplatte. „Zu niedlich und süß für meinen Geschmack."

„Ich rede nicht vom Muffin-Mann. Ich will meine Nägel in den Kerl da draußen schlagen. Er steht schon seit fünf Minuten mit seinem Handy da, und ich brenne darauf zu erfahren, ob er reinkommen wird."

Pamela schwang ihren Blick zur Tür und schluckte das Keuchen herunter, das ihrer Kehle zu entweichen drohte. Das Gesicht des Mannes war ihr ärgerlicherweise vertraut – der mürrische Blick sogar noch mehr.

Bryan. Das Arschloch, das sie die ganze Nacht wachgehalten und über Hass-Sex hatte nachdenken lassen.

„Scheiße." Sie flitzte hinter Kim, um sich seinem Sichtfeld zu entziehen. Es war nicht das erste Mal, dass sie ihn an ihrem kleinen Café vorbeigehen sah, aber es war das erste Mal, dass er anhielt.

„Kennst du ihn?"

„Eigentlich nicht."

„Aber ..."

„Das ist Bryan – der Typ aus dem Club, von dem ich dir erzählt habe." Sie umklammerte den Arm ihrer Schwester und zog sie wie ein Schild den Tresen entlang.

„Der mit den überragenden Händen und der konkurrenzlos miesen Grundeinstellung?"

„Ja. Jetzt bring mich hier raus, bevor er mich sieht."

Sie schlichen im Gleichschritt auf die schwingenden Küchentüren zu, bis sie sich sicher vor seinem Blick verbergen konnte. Nun musste sie sich nur noch mit der fragend erhobenen Braue ihrer Mutter, die hinter der Zubereitungstheke stand, auseinandersetzen.

„Vor wem verstecken wir uns?" Ihre Mom unterbrach ihre Tätigkeit, Karotten zu schälen, und reckte den Hals, um aus dem Servierfenster zu schauen.

„Vor niemandem." Pamela verschränkte lächelnd die Hände hinter ihrem Rücken. „Ich wollte nur sehen, was du so machst."

Die hochgezogene Braue verschwand nicht.

„Du bist so eine schlechte Lügnerin", flüsterte Kim.

Im Augenblick war das Pamela egal. Sie wollte einfach nur versteckt bleiben und das Schicksal nicht herausfordern, bis Bryan weiter die Straße hinuntergegangen war.

„Ich glaube, er ist weg." Kim stieß die Tür auf und lugte hinaus. „Ich kann ihn nicht mehr sehen."

Erleichterung, schwer und kostbar, pulsierte in Pamelas Brust. „Gott sei Dank." Sie hatte heute nicht die Energie, sich mit Arschlöchern auseinanderzusetzen. Nicht einmal mit gutaussehenden. Aber nur um sicherzugehen, spähte sie durch den schmalen Spalt zwischen den Türen und scannte den Bürgersteig ab.

Nein, niemand da.

„Warte.“ Ihre Schwester deutete auf einen Mann am Tresen, der ihnen den Rücken zugewandt hatte. „Ist er das?“

Der Typ, auf den sie zeigte, war ähnlich gebaut – breite Schultern, die in einem maßgeschneiderten Anzug steckten. Nur das blonde Haar war völlig falsch. Zu kurz. Kein Bart.

„Nein, das ist er nicht.“

„Bist du sicher? Ist das nicht der Kerl, der draußen vor der Tür stand?“

„Was für ein Kerl stand vor der Tür?“ Ihre Mutter quetschte sich zwischen sie, ihre Stimme ein verschwörerisches Flüstern.

„Vergiss es.“ Pamela trat mit erhitzten Wangen von der Tür zurück. Hatte sie schon Halluzinationen? Sie hätte schwören können, Bryan gesehen zu haben. Andererseits waren ihre Gedanken von ihm besessen, seit er ihre nicht selbstbefriedigungsbezogene Orgasmusdürre durchbrochen hatte. Nicht einmal seine Boshaftigkeit hatte ihren nicht jugendfreien Tagträumen einen Abbruch getan.

„Ich muss mich geirrt haben.“ Sie lehnte sich gegen den Tresen unter dem Servierfenster und verzog das Gesicht. „Dieser Mann da sieht ihm überhaupt nicht ähnlich.“

Kim sah sie mit gerunzelter Stirn an, ihre Miene verriet ihre geteilte Sorge um Pamelas geistige Zurechnungsfähigkeit. „Ich muss wieder raus. Wir reden später darüber.“ Sie drückte die Türen auf und verschwand im Hauptraum des Cafés.

„Hast du genug geschlafen?“ Ihre Mutter musterte sie, die Besorgnis in ihren Augen ein vertrauter Anblick seit Lucas‘ Tod.

„Ich habe gut geschlafen … oder vielleicht auch nicht. Ich weiß es nicht.“ Sie hob die Schultern. „Ich bin in einem Alter, in dem Schlaf eher ein Luxus ist als eine Notwendigkeit.“

Die eingehende Prüfung ging weiter. „Du hattest wieder eine schlechte Nacht.“

Diesmal war es keine Frage. Nachdem Lucas gestorben war, war ihre Mutter eine Meisterin darin geworden, all die Dinge zu lesen, die Pamela für sich zu behalten versuchte. Und Jahre später war das Versteckspiel immer noch im Gange.

„Ich bin gestern Abend im Club gewesen. Das ist alles. Du weißt, ich bekomme nicht viel Schlaf, wenn ich unterwegs war.“

„Es kommt mir vor, als wäre es mehr als das."

Sie wackelte mit den Brauen, in der Hoffnung, das Unbehagen ihrer Mutter würde die Fragerei unterbinden. „Vielleicht hatte ich Sex."

„Die Ringe unter deinen Augen haben nichts mit Sex zu tun. Aber du weißt, ich bin hier, wann immer du bereit bist zu reden." Ihre Mutter kehrte zum Vorbereitungstresen zurück und nahm eine Karotte vom Schneidebrett.

Pamela stand da, harter Tresen hinter sich, besorgtes Elternteil vor sich. Sie wollte nicht mehr reden. Die letzten Jahre waren voll davon gewesen. Alle Gespräche drehten sich um Lucas und darum, wie sie ihr Leben leben sollte, jetzt, wo er nicht mehr da war.

Ähnlich wie mit ihrer Zeit im *Vault* musste sie nach vorne sehen und erkennen, dass dieses neue Kapitel kein Fehlschlag war. Es würde nur anders werden. Frei von sexueller Motivation, aber nicht zwangsweise langweilig.

Oh, wem wollte sie etwas vormachen?

Ihr Sexleben hatte einen Sturzflug erlitten, und sie war immer noch dabei, das Unglück zu beseitigen, in der Hoffnung, etwas aus den verkohlten Überresten bergen zu können.

„Danke." Sie schenkte ihrer Mutter ein trauriges Lächeln und stieß sich vom Tresen weg. „Ich sollte Kim helfen gehen."

„Ella?"

Heilige Scheiße.

Ihre Augen weiteten sich, als die maskuline, dominante Stimme über sie hinwegspülte und ihren Nacken kitzelte.

Ihre Mutter hielt mit einer Karotte in der Hand inne und blickte durch das Servierfenster. Pamela brauchte sich nicht umzudrehen, um herauszufinden, wem das tiefe Knurren gehörte.

Möglicherweise war es aber auch nur eine weitere Halluzination.

Sie schwang herum und fand sich von Angesicht zu Angesicht Bryan gegenüber, der auf der anderen Seite des Fensters stand.

„Hast du eine Minute?" Die Frage klang beiläufig. Als wären sie Freunde. Als hätte sie damit rechnen müssen, dass er heute wieder in ihr Leben treten würde.

„Kennst du ihn?", zischte ihre Mutter und lenkte Pamelas

Aufmerksamkeit zurück auf mütterliche Augen, die nun voller Bewunderung für einen Mann glänzten, der dieser völlig unwürdig war.

„Leider."

Bewunderung verwandelte sich in Aufregung. „Hereinspaziert, hereinspaziert." Ihre Mutter winkte mit einer Hand, ihr Verkupplungsinstinkt nun gänzlich aktiviert.

Oh nein.

Nein, nein, nein.

„Mom."

Ihre Warnung wurde ignoriert, die Küchentür schwang auf, und der Teufel trat ein und ließ den Raum durch seine Anwesenheit schrumpfen.

„Guten Morgen, Ma'am." Bryan lächelte ihre Mutter an.

Lächelte und benutzte das Wort *Ma'am.*

Was zur Hölle hatte er vor? Der Kontrast zu dem überheblichen, eingebildeten Mann, den sie kannte, ergab keinen Sinn. Nicht im Geringsten. Dieser Kerl wirkte wie der Junge von nebenan, mit einer geschmeidigen Eleganz und sanften Augen.

„Morgen, Ella."

Sie erwiderte seine Begrüßung nicht. Nicht in Worten. Ihr Stirnrunzeln war eine angemessen farbenfrohe Reaktion.

„Können wir reden?"

Sie wiederholte die Frage in ihrem Kopf. Wieder und wieder. „Haben wir nicht gestern Abend miteinander geredet?"

Seine Lippen zuckten, eine winzige Andeutung von Heiterkeit. „Haben wir. Und jetzt habe ich etwas anderes, das ich besprechen möchte."

„Setzt euch ins Café", bot ihre Mutter ihre unerwünschte Hilfe an. „Ich werde Kim eine Weile helfen."

Bryan zog fragend eine Braue hoch, um sich die Option bestätigen zu lassen.

„Nein", knurrte sie. „Wir können uns hier unterhalten."

Er atmete langsam und tief ein, zeigte seinen Unmut durch eine subtile Dehnung seiner breiten Brust. „Sicher." Sein Blick glitt gemächlich von ihr zu ihrer Mutter und wieder zurück. „Ist zwischen uns nach gestern Abend immer noch alles in Ordnung?"

„So in Ordnung, wie es eben geht."

Sie war nicht nachtragend. Nicht wirklich … Okay, sie hatte kein Auge zugetan, weil ihr Körper ihn wollte und ihr Verstand ihn hasste. Mit der Zeit wäre ihr Ärger wahrscheinlich verflogen. Aber es waren weniger als vierundzwanzig Stunden vergangen, also hatte er Pech.

„Wink verstanden." Seine Zunge bearbeiteten die Worte, als würde er diese verführen. Oder sie. Sie befürchtete, ihm würde beides gelingen. „Ich habe ein Angebot für dich."

Sie schüttelte den Kopf. „Kein Interesse."

„Du willst mich nicht anhören?"

„Ich habe mich vor zwölf Stunden von meinem Hang zur Bestrafung verabschiedet."

Ein weiterer Blick von Mutter zu Tochter, bevor sich sein Gesichtsausdruck veränderte. Es war minimal. Das geringste Zusammenkneifen seiner Augen, die kleinste Neigung seines Kinns. „Es hat nichts mit Bestrafung zu tun." Sein Blick durchbohrte sie, durchbohrte sie so sehr, dass ihre verräterischen Brustwarzen kribbelten. „Im Gegenteil."

Das Gegenteil von Bestrafung?

Sie erschauderte. Ihre aufgestaute Anspannung und Verärgerung bildeten eine Mixtur, die Erregung ähnelte. Unterdessen schwieg ihre Mutter, noch immer nur wenige Meter entfernt. Noch immer wie hypnotisiert von einem Mann, der weit weniger Beachtung verdiente.

„Wenn ich es mir recht überlege, lass uns das draußen besprechen." Sie schleppte ihre Füße zur Küchendoppeltür und schob sich durch sie hindurch, um den Speisebereich zu betreten.

Es war nicht sicher, mit ihm in der kleinen Küche eingesperrt zu sein. Frische Luft wurde plötzlich zur Notwendigkeit, genau wie Platz. Sie begab sich auf die Straße und setzte sich an einen der Stahltische, die normalerweise nur zu den wirklich betriebsamen Zeiten besetzt waren, wenn Kunden nirgendwo anders einen Platz fanden.

Er folgte ihr, und der Sekundenbruchteil, in dem er dicht über ihr gebeugt war, um seinen Platz einzunehmen, neckte bedrohlich all ihre vernachlässigten Sinne. Sie wollte ihn über sich. Unter sich. In sich.

Herrgott.

„Was willst du, Bryan?" Ihre Stimme brach, als die angestaute Anspannung ihr den Hals verstopfte.

Er saß ihr gegenüber und ließ den Bereich zwergenhaft erscheinen. Der Metalltisch und die Stühle wirkten unter seiner großen Gestalt wie Spielzeuge.

Die problematische Situation verschärfte sich weiter, als Kim den Bürgersteig betrat, einen Notizblock in der Hand, und an ihrem Tisch stehenblieb. „Darf ich eure Bestellung aufnehmen?"

Pamela machte ein finsteres Gesicht. Sie boten keinen Service am Tisch an. Hatten sie noch nie. „Nein, Kim. Wir brauchen nichts."

„Ich nehme einen großen Kaffee, stark, mit Milch, danke." Bryan hielt ihren Blick gefangen, während er bestellte. Machte seine Autorität geltend, seine Selbstsicherheit deutlich.

Falsche Entscheidung, Kumpel. Damit hatte er an der falschen Stelle mit seiner starrköpfigen Unabhängigkeit geprotzt. Insbesondere, wenn es um ihre beschützerische Schwester ging.

„Alles klar." Kim kritzelte auf den Notizblock. „Ich bin gleich zurück."

Pamela starrte hinter ihm auf den Fußweg, nicht gewillt, in seine tiefblauen Augen zu sehen. Es machte keinen Sinn, dass sie einen Mann zur gleichen Zeit verabscheuen und begehren konnte. Sie wünschte sich, eine der Emotionen würde endlich den Sieg erringen, denn dieses Hin und Her war anstrengend.

„Zwischen uns ist nicht alles in Ordnung, oder?" Er lehnte sich in seinem Stuhl zurück. „Auch wenn du das gestern Abend behauptet hast."

„Gestern Abend war alles gut, weil ich dachte, ich würde dich nie wiedersehen."

Seine Mundwinkel hoben sich, als hätte sie ihm ein Kompliment gemacht. Stechende Augen wurden sanft. Zusammengepresste Lippen wurden einladend. „Was wäre, wenn ich beschlossen hätte, dass ich noch nicht fertig mit dir bin?"

Sie lachte, ein kaltes, bitteres Lachen, von dem sie hoffte, dass es überzeugend klang. Es war nicht das erste Mal, dass er *noch* gesagt und es wie ein sexuelles Versprechen hatte klingen lassen. Beide Situationen waren gleichermaßen verwirrend gewesen.

„Dann wäre es mir eine Freude, dich sanft in deine Schranken zu weisen. So wie du es gestern mit mir getan hast."

„Wie ich sehe, bist du gerne nachtragend."

„Nur so gerne wie die meisten Frauen."

Er gab ein leises Glucksen von sich, der Klang ohne jeden Humor. Sie wartete, in der Hoffnung, ein glaubwürdiges Lächeln seine sinnlichen Lippen umspielen zu sehen.

Fehlanzeige, nichts kam.

Nur ihre Schwester, die ihm mit einem leichten Knicks einen Kaffee zum Mitnehmen vor die Nase schob. „Bitte sehr, Bryan. Lass ihn dir schmecken."

„Danke." Er konzentrierte sich auf den Becher, als Kim wegging, und hob eine Hand, um über seinen Bart zu streichen. „Sie weiß meinen Namen?"

„Sie weiß eine Menge Dinge." Es gab keine Leichen im Keller, die ihrer Familie verborgen blieben. Kein Hebel blieb unbewegt. Pamela hatte selten etwas, für das sie sich schämen musste, und selbst dann sah sie es als eine Art Buße, es ihrer Schwester zu erzählen.

„Es ist also wahrscheinlich, dass sie in meinen Kaffee gespuckt hat."

„Nein, ist es nicht", sagte sie mit tiefer Aufrichtigkeit und gab ihm die Zeit, sich zu entspannen und nach seinem Becher zu greifen, bevor sie hinzufügte: „Es ist ganz sicher. Dieser Kaffee enthält auf jeden Fall irgendeine Art von Vergeltung."

Sein Lächeln verwandelte sich in ein Grinsen. Als ein Lachen an ihre Ohren drang, setzte sie sich zurück und starrte ihn an. Ein unbeschwerter Bryan war bemerkenswert. Ein Bild charmanter Ernsthaftigkeit. Die Verspieltheit in seinen Augen fegte seine Feindseligkeit beiseite, seine makellos weißen Zähne nicht länger bösartig.

Er stellte den Becher ab, als sich seine Fröhlichkeit verflüchtigte und der Mann, den sie kannte, zurückkehrte, diesmal weniger streng.

„Bist du bereit mir zu sagen, wieso du hier bist?"

Er sah zu ihr auf, seine blauen Augen verweilten länger als nötig auf ihren Lippen. „Nachdem wir gestern Abend gegangen sind, machten einige Mitglieder des *Vault* ihrer Verärgerung darüber Luft, wie ich mit dir umgegangen bin. In der Tat sind viele der Frauen in Aufruhr und fordern eine öffentliche Entschuldigung."

„Eine öffentliche Entschuldigung?" Sie blickte sich um und hoffte, er hatte nicht die Absicht, vor ihrem Café eine Szene zu machen.

„Keine Sorge, ich habe meinen Geschäftspartnern bereits gesagt, dass ich schon zu Kreuze gekrochen bin. Ich habe nicht vor, das zu wiederholen."

Sie rollte mit den Augen. „Warum bin ich nicht überrascht?"

„Ich hoffe, es liegt daran, weil dir bewusst ist, dass wir unsere Differenzen bereits beigelegt haben und es in die Länge zu ziehen Bullshit wäre."

„Okay." Sie zuckte mit den Schultern. „Aber du hast meine Frage noch nicht beantwortet. Warum bist du hier?"

„Hast du die E-Mail bekommen, die ich wegen des Kurses, den ich nächsten Donnerstagabend leite, versendet habe? Ein Tutorial für die Männer über die weibliche—"

„Ja, ich hab sie erhalten."

„Dann weißt du auch, dass ich plane, eine Assistentin zur Demonstration zu haben."

Sie erinnerte sich. Ihre Fantasie war bei dem Gedanken, die Vorführung zu sehen, völlig mit ihr durchgegangen. „Und?"

„Und Janeane, die Frau, die diese Rolle übernehmen sollte, ist eine der Personen, die eine Entschuldigung verlangen. Ich brauche jemanden, der ihren Platz einnimmt."

„Das sollte nicht schwierig sein. Nicht, wenn Frauen sich überschlagen, um dich besteigen zu dürfen."

Er nickte, als würde er über seinen immensen Selbstwert nachsinnen. „Eine willige Frau zu finden dürfte nicht allzu schwer sein. Ich befasse mich mehr damit, die richtige zu finden. Deshalb bin ich hier."

Sie lachte. Das musste ein Scherz sein. Niemals konnte ein Mann so dicke Eier haben, sie darum zu bitten, nachdem er sie so behandelt hatte. „Du willst, dass *ich* deine Assistentin bin?"

„Ja." Seine Antwort kam voller Überzeugung. Ohne Zweifel. Ohne Schuldgefühle.

Ein weiteres Lachen entwich ihr. „Machst du Witze?"

Der zusammengepresste Kiefer implizierte, dass dem nicht so war.

„Ist das eine Art Spiel? Du dachtest, ich habe Interesse an dir, also hast du mich in der Luft zerrissen, und jetzt, wo dir klar ist, dass ich nicht die Absicht habe, mich deinem überdramatischen Lifestyle anzuschließen, beschließt du, meine Hilfe zu wollen?" Sie schob ihren Stuhl zurück und war bereit – und sehr gewillt – das Weite zu suchen.

„Ich bin hier, weil du perfekt für diese Vorführung bist—"

„Von allen Frauen im *Vault* passe ausgerechnet *ich* am besten?"

„Es gibt keine andere." Seine Nasenflügel bebten und er hielt inne, nahm sich kostbare Momente Zeit, bevor er sagte: „Was gestern Abend vorgefallen ist, gewährleistet, dass mir sonst niemand helfen wird. Nicht ohne die öffentliche Entschuldigung, die ich mich weigere zu leisten."

„Oh." Sie klimperte mit ihren Wimpern, ein Bild süßer Unschuld. „Jetzt verstehe ich. Du *brauchst* mich." Sie betonte die Worte, ließ sie über ihre Zunge tanzen. „Ist das nicht eine herrliche Wendung?"

„Ich brauche dich nicht, Ella. Ich kann den Kurs absagen. Das juckt mich nicht. Aber eine Zusammenarbeit würde uns beiden zugutekommen."

„Nein." Sie schob ihren Stuhl zurück und war im Begriff auszustehen. „Es würde mir überhaupt nicht zugutekommen."

„Bist du dir da sicher?" Seine Stimme war tiefer, was eine quälende Wirkung auf ihren Unterleib hatte. „Du kamst ins *Vault* auf der Suche nach etwas. Und du weißt, dass ich es dir geben kann."

„*Konntest* du", korrigierte sie ihn. „Bevor du mir auf jeden einzelnen meiner Nerven gegangen bist. Bei mir ist mentale Stimulation zehnmal effektiver als physische. Es ist absolut unmöglich für dich, mich zum Höhepunkt zu bringen, jetzt, da ich ein klareres Bild davon habe, wer du bist."

„Gehe nicht davon aus mich zu kennen." Er hielt sie mit seinem grimmigen Blick gefangen. „Wir haben kaum mehr als eine Stunde zusammen verbracht."

Eine Stunde, die die Wucht einer dreijährigen Obsession in sich barg.

„Hör zu ..." Sie seufzte. „Vielleicht würde ich es in Betracht ziehen, wenn das gestern Abend nicht passiert wäre. Aber ich habe bei unserem Gespräch auf dem Parkplatz nicht übertrieben."

Sie war nicht interessiert. Das durfte sie nicht sein.

Er hob eine Braue. „Nicht einmal bezüglich des Viehs?"

Sie prustete über seinen unerwarteten Witz. „Okay, vielleicht habe ich es mit dem Vieh etwas übertrieben. Aber das ist alles. Du bist nicht mein Typ und ich bin definitiv nicht auf der Suche nach Komplikationen." Davon hatte sie genug für ein ganzes Leben. „Genieß deinen Kaffee. Ich muss wieder an die Arbeit."

Sie erhob sich von ihrem Stuhl und trat zur Seite, nur um von einer großen Hand aufgehalten zu werden, die ihr Handgelenk mit einem sanften Griff umfasste.

Er sah zu ihr hoch. „Ich muss nicht dein Typ sein, um dich zum Höhepunkt zu bringen."

Damit hatte er so verdammt Recht, dass ihr Unterleib sich zusammenzog und sie anflehte nachzugeben. Jeder Teil von ihr reagierte in unbarmherziger Weise auf ihn. Ihre Haut summte. Ihr Herz flatterte. Die Nerven, die er bis zu ihren Stümpfen aufgerieben hatte, winkten wild in energetischer Erregung.

„Doch, musst du." Sie wusste um ihre sexuellen Grenzen, auch wenn ihr Körper im Augenblick nicht berechenbar war.

„Und woher kommt dann dein schneller Puls?" Er legte den Kopf schief. „Und die Gänsehaut?" Er fuhr mit seinem Daumen an der Innenseite ihres Handgelenks entlang. Aufreizend. Quälend. „Du magst mich nicht mögen, aber du fühlst dich trotzdem zu mir hingezogen."

Er ließ sie los und stand auf. Mit seiner ganzen muskelbepackten Männlichkeit. „Was an dem Abend in der Umkleide geschehen ist, ist ein Tropfen im Ozean verglichen mit dem, was ich für den Kurs geplant habe."

Ein Tropfen?

Sie hielt ihr Kinn erhoben, obwohl ihre Brüste schmerzten. Sie konnte lediglich den Kopf schütteln, nicht länger in der Lage, eine Abweisung laut auszusprechen.

„Ich habe dir schon einmal das Gegenteil bewiesen. Gib mir die Chance, es wieder zu tun."

„Während wir unter Beobachtung des gesamten Clubs stehen?

Nein, danke." Sie ging auf die Türen des Cafés zu, auch wenn ihre Libido bettelnd zu seinen Füßen zurückblieb. Ihr Interesse war temporär. Eine Verblendung verursacht durch ihren Schlafmangel. Sie hatte keinen Zweifel daran, dass er beim zweiten Mal keinen Erfolg haben würde.

Okay, vielleicht ein wenig Zweifel.

Ein klitzekleines Bisschen.

Jedoch nicht genug, um weitere Demütigungen zu rechtfertigen.

„Was wäre, wenn wir einen Probelauf machen würden?"

Bei seiner Frage blieb sie wie angewurzelt stehen. Sie drehte sich um und sah, wie er sich an der Rückenlehne seines Metallstuhls festhielt.

„Einen Probelauf?"

„Ich kann das *Vault* heute Abend öffnen. Für uns beide. So können wir herausfinden, wer Recht hat und wer nicht."

„Ich kenne meinen Körper." Zumindest tat sie das, bis Bryan sie mit seiner Berührung versengt hatte.

„Ich erinnere mich, dass du im Umkleideraum dasselbe gedacht hast."

Sie schnaubte höhnisch und wünschte sich, sie wüsste einen cleveren Spruch, den sie ihm hätte reindrücken können. Leider wussten sie beide, dass er Recht hatte. Er hatte Teile von ihr zum Leben erweckt, die sie seit Jahren totgeglaubt hatte.

„Dir gefällt es, das immer wieder aufs Tapet zu bringen, nicht wahr?"

„Wenn es mir hilft, das zu bekommen, was ich will." Er zuckte die Achseln. „Ich werde tun, was nötig ist."

Ihre Brust schnürte sich zu angesichts ihrer unmittelbar bevorstehenden Niederlage. „Ich gehe nicht in den Club. Wenn du es durchziehen willst, machen wir es auf meine Art." Ihre Antwort fühlte sich wie Kapitulation an. Verlockende, erotische Kapitulation.

„Ich höre."

Sie näherte sich, einen vorsichtigen Schritt nach dem anderen. Sie war am Zug; sie musste nur noch herausfinden, was sie erlangen wollte.

Sein Unbehagen.

Den geringsten Hauch von Vergeltung.

„Du musst mich in meinem Apartment treffen." Wo er von ihren Sachen umgeben sein und sich zweifellos in der beängstigenden, beziehungsartigen Atmosphäre unbehaglich fühlen würde. Wenn sie es schon taten, sollte er jede einzelne Minute davon hassen.

Er zuckte nicht einmal. „Bei dir zuhause also. Willst du auch die Zeit vorgeben?"

„Sieben." Der Powertrip war erfrischend. „Ich hole einen Zettel, um die Adresse aufzuschreiben."

„Nicht nötig. Ich habe all deine Daten im Club."

So hatte er sie also gefunden.

Er ließ die Stuhllehne los und richtete sich zu seiner vollen, einnehmenden Größe auf. „Wir sehen uns heute Abend, Ella, und ich bringe Abendessen mit."

Abendessen? Wie bei einem Date?

Er zog seine Brieftasche aus seiner Gesäßtasche und holte einen Zehn-Dollar-Schein heraus. „Für den Kaffee."

„Ich will dein Geld nicht." Sie wollte nicht einmal die Unterhaltung mit ihm. Alles, was sie von ihrer Zeit mit ihm zu erlangen bereit war, waren Orgasmen.

„Danke." Er näherte sich ihr, machte sie nervös. Sein Aftershave tanzte um sie herum, der leichte Duft von Sexualität reizte ihre Sinne. „Ich schätze, ich zahle es dir heute Abend zurück."

Sie würde nicht erschaudern. Sie weigerte sich. „Wir werden sehen."

„Ja." Seine Augen tanzten, diabolisch, raubtierhaft und so verdammt selbstgefällig. „Das werden wir."

KAPITEL NEUN

*B*ryan stand fünf Minuten zu früh vor ihrer Tür, eine Flasche Wein unter einem Arm, Tüten mit chinesischem Essen im anderen. Er hatte richtig vermutet hinsichtlich ihres Wohlstands. Sie lebte in einem teuren Vorort, ihr Gebäudekomplex von gepflegten Gärten und einem beeindruckenden Sicherheitssystem umgeben.

Es veranlasste ihn darüber nachzudenken, woher sie das Geld hatte. Es gehörte entweder Daddy oder dem toten Ehemann. Ein Prachtstück wie dieses konnte man sich von dem Gehalt einer Barista nicht leisten.

Er klopfte sanft an die Tür, wissend, dass sie ihn erwarten würde, nachdem sie ihn mittels der Gegensprechanlage bereits ins Gebäude gelassen hatte.

Sekunden später öffnete sich die Tür und Ella stand vor ihm, eine Hand auf der Türklinke. Sie trug ein lockeres graues Shirt und ein Paar sportliche Baumwollshorts.

„Hast du es gut gefunden?"

„Ja, war kein Problem."

Damit hatte er nicht gerechnet — mit ihrer Scheißegal-Aufmachung, der mangelnden Verführung. Sie war schlicht gekleidet. Unbekümmert. Es deutete nichts darauf hin, dass sie versuchte ihn zu beeindrucken, und seltsamerweise gelang es ihr dennoch. Er konnte nicht einmal Parfüm riechen. Nur den schwachen Duft von Zitrusseife, der sich mit den asiatischen Gewürzen vermischte, die von ihrem Abendessen aufstiegen.

„Stimmt etwas nicht?" Ihre Stirn legte sich in Falten, ihre fragenden Augen studierten ihn.

„Ich bin überrascht, das ist alles. Ich wusste nicht, was ich zu erwarten habe, wenn ich ankomme."

„Dachtest du, du bekämst Lingerie und Duftkerzen?" Sie untermalte ihre Aussage mit einem Lächeln. Einem süßen, unbeschwerten Heben ihrer zarten Lippen. „Lass mich dich daran erinnern, dass du nicht der Hengst bist, für den du dich hältst. Ich verstehe, dass du im *Vault* der König der Orgasmen bist. Aber hier draußen, in der echten Welt, bist du eher ein Arsch."

„Das sagst du mir immer wieder." Er hielt die Tüten mit ihrem Essen hoch. „Lässt du mich rein, bevor das hier kalt wird?"

„Oh, Entschuldigung." Sie trat zurück und wies mit einer schwunghaften Handbewegung auf die Wohnung hinter sich, als wäre er ein Mitglied des Königshauses. „Ich habe wohl erwartet, dass du dir auf die Brust schlägst und Eintritt verlangst."

„Sehr witzig."

„Finde ich auch."

Ihre Wohnung war makellos. Nichts war fehl am Platz. Kissen säumten ihr braunes Ledersofa. Zeitschriften lagen ordentlich gestapelt auf dem Couchtisch. Der Teppich zeigte frische Staubsaugerspuren, die Möbel waren poliert. Sie hatte ihr Leben unter Kontrolle, zumindest besser als er.

„Wo willst du essen?"

„Am Esstisch."

Er ging weiter zum offenen Ess- und Küchenbereich und stellte das Essen und den Wein auf den großen Holztisch.

Ella beschäftigte sich damit, Schränke und Schubladen zu durchwühlen, dann stellte sie sich mit Tellern und Besteck neben ihn. „Meinst du, du hast genug bestellt?" Ihr Sarkasmus war überdeutlich, als sie ihm half, die Behälter in die Mitte des Tisches zu stellen.

Um die Wahrheit zu sagen, hatte er nicht gewusst, was sie mochte. Er wusste nicht einmal, ob sie chinesisches Essen mochte, also hatte er eine vielfältige Auswahl bestellt, die jeden Gaumen zufriedenstellen sollte. „Man bestellt kein chinesisches

Essen, ohne nicht genug für Reste einzuplanen. Sie sind das Beste daran.“

Sie nickte, kaufte ihm augenscheinlich seinen Blödsinn ab. „Was möchtest du trinken? Ich habe kein Bier, aber irgendwo in der Küche versteckt sich noch etwas von Lucas‘ Scotch und Bourbon.“

„Ich teile mir gerne den Wein mit dir.“

Sie beäugte ihn skeptisch. „Sicher.“

„Stimmt etwas nicht?“, stichelte er im gleichen Tonfall, den sie zuvor benutzt hatte.

„Ja, du bist freundlich.“

„Wie das?“

„Der Wein. Die Unmenge an chinesischem Essen. Was ist los?“

Sie hatte Recht. Dieser Moment war weit von seiner typischen Normalität entfernt, doch er war nicht bereit zuzugeben, wie sehr er sie brauchte, um die Wogen im *Vault* zu glätten.

„Liebes, das hat nichts mit Freundlichkeit zu tun. Ich verhungere, und ich brauche genauso viel Alkohol wie du, um das hier durchzustehen.“

„Da ist er ja, der Brute, den ich kennen und verachten gelernt habe.“ Sie glitt auf ihren Stuhl auf der anderen Seite des Tisches und zog einen Teller und Besteck zu sich heran. „Aber weißt du was? Ich glaube, du suchst nach Ausreden, weil du mich tief im Inneren für super-duper-großartig hältst.“ Sie wackelte mit ihren perfekt manikürten Augenbrauen.

Er konnte nicht sagen, ob ihr hübsches Lächeln nervtötend oder viel zu liebenswürdig war. So oder so hatte es einen Effekt auf seine Brust, den er nicht gewohnt war. Und er war überrascht, dass ihr Lachen ihn nicht zum Schaudern brachte. „Du bist gar nicht so übel.“

Sie gluckste und gab Essen auf ihren Teller, während er ihnen Wein einschenkte. Einen langen Moment sagten sie nichts. Seltsamerweise brauchten sie das auch nicht. Es war ihm kein Bedürfnis, das Schweigen auszufüllen. Und ihrem zufriedenen Gesichtsausdruck nach zu urteilen, hatte sie ebenfalls kein Problem mit der fehlenden Konversation.

Während sie aßen, nahm er sich Zeit, sie zu studieren. Mit dem visuellen Abtasten winzige Facetten ihres Charakters auszumachen. Sie kaute bedächtig. Ungehetzt und mit einer gewissen Nachdenklichkeit. Sie kippte ihren Wein nicht hinunter, als wäre sie von Nervosität erfüllt. Sie zappelte und fummelte nicht. Obwohl sie eine geringe Toleranz gegenüber seiner Art besaß, schien sie sich mit ihm wohl zu fühlen.

„Wohnst du schon lange hier?" Er verspürte einen plötzlichen Drang, mehr zu erfahren. Tiefer zu graben.

„Etwa ein Jahr."

„Und wie lange bist du schon Witwe?"

Ihre Gabel entglitt ihr, verfehlte das Essen, sodass Sauce auf den Tisch spritzte. Sie starrte auf den dunkelbraunen Tropfen, der nun das Holz verunstaltete, und runzelte die Stirn. „Lange genug."

Die Lebhaftigkeit in ihren Augen verlor sich. Ihr Lächeln verblasste, und an seiner Stelle wuchs Trauer. Sie räusperte sich und fuhr träge mit einem Finger über den Fleck, dann brachte sie die Flüssigkeit an ihre Lippen, um die Verunreinigung zu beseitigen. Eine Sekunde lang war er fasziniert von ihrer Nachdenklichkeit. Sie war emotional entblößt, ihr Schmerz fast greifbar.

Er sollte sie nicht drängen, und das nicht nur aus Höflichkeit. Er wollte ihr nicht den falschen Eindruck vermitteln und sie glauben machen, es würde ihn interessieren. Aber er brauchte Antworten, aus keinem anderen Grund als zu verstehen, wer diese Frau war.

„Wie lang warst du verheiratet?"

Sie griff nach ihrem Wein, zögerte ihre Antwort hinaus, indem sie einen großen Schluck nahm. „Elf Monate."

„Du musst jung gewesen sein." Er fischte nach Antworten, weil er keine Zeit gehabt hatte, die Details in ihrer Akte nochmals zu lesen, als er nach ihrer Café-Adresse gestöbert hatte.

Ihr entwich ein Lachen. „Für wie alt hältst du mich?"

Gute Frage. *Heikle* Frage.

Er betrachtete sie – die jungen Augen, die rubinroten Lippen. Sie hatte keine einzige Falte, und doch wusste sie um ihre Sexualität wie eine Frau, die viel älter war, als ihr Aussehen vermuten ließ.

„Ende zwanzig?"

Ihre Mundwinkel zuckten und er verspürte den plötzlichen

Drang sie zu küssen. Es hatte nichts mit Romantik zu tun. Er war nicht an einem keuschen Kuss interessiert. Was er sich vorstellte, war etwas Hartes und Unerbittliches. Etwas Schmutziges, um die befleckte Witwe davon zu spülen.

„Du hast dir gerade einen goldenen Stern verdient." Sie legte ihre Gabel auf den Teller und schob beides zur Tischmitte.

„Liege ich richtig?"

„Nein. Aber ich fasse es als Kompliment auf." Sie kam auf die Beine. „Willst du einen Nachschlag oder soll ich die Behälter in den Kühlschrank stellen?"

„Nein, alles gut, was mich betrifft." *Zu gut.*

Es erfreute ihn zu wissen, dass sie sich altersmäßig näher waren, als er zunächst angenommen hatte. Und wieder erhöhte die zusätzliche Information nur das Verlangen nach mehr. Er wollte alles wissen. Hing sie immer noch der Liebe ihres toten Ehemannes hinterher? Wie hatte sie seinen Sexclub gefunden? Und wie plante sie, ihren Sextrieb zu befriedigen, wenn sie nicht ins *Vault* zurückkehrte?

Er schob sich das letzte Stück Hühnchen in den Mund, während sie die Behälter zurück in die Tüte packte, wobei ihr loses Oberteil ihm einen verdammt grandiosen Blick auf ihre BH-bedeckten Brüste gewährte, die ihm direkt ins Gesicht starrten.

Bei jeder anderen Frau hätte er die Aktion als einen unverhohlenen Versuch zu verführen interpretiert. Bei Ella hatte er diesen Eindruck überhaupt nicht. Sie war sich ihrer Verlockung nicht bewusst und selbstbewusst genug, sich nicht wegen eines Blickes auf intime Haut zu schämen. Es war außerdem offensichtlich, dass sie keinerlei Vorstellung hatte von den anzüglichen Gedanken, die sich rapide in seinem Kopf aufbauten – das Verlangen, ihr das Gegenteil zu beweisen, sie der Kontrolle, die er über ihren Körper erlangen konnte, vollkommen bewusst zu machen. Er wollte, dass sich ihr Schoß um seine Finger zusammenkrampfte. Dass ihre Schenkel seinen Kopf umklammerten. Dass sich ihre Lippen teilten, um seinen Namen zu rufen, lauter als sie je zuvor etwas ausgerufen hatte.

Schließlich war es das, worin er gut war.

Das Einzige, worin er gut war.

Er schnappte sich die Weinflasche, die neben ihr stand, und

füllte ihre Gläser. Die komfortable Stille war unbehaglich geworden. Ein Hauch von Panik lag in der Luft, womöglich aber auch nur in seinem Blut.

„Wie oft hast du das schon gemacht?" Er musste wissen, wo er auf ihrer Liste rangierte. Die wievielte Nummer war er?

„Wie oft ich Wein getrunken und chinesisch gegessen habe?" Sie sah ihn nicht an, als sie die Tüte nahm und sich auf den Weg in die Küche machte.

„Wie oft du jemandem vom Club mit in dein Apartment genommen hast."

Sie zuckte mit den Schultern. „Das ist das erste Mal, das ich überhaupt einen Mann in meiner Wohnung habe."

„Das erste Mal?" Er folgte ihr, dreckiges Geschirr und ein volles Weinglas in den Händen. „Ich dachte, Shay sagte, du seist seit Jahren Witwe."

„Und jetzt betrachtest du die Einladung als Kompliment?" Sie öffnete den Kühlschrank und warf ihm über den Rand der Tür hinweg einen unbeeindruckten Blick zu, während sie das Essen hineinlegte. „Lass es. Glaub mir, du bist nichts Besonderes. Seit Lucas' Tod hatte ich nur einfach kein großes Glück mit Männern."

Bei jeder Beleidigung bemühte er sich, sein Grinsen zu verbergen. Ihr zunehmendes Desinteresse hatte den gegenteiligen Effekt auf ihn. Einen gefährlichen Effekt. Ausnahmsweise einmal verspürte er ein seltsames Verlangen nach mehr.

„Vielleicht ändert sich das nach dem Vorführungsabend."

Sie schloss den Kühlschrank und kam auf ihn zu, nahm ihm den Teller aus den Händen, um diesen in die Spüle zu legen. „Vorher müsstest du erst einmal dafür sorgen, dass ich hingehe, mein Freund."

„Ich schätze, du bist soweit. Sag mir, wo ich mich unter Beweis stellen soll, und wir fangen an."

„Jetzt?" Mit großen Augen drehte sie sich vom Spülbecken weg. „Gott, nein. Ich habe gerade eine Wagenladung Essen verdrückt. Solange du keinen Schwangerschaftsfetisch hast, wirst du warten müssen, bis mein Magen sich beruhigt hat."

Nein, keinen Schwangerschaftsfetisch, aber er begann zu glauben, dass er eine Vorliebe für Küchen hatte.

Er konnte sie sich über die Spüle gebeugt vorstellen. Gegen den Kühlschrank gepresst. Auf dem Tresen gespreizt. Er wollte nicht warten. Er musste es hinter sich bringen, bevor seine Bedürfnisse zu Forderungen wurden.

„Können wir uns einen Moment hinsetzen?" Sie ging zum Esstisch, um ihr Weinglas zu holen, und verströmte im Vorbeihuschen einen himmlischen Zitrusduft. „Ich war den ganzen Tag auf den Beinen."

Er schnaubte und versuchte gar nicht erst, es zu verbergen.

Ihr antwortendes Glucksen verstärkte seine Verärgerung nur noch.

„Gefährdet es deinen Junggesellenstatus, wenn wir nebeneinander auf der Couch sitzen?"

„Um den mache ich mir die geringsten Sorgen."

„Lügner." Ihr Mund formte sich zu einem wissenden Schmunzeln, als sie das Weinglas an ihre verführerischen Lippen hob. „Ich wusste, hier zu sein würde dir Unbehagen bereiten."

„Wir werden sehen, wer sich unbehaglich fühlt, wenn du nackt bist und dich windest. Ich vermute, die Entschuldigung, die du mir für das Anzweifeln meiner Fähigkeiten schulden wirst, wird schwer auszusprechen sein."

„Ich werde mich nie dafür entschuldigen, mich von deiner bescheidenen Art nicht umgarnt lassen zu haben." Sie schritt mit schwingenden Hüften ins Wohnzimmer. „Solltest du irgendeine Form von Magie zustande bringen, ist das lediglich eine Entschädigung für den Mist, den du mir angetan hast."

Sein Blick schweifte zu ihrem Hintern, der von ihren kurzen Shorts umhüllt war. Wenn irgendjemand Mist durchmachte, dann war er es. Er war derjenige, der einen Weg finden musste, wie er sie zum Höhepunkt bringen und gleichzeitig seine eigene Lust im Zaum halten konnte. Lust, die zusehends zu einer treibenden Kraft mutierte.

Er folgte ihr und entschied sich neben dem Bücherregal stehenzubleiben, während sie sich träge auf das dreisitzige Sofa fallen ließ. Sie warf ihre Füße auf den Couchtisch und streckte lange, glatte Beine vor ihm aus wie einen Appetizer.

„Also ..." Er wandte sich zum Bücherregal und betrachtete das mittlere Fach, das von Wand zu Wand mit Informationen über

Krebs gefüllt war. Unter seinem Brustbein bildete sich ein kalter Schmerz bei dem Gedanken an den Alptraum, den seine Eltern gerade durchlebten. Er wollte sich mit ihrem Leiden vertraut machen, so tun, als würde er sich irgendwie involvieren. „Das sind eine Menge Bücher.“

Dort standen emotionale Titel – *Wenn der Atem zu Luft wird; Alltagskraft;* und *Wie man jemandem mit Krebs helfen kann.* Wissenschaftliche Titel – *Radikale Remission; Was Sie über Krebs wissen müssen; Das Einmaleins der Fakten.* Selbst solche, die alternative Therapien bewarben.

„Lucas hatte Krebs im Endstadium.“

Das hatte er vermutet. „Es tut mir leid, dass du das durchmachen musstest.“

„Muss es nicht. Es ist nicht deine Schuld.“

Er zog einen Titel aus dem Regal und starrte das Paar auf dem Cover an – *Jemanden mit Krebs unterstützen: Ein Guide für Angehörige.*

Er fragte sich, ob sein Vater dieses Buch ordentlich verstaut in ihrem perfekten Regal in Tampa stehen hatte. Hatte er all diese Titel gekauft für die Frau, die sein Leben lebenswert gemacht hatte?

„Wie viel Zeit hattest du mit deinem Mann nach seiner Diagnose?“

„Elf Monate.“

Er runzelte die Stirn und stellte das Buch zurück an seinen Platz. „Ich dachte, du hättest gesagt, ihr wärt elf Monate verheiratet gewesen.“

„Das ist richtig.“ Sie nippte an ihrem Glas, ihre Augen auf seine gerichtet. „Ist eine lange Geschichte.“

„Darf ich fragen, wie es ist?“

„Was? Der Krebs?“ Ihre Stirn kräuselte sich.

„Ja. Wie sieht der Verlauf aus?“

Ihr Mund öffnete und schloss sich. Ihre Augen blieben weit geöffnet.

„Entschuldigung, ist das eine beschissene Frage?“

Sie prustete sich durch einen Schluck Wein, dann stellte sie das Glas auf den Couchtisch. „Ich schätze, es kommt darauf an, wieso du fragst.“

Er könnte sich eine schwache Ausrede einfallen lassen. Er könnte lügen. „Meine Mutter hat Krebs im Endstadium."

„Oh, Bryan. Es tut mir so leid." Ihr Gesicht verzog sich in aufrichtiger Anteilnahme, die all ihre Schönheit verdeckte und sie durch erbärmliche Gefühle ersetzte.

„Das muss es nicht." Er stieg über ihre Beine hinweg und setzte sich neben sie. „Wir stehen uns nicht nahe."

„Sie ist dennoch deine Mutter. Die Nachricht muss erschütternd gewesen sein."

Die Tatsache, dass seine Mutter ihrem einzigen Sohn diese Information vorenthalten hatte, war noch traumatischer.

„Nimm dir ruhig eines der Bücher mit nach Hause. Sie haben keinen Nutzen mehr für mich."

„Nein, schon in Ordnung." Er konnte eine oder zwei Fragen stellen, um sich einer Familie verbunden zu fühlen, die ihn verstoßen hatte, doch er weigerte sich, Stunden damit zu verbringen, über den Niedergang seiner Mutter zu recherchieren. Er hätte sie gar nicht erst erwähnen sollen.

„Nun, das Angebot steht, falls du deine Meinung änderst." Ihre Stimme wurde düster, genau wie ihr Gesichtsausdruck. „Ich will sie schon seit Jahren entsorgen. Die Erinnerung ständig vor Augen zu haben ist allmählich etwas erschöpfend."

„Danke." Er konzentrierte sich auf ihre Finger, bemerkte, wie sie sich immer tiefer in ihre Fußsohle gruben, als wollte sie den Schmerz wegmassieren.

„Willst du darüber reden?" Sie bedachte ihn mit einem Blick, der ihm sagte, dass sie sich durch dieses schmerzhafte Gespräch kämpfen würde, ihm zuliebe.

„Nein." Er schüttelte den Kopf. „Wirklich nicht."

„Okay. Kann ich verstehen." Sie bewegte ihre Füße und gab vor sich zu entspannen. „Also, sag mir, warum ein Kurs?" Der Schmerz wich nicht aus ihren Zügen, als sie abrupt das Thema wechselte. „Was hast du davon?"

„Befriedigung." Zumindest hatte er sich das in der Planungsphase eingeredet. Er wollte den Club auf seiner intimsten Ebene optimieren. Die gierigen *Vault*-Mitglieder in selbstlosere Teilnehmer verwandeln.

Allerdings war ihm dieses Ziel nicht mehr wichtig. Jetzt war das Einzige, was er sich von dem Vorführungsabend erhoffte, ein One-Way-Ticket zwischen Ellas Schenkel. Unter ihre Haut zu gehen, so wie sie unter seine kroch.

„Das kaufe ich dir nicht ab."

„Musst du auch nicht."

„Das ist genau mein Punkt. Du scheinst nicht der Typ zu sein, der anderen bereitwillig um ihrer selbst willen hilft. Und du hast schon eine Posse, die dich für den Messias des weiblichen Orgasmus hält."

„Du hast mich durchschaut. Nach was? Zwei Unterhaltungen?"

Ihre Lippen wölbten sich, der Kummer versickerte allmählich. „Denkst du nicht, dass ich verdiene, das zu erfahren, wenn man bedenkt, dass ich in Erwägung ziehe, dir zu helfen?"

„Mir zu helfen? Wir wissen beide, dass wir gegenseitig einen Nutzen daraus ziehen würden." Er deutete mit seinem Kinn auf ihre Füße und signalisierte ihr mit einer Handbewegung sie auf seine Schenkel zu legen.

Sie runzelte die Stirn und rührte sich nicht.

Er klopfte auf seinen Schoß und versuchte, keine große Sache aus seinem Angebot zu machen. Er würde weiter Gedanken an seine Eltern nachhängen, solange sie nicht aufhörte, über ihren Mann nachzudenken. Und keiner der beiden Gedankengänge war dem förderlich, was er geplant hatte. „Leg deine Füße hier hin."

Ihre Lippen arbeiteten in stiller Überlegung, bis sie sich schließlich auf dem Sofa drehte und ihre Fersen auf seine Oberschenkel legte. „Deine Fixiertheit darauf, dass beide Seiten einen Nutzen daraus ziehen, ist völliger Humbug. Es ist nicht so, als könnte ich ohne dich keinen Orgasmus bekommen. Ich kann die Arbeit selbst machen."

„Und das befriedigt dich? Brauchst du keinen Mann, um die Monotonie zu durchbrechen?" Ganz gleich, wie sie reagierte, er kannte die Wahrheit. Eine Frau mit ihrer Sexualität und Leidenschaft würde allein mit Masturbation nie ganz befriedigt sein. Es mochte das Verlangen lindern, aber sie brauchte Sex. Es gab keinen Ersatz für Haut an Haut.

„Ich habe Toys."

Das Bild vor seinen Augen gefiel ihm nicht. Und seinem

Körper gefiel es viel zu sehr. Sein Schwanz regte sich, sodass die harte Länge an ihre Ferse stieß. „Das würde ich gerne sehen."

„Ich weiß", sagte sie gedehnt. „Da bist du nicht der Einzige."

Zweifellos. Er könnte im *Vault* Tickets verkaufen und den Raum mit willigen Voyeuren füllen. Ihr würde das ebenfalls gefallen. Diese Frau würde es lieben im Mittelpunkt zahlloser Fantasien zu stehen. Und das verdiente sie auch.

Er packte einen ihrer Füße und lenkte sich ab, indem er mit seinem Daumen ihre Innensohle entlangfuhr.

„Oh, Gott." Sie stöhnte. „Das fühlt sich gut an."

Shit.

Soweit es Ablenkungen betraf, war diese kontraproduktiv. Durch ihr kehliges Stöhnen und die Art, in der sie ihren Rücken durchdrückte, pochte sein Schwanz noch heftiger gegen seinen Reißverschluss. Und diese Zehennägel. *Herrgott.* Er hatte noch nie viel Zeit damit verbracht, die Füße einer Frau zu bewundern. Sowas machte ihn nicht an. Aber nun konnte er es nachvollziehen.

Ihre zierlichen, zarten Zehen.

Der feminine, hellrosafarbene Nagellack.

Er war in verdammten Schwierigkeiten.

Wie viele Männer kamen jeden Tag zu so etwas nach Hause? Zu einer schönen Frau. Einem leckeren Abendessen. Unbeschwerter Unterhaltung. Und der Aussicht auf schweißtreibenden, energiegeladenen Sex.

„Ich verstehe dich nicht, Bryan."

Das war nicht überraschend. Er verstand sich selbst nicht. Vielleicht konnten sie gemeinsam seine Unzurechnungsfähigkeit ergründen. „Was gibt's da nicht zu verstehen?"

„Du hast mir Abendessen und Wein mitgebracht. Du bist nett. Naja, zumindest wesentlich anständiger als sonst. Und jetzt massierst du mir die Füße."

Seine Haut juckte, als ihn die Realität einholte. Irgendwann in der vergangenen Stunde hatte er aufgehört vorzugeben, dass ihm diese Frau ein Dorn im Auge war. Vermutlich schon früher. Daran könnte der heutige Nachmittag schuld sein.

Er tat es achselzuckend ab, entschlossen, wieder auf den richtigen Pfad zu wechseln. „Du bist kein Geier. Das erlaubt mir, mich zu entspannen."

„Also ist das der echte Bryan?" Sie schaute ihn prüfend an, ihre Augenbrauen zusammengezogen. „So gar nicht der gnadenlose Kerl, der alle piesackt?"

„Ich piesacke niemanden, noch gebe ich vor jemand zu sein, der ich nicht bin." Nicht wirklich. Er senkte seinen Blick auf ihre Füße und rollte sanft ihre Zehen nach unten. „Das hier bin ich. Und der Kerl, den du im *Vault* getroffen hast, bin ich ebenfalls."

Sie blieb stumm, und er wagte nicht, sie anzusehen, um die Leere zu füllen.

„Ich bin kein Arschloch, Ella. Jedenfalls kein völliges. Ich habe lediglich eine geringe Toleranz für Bullshit."

Sie neigte nachdenklich den Kopf, und er wusste genau, was in ihr vorging. Er wusste es, noch bevor sie den Mund aufmachte. „Warum El—"

„Bereit, anzufangen?" Er tippte ihr auf die Knöchel und bedeutete ihr, sich zu bewegen. Er mochte sie, aber nicht genug, um sich Fragen bezüglich seines Widerwillens ihren Namen auszusprechen zu stellen.

„Ahh. Sicher." Sie stellte ihre Füße auf den Boden und setzte sich auf. „Wie willst du es machen?"

„Lass uns mit dem Wo anfangen."

„Im Schlafzimmer?" Ihre Miene blieb gleichgültig. „Nur für den Fall, dass mir langweilig wird und ich ein Nickerchen machen will." Ihre Lippen zuckten und durchbrachen die Anspannung, die begonnen hatte sich in seiner Brust anzusammeln.

„Im Schlafzimmer also." Er stand auf und bot ihr seine Hand an. „Und keine Sorge – du wirst in nächster Zeit erst einmal nicht einnicken."

KAPITEL ZEHN

amelas Nacken kribbelte, als sie Bryan durch den Flur führte. Nervosität hatte sich eingestellt, das unruhige, unbehagliche Gefühl ein unerwünschter Gruß aus der Vergangenheit.

„Stimmt etwas nicht?"

„Nein, warum?" Sie blieb vor ihrer offenen Schlafzimmertür stehen und wandte sich ihm zu.

„Du bist gegangen, als hätte ich eine Pistole in deinen Rücken gehalten."

Wieso kümmerte ihn das? Vor dem heutigen Tag hätte sie angenommen, es wäre, um sich ihr Unbehagen zunutze zu machen. Aber so, wie er sich heute Abend verhalten hatte, fragte sie sich, ob er die Frage von echter Besorgnis herrührte.

„Auf meinen Schultern lastet eine Menge Druck." Sie war schon verdammt lange nicht mehr wegen Sex angespannt gewesen. Nicht, dass es sich dabei nicht um Anspannung und nervöser Erwartung gleichermaßen handeln würde.

„Es gibt keinen Druck." Er ging voraus in ihr Zimmer und machte sich nicht die Mühe, das Licht anzuschalten. „Du musst dich nur entspannen und mich meine Magie vollbringen lassen. Wenn ich fertig bin, kannst du mir ein Loblied singen, und dann gehe ich. So einfach ist das."

Sie würde sein Selbstvertrauen nicht noch bestärken. Nein. Auf keinen Fall.

„Ich sehe, dass du ein Lächeln unter deinen zusammengepressten Lippen verbirgst." Er warf ihr über seine Schulter ein Schmunzeln zu. „Wir wissen beide, dass ich Recht habe."

Sie beachtete ihn nicht und tapste zu ihrem Nachttisch, um die Lampe anzuknipsen. Das schwache Licht tat seinen Teil, den teuflischen Appeal seiner Gesichtszüge hervorzuheben. Sein Ausdruck zeugte von Leidenschaft. Von Lust und Dominanz. Alles, wonach sie seit Lucas' Tod gesucht hatte, starrte ihr ins Gesicht und wartete darauf, mit beiden Händen ergriffen zu werden.

Sollte er Dinge von ihr verlangen, die sie nicht unbedingt zu geben bereit war, würde sie zweifellos trotzdem nachgeben. Etwas tief in ihr hungerte nach seiner Anerkennung. Sie wollte ihn noch einmal zum Lächeln bringen. Die Nüchternheit überwinden, die sich erstickend effizient um ihn gewunden hatte.

Er näherte sich dem Bett, bis seine Anzughose die Matratze berührte. „Zieh dein Shirt aus."

Ihre Lippen teilten sich schockiert, obwohl sie das nicht sollten. Höflichkeiten gehörten nicht zu ihrer Abmachung. Genauso wenig wie Vorspiel.

Sie griff nach dem dünnen Stoff ihres Shirts, zog es über den Kopf und ließ es auf den Boden fallen. Sie stand vor ihm in einem schwarzen Spitzen-BH und alten Baumwollshorts. Ihr Brustkorb dehnte sich aus in dem Bedürfnis nach mehr. Mehr Luft. Mehr Kontrolle. Mehr Geräusche, die die angespannte Stille ausfüllten. „Besser?"

„Nicht ganz. Aber wir sind auf einem guten Weg." Sein prüfender Blick wanderte von Kopf bis Fuß. Es war keine sanfte Liebkosung seiner Aufmerksamkeit. Es war brutal, wie es sein Spitzname verlangte. Seine Augen glühten und die Hitze der Verheißung brannte hell. „Die Shorts auch."

„Warte." Ihre Nervosität brach sich Bahn und stupste die Vorfreude beiseite. „Sollen wir eine grobe Zeit festlegen, nach der wir abbrechen?"

Er runzelte die Stirn.

„Ich meine ..." Sie seufzte. „Wenn es nicht funktioniert, sollten wir dann nicht eine bestimmte Zeit im Hinterkopf haben, nach der wir aufhören? Im Gegensatz zu dir verletze ich nicht gerne die Gefühle anderer Menschen, aber ich möchte auch nicht, dass du dich in mir vergräbst, mich stundenlang wie ein Bergmann bearbeitest, wenn du nicht weiterkommst. Deswegen benötigen wir ein Zeitlimit."

Er senkte seinen Blick, starrte zu interessiert auf ihre sich rasch hebende und senkende Brust. „Sicher, wenn es das für dich einfacher macht, können wir uns auf eine fünfzehnminütige Zeitspanne festlegen."

„Fünfzehn Minuten?" Machte er Witze? „Nach fünfzehn Minuten bin ich nicht einmal erregt."

Er grinste, und seine sündhaft verzogenen Lippen verrieten ihr, dass er wusste, dass es in ihr bereits simmerte. „Vertrau mir." Er klopfte auf die Matratze und forderte sie auf näherzukommen. „Ich habe das im Griff."

Ihr Herz pochte.

Teile, die tiefer lagen, ebenfalls.

„Fünfzehn Minuten werden nicht nur ausreichen", sagte er gedehnt, „ich bin sogar willens zu wetten, dass ich dich in weniger als zehn Minuten über die Ziellinie bringe."

„Jetzt hast du Wahnvorstellungen." Sie verschränkte die Arme vor der Brust. „Wenn du es nicht ernst nehmen—"

„Wer ist hier wirklich derjenige mit den Wahnvorstellungen?" Er rückte näher, sein sicherer Schritt verschlang die Entfernung in weniger als einem Herzschlag. „Die Frau, die sagt, kein Mann könne sie zum Höhepunkt bringen?" Seine Hand hob sich und schob sanft die verirrten Haarsträhnen von ihrer Wange. „Oder der Mann, der es mit einem Finger geschafft hat?"

Ihre Wangen erhitzten sich. „Hör auf, das zu erwähnen."

„Wieso? Es war eine meiner besten Arbeiten."

Arbeiten? Mehrzahl? Hauchdünne Fäden der Eifersucht erwachten in ihrer Brust zum Leben. Sie hätte nicht vergessen dürfen, dass seine Effizienz bei anderen Frauen ebenso der Prahlerei würdig war. Es war armselig, sich überhaupt Gedanken deswegen zu machen.

„Ziehen wir es durch oder nicht?" Sie schob ihre Shorts nach unten, ließ sie zu ihren Füßen fallen und kletterte dann auf das Bett. „Beeil dich. Die Uhr läuft."

„Nein, noch nicht. Wir müssen noch die Feinheiten klären." Er packte sie am Fußgelenk und zerrte sie zu sich heran. „Ich habe eine Zehn-Minuten-Frist bei unserer Wette. Jetzt musst du mir nur noch sagen, was du wetten willst."

Sie funkelte ihn böse an und versuchte herauszufinden, wie sie seiner Arroganz einen Dämpfer verpassen konnte. Ihre Egos befanden sich auf vollkommen unterschiedlichen Spielfeldern. Er gehörte zu den Profis, sie wärmte die Bank der jugendlichen D-Klasse. „Wenn du verlierst, bleibst du über Nacht."

Kein Dämpfer sichtbar. Sein Gesichtsausdruck blieb unverändert.

„In meinem Bett", fuhr sie fort, in der Hoffnung, Panik zu schüren. „Wie ein Mann, der nicht eine Million Bindungsängste hat."

Die erwartete Abscheu trat nicht in seine Züge. Sie hatte seiner Überheblichkeit nicht einmal ein Haar gekrümmt.

„Deal."

War das sein Ernst? Wo zum Teufel nahm er sein Selbstvertrauen her?

„Und wenn ich gewinne", schnurrte er, „musst du grafisch detailliert eingestehen, dass mein Talent einzigartig ist."

„Ich hätte nicht gedacht, dass du der Typ bist, der Anerkennung braucht."

„Für dich mache ich eine Ausnahme." Er zog sie näher heran und ließ ihre Beine über den Matratzenrand baumeln.

Sie biss ihre Zähne zusammen, hasste es, dass er sie bereits feucht gemacht hatte. Ihr Körper gehorchte ihr überhaupt nicht. Die Männer, denen sie sich hingeben wollte, hatten keinen Effekt, und der eine Mann, mit den sie nichts zu tun haben wollte, war wie ein sexueller Heiler. Ihr ganz eigener Marvin Gaye. Oder war sie in dieser Situation Marvin?

Shit.

Sie konnte bei dem Lustnebel nicht klar denken.

„Noch irgendwelche anderen Regeln, bevor ich anfange?"

„Ja, ich küsse nicht auf den Mund." Seit Lucas' Tod hatte sie diese Bedingung. Sie wollte eine solche Verbundenheit nicht zu jemandem, der in der Lage war, ohne einen Blick zurück aus der Tür zu gehen. Dem nächsten Mann, den sie küsste, würde sie etwas bedeuten. Er würde den Boden unter ihren Füßen verehren.

„Kein Problem." Er legte seine ausgestreckte Hand auf ihren Oberschenkel, sein Daumen verführerisch nahe an ihrem Zentrum. „Nur Berührungen."

„Gut", sagte sie mit krächzender Stimme.

„Sonst noch was?"

Sie schüttelte den Kopf.

„Anal? Oral? Fremdkörper?" Er hob eine Braue. „Schmerz? Unterwerfung?"

„Jetzt ziehst du mich auf", murmelte sie. „Es würde mich wundern, wenn du in den vorgesehenen zehn Minuten auch nur für eines davon Zeit hättest."

Er gluckste unheilvoll. „Vielleicht heben wir uns diese Wette für ein anderes Mal auf."

Starke Finger packten den Bund ihres Höschens und zogen daran. Mit kühner Finesse legte er den getrimmten Lockenstreifen über ihrer vollkommen nackten Pussy frei und ließ das Material auf den Boden fallen. Viele Sekunden lang starrte er sie an. Auf *diesen* Teil von ihr, mit bebenden Nasenflügeln und zuckendem Kiefer.

Womöglich konnte sie jetzt die Oberhand gewinnen.

Sie glitt zurück, legte sich auf die Decke und spreizte langsam ihre Oberschenkel.

Seine visuelle Bewunderung verwandelte sich in Humor, als hätte er sie durchschaut.

Verdammt. Wie konnte er bloß so gut darin sein?

„Es scheint, als ist es an der Zeit anzufangen." Er sah auf den Wecker auf ihrem Nachttisch. „Es ist acht Uhr dreiundfünfzig."

„Acht dreiundfünfzig." Sie schluckte über das Verlangen hinweg, das ihr den Hals verstopfte.

Sie war extrem angespannt und fragte sich begierig, wie er den Kampf in zehn Minuten gewinnen wollte. Und wenn er es nicht schaffte, wie würde er mit einer Nacht in ihrem Bett umgehen? Verdammt, wie zum Teufel würde *sie* damit umgehen?

Er glitt mit seiner Handfläche an ihrem Bein entlang zum

höchsten Punkt zwischen ihren Oberschenkeln. Er hielt ihrem Blick stand, als die Hitze seiner Berührung näher rückte.

Ein Finger, oder vielleicht war es auch ein Daumen, fuhr sanft über den Rand ihrer Schamlippen. Zart und unendlich leicht. Man konnte es kaum als eine Berührung bezeichnen. Es war ein Hauch. Ein Wispern einer Empfindung durch die Feuchtigkeit ihrer Erregung.

„Ich bin überrascht, dass du so feucht bist. Schließlich bist du ja gar nicht interessiert." Seine Berührung erhöhte den Druck, teilte sie, neckte ihre Öffnung.

Sie wollte mehr. Brauchte mehr. „Ich habe nie gesagt, ich sei nicht interessiert."

„Genau ..." Hin und her fuhr er mit seinem Finger über ihren Spalt, aufreizend und quälend. „Dir fehlt nur das Vertrauen in meine Fähigkeiten."

Sie öffnete den Mund, bereit zu antworten, als zwei Finger tief in sie eindrangen, sodass sie sich aufbäumte. Er krümmte seine Fingerspitzen in ihr, fand ihre empfindliche Stelle schneller, als sie sie selbst jemals gefunden hatte.

Nicht fair.

Sie presste ihre Oberschenkel fest zusammen und wiegte sich dem rhythmischen Streicheln ihres G-Punktes entgegen.

„Glaubst du immer noch, ich schaffe es nicht, dich in acht Minuten ins Ziel zu bringen?"

„Verflucht. Halt verdammt nochmal die Klappe."

Er gluckste, und sie verstand nicht, wie er so unberührt bleiben konnte. Vielleicht war das der Grund, warum er die Frauen im *Vault* abwies. Hatte er Erektionsstörungen?

Sie senkte ihren Blick auf sein makelloses, weißes Hemd, zu seinem Hosenbund, dann auf seinen Schritt.

Nein. Seine Widerwilligkeit war definitiv kein Erregungsproblem. Seine harte, dicke Länge spannte gegen seinen Reißverschluss.

Er wollte sie.

Oder vielleicht wollte er einfach nur Sex.

So oder so, es spielte keine Rolle. Der Gedanke an sein Verlangen brachte sie dazu, sich zu winden, zu pochen. Druck landete auf ihrer Klitoris, der Funke enthusiastischen Kribbelns erfasste ihr Innerstes. Er hatte Erfolg, war kurz davor zu gewinnen. Nicht, dass sie wollte, dass er scheiterte. Sie gierte nach einem weiteren seiner meisterhaften Orgasmen.

„Du bist hinreißend."

Das ernst gemeinte Kompliment durchbrach ihre Wonne. Sie blinzelte ihre Verwirrung fort, um zu sehen, wie er mit Blicken ihren Körper anbetete. Seine schweifende Aufmerksamkeit glitt über ihre Haut, verursachte Chaos und Hysterie.

„Das Schlimmste an unserer Vereinbarung ist die Tatsache, dass ich dich nicht nehmen kann." Seine freie Hand spreizte sich auf ihrem Bauch und wanderte höher.

„Was? Wieso nicht?"

„Das ist nicht Teil der Abmachung." Er packte ihre bedeckte Brust und schob das Körbchen hinunter, um mit seinen Fingern über ihre Nippel zu streichen. Vor und zurück. Auf und ab.

„Vergiss die Abmachung", keuchte sie und drückte sich seiner Berührung entgegen.

„Ich habe keine Zeit." Er grinste, doch es war nur halbherzig. „Es sind nur noch sechs Minuten übrig."

Sie wimmerte, und er antwortete auf ihr unausgesprochenes Flehen, indem er ihrer Mitte einen weiteren Finger hinzufügte. Er dehnte sie, und ihre innersten Muskeln protestierten mit einem köstlichen Ziehen.

„Stell deine Füße auf das Bett. Sohlen auf die Matratze."

Sie gehorchte, hob ihre Beine, beugte ihre Knie, bereit, alles zu tun, um das Vergnügen aufrecht zu erhalten.

„Hintern hoch. Ich will dich sehen."

Ihre Wangen erwärmten sich, als sie sich fügte und ihren Po vom Bett hob, um ihm eine bessere Sicht zu gewähren.

„*Fuck*." Es war kaum ein Wort, seine Stimme mehr ein unverständliches Knurren. „Sag mir, was du denkst. Ich will deine schmutzigen Gedanken hören."

Sie schüttelte den Kopf, sprachlos angesichts der Wildheit in seinen Augen. Sie war nicht in der Lage, über seine Berührung, das sündhafte Streicheln ihres G-Punkts und die Handfläche, die ihre Brust massierte, hinauszudenken. Sie streckte ihren Hintern weiter in die Höhe, höher und höher auf der Suche nach mehr.

„Verrate sie mir." Er warf einen Blick auf die Uhr, während er sie in aller Ruhe massierte und ihr gut zuredete.

Die Zeit musste ihnen langsam ausgehen, doch er hetzte nicht. Kein hektisches Tempo, nur der gemächliche Anstieg zu einem perfekten Rhythmus.

„Verrate sie mir, Ella, oder ich höre auf." Seine Bewegungen verlangsamten sich, was Panik bei ihr auslöste.

„Nein, nicht." Ihre Stimme brach. „Ich will es", gab sie zu. „Ich will dich."

„*Wie?*", fragte er barsch.

Sie schüttelte erneut den Kopf. Wenn sie sich vorstellte, wie sie ihn brauchte – sich sie beide zusammen bildlich vor ihr inneres Auge führte –, würde sie kommen. Und das wollte sie ... Aber sie wollte es auch nicht.

Noch nicht.

Er knurrte und schob einen weiteren Finger in sie, sodass sich ihre Vagina nun um vier Glieder dehnte. Er bearbeitete sie intensiv, brachte ihre Beine zum Brennen, ihren Körper zum Schwitzen. Mit der anderen Hand glitt er von ihrer Brust über ihr Schlüsselbein und hielt an ihrer Kehle an. Dort hielt er sie fest, stieß sie mit dem festen Griff seiner Dominanz in Richtung Gedankenlosigkeit.

Sie war fast da. Ihr Orgasmus nur ein Fingerschnipsen entfernt.

Dann hielt er inne.

Hörte auf.

Ob für Sekunden oder Minuten, konnte sie nicht sagen.

„Wenn du mir deine schmutzigen Gedanken nicht verrätst, werde ich nicht dafür sorgen, dass du dich gut fühlst." Ihn schien die nahende Frist nicht zu kümmern, auch wenn sich seine Brust schwer hob und senkte und seine Augen glühten. „Also, rede, Liebes, oder das hier ist vorbei."

„Oh Gott", bettelte sie, als das Kribbeln des Vergnügens verblasste. Sie weigerte sich, es aufzugeben. „Ich will, dass du nie aufhörst, mich zu berühren. Ich will dich überall spüren", entfuhr es ihr. „Ich will, dass du mich fickst. Und ich will, dass es hart ist. So hart, dass es wehtut." Sie war keine Masochistin. Klapsen und kneifen war nicht ihr Ding. Bei ihrer Erregung ging es um harte

Penetration und brutale Stöße. Den Nervenkitzel durch Hilflosigkeit in den Armen eines starken Mannes. „Du würdest meine Pussy ficken ... meinen Mund."

Seine Nasenflügel bebten, als er stöhnte. Langsam verstärkte sich der Griff um ihre Kehle und beschleunigte ihren Herzschlag. Dann bewegten sich die Finger in ihr. Beide Gefühle für sich genommen waren bereits intensiv. Zusammen bildeten sie eine exquisite Welle der Empfindungen.

Sie bäumte sich auf, verlangte nach mehr. „Dann würdest du meinen Arsch ficken."

Der Puls in ihrem Inneren beschleunigte sich. Der Druck an ihrer Kehle wurde stärker. Sein Blick war entschlossener, als sie es jemals zuvor bei ihm gesehen hatte. Frustration und rasende Lust bildeten sich in seinen Augen – über ihr.

Er wollte in ihr sein, genauso sehr, wie sie ihn dort brauchte.

Sie lächelte angesichts der Erkenntnis. Das Vergnügen verdoppelte, vervielfachte sich. Seine Finger hielten das Tempo. Sie wimmerte, das Geräusch verwandelte sich in ein Winseln. In einen Schrei. Sie verkrampfte sich, jeder Zentimeter von ihr wurde zum Sklaven des ersten Orgasmusimpulses, der sie übermannte und sie dazu brachte, sich wild aufzubäumen.

Er hörte nicht auf, während sie zuckte, seinen Namen rief, ihren Rücken durchdrückte. Weiter und weiter bearbeitete er sie, bis die Impulse nachließen. Selbst dann hörte er nicht auf. Im Gegenteil, er drückte fester auf ihre Klitoris, spreizte ihre Pussy weiter.

Eine weitere Welle überkam sie wie aus heiterem Himmel.

Dieser Orgasmus war kurz, aber überraschender. Die Wonne ein atemberaubender Schlag vor einem ebenso schockierenden Vakuum. Jetzt war sie schon zu multiplen Orgasmen fähig?

Sie keuchte durch ihr Delirium hindurch und sank in die Matratze. Als er ihre Kehle losließ, kämpfte sie darum, ihre Enttäuschung nicht zu zeigen. Dieser Griff war transformierend gewesen. Ein Hauch von Nirwana. Und diese Finger. *Verdammt sollte er sein.* Sie streichelten noch immer sanft ihr Inneres, ließen das Vergnügen nicht vollständig verblassen, während seine andere Hand ihr Brustbein, ihren Bauch entlangglitt.

Diesem Mann war zu viel Talent geschenkt worden. Zu viel

gottähnliche Finesse für jemanden, der sie gar nicht verdient hatte.

Als hätte er ihre Gedanken gelesen, hoben sich seine Mundwinkel. „Bist du bereit, dich zu entschuldigen, an meinen Fähigkeiten gezweifelt zu haben, Ella?"

KAPITEL ELF

Er hatte die Wette verloren.

Er hatte das ganze verdammte Spiel *absichtlich* verloren.

Und es war ihr noch nicht einmal bewusst. Sie lag einfach da und blinzelte ihn aus befriedigten, euphorieerfüllten Augen an.

Er hatte es sich nicht ausreden können. Sie war seiner Berührung ausgeliefert gewesen, und ihr perfekter Körper hatte sich bei jeder seiner Bewegungen gewunden und aufgebäumt. Deswegen hatte er innegehalten, unfähig, den Gedanken zu ertragen, dass sie zu schnell kam.

Er hatte gewusst, wie viel Zeit er noch hatte. Genauso wie er gewusst hatte, wie lange es dauern würde, sie wieder an den Rand der Klippe zu bringen, und dennoch hatte er unterbrochen.

Und wofür? Für eine Handvoll Sekunden, die sie ihm länger ausgeliefert war?

Er konnte sich nicht daran erinnern, jemals von einer Frau in erotischer Faszination betört worden zu sein. Sie war nicht nur sexuell, sie war sinnlich. Eine Kombination aus Verletzlichkeit und Selbstvertrauen. Aus Hingabe und Nervosität.

Scheinbar litt er an einem Fall von vorübergehender Amnesie. Er war an zahllosen Sexkapaden beteiligt gewesen. Seine Sexwunschliste war schon seit langer Zeit abgearbeitet. Aber das hier war irgendwie anders. Wenn er nur das Warum verstehen könnte.

Die lustgeprägte Entscheidung, die Wette zu verlieren, war ein Fehler gewesen. Und jetzt stand er vor einer Übernachtung im Haus einer Frau, die er kaum kannte.

Er setzte ein falsches Lächeln auf, um den glückseligen Ausdruck aus ihrem Gesicht zu verbannen. „Bist du bereit, dich zu entschuldigen, an meinen Fähigkeiten gezweifelt zu haben, Ella?"

Die Trunkenheit ließ nicht nach. Stattdessen lächelte sie, und ihre rubinroten Lippen ließen seinen Schwanz zucken. „Hmm?"

Er nahm seine Finger von ihrem Körper und bekämpfte das Bedürfnis, ihre Erregung von ihnen zu lecken. „Ich warte darauf, dass du zugibst, dich geirrt zu haben."

Sie kicherte. Atemlos. Kaum hörbar.

Sie war ein fügsames Kätzchen.

So fühlte er sich ebenfalls.

„Ich habe mich geirrt." Sie stützte sich auf ihre Ellbogen und kam dann auf die Knie. Sie richtete sich auf, zupfte ihren BH zurecht und sah sich über ihre Schulter. „Aber es ist fünf nach neun. Du hast die Wette nicht gewonnen."

Er hätte sich herausreden können. Hätte sie vermutlich davon überzeugen können, dass sie länger in einem tranceähnlichen Zustand dagelegen hatte, als sie glaubte. Allerdings warf eine Amnesie wiederum die Frage auf, wieso er so eilig gehen wollte. „Ich schätze, ich bin nicht ganz so gut, wie ich dachte."

Sie neigte den Kopf und blinzelte zu ihm auf. Es juckte ihn danach, den obersten Knopf seines Hemds zu öffnen und seinen Schwanz zurechtzulegen. Sie bereitete ihm in vielerlei Hinsicht Unbehagen, doch er wollte verdammt sein, das zu zeigen.

„Sind wir hier fertig?" Sie lehnte sich zurück und stützte sich auf ihre Ellbogen.

„Ich weiß nicht, wie ich das beantworten soll."

Sie war gekommen. Das hatte er gespürt. Ihre Vagina hatte sich um seine Finger zusammengezogen. Mehr als einmal.

Sie hatte sich aufgebäumt.

Sich gewunden.

Shit. Er musste die Erinnerung aus seinem Kopf vertreiben.

Ihr Lächeln wurde breiter, ihre Wimpern klimperten noch immer in einem trägen, zufriedenen Rhythmus. „Das war eine subtile Art zu fragen, ob *du* fertig bist." Ihre Oberschenkel schlossen sich etwas. „Ich meine, kann ich den Gefallen erwidern?"

„*Nein*." Gott, nein. Das Letzte, was er brauchte, war mit noch mehr Versuchung zwangsernährt zu werden. „Das ist kein Gefallen. Es ist ..."

Schlicht und ergreifend Folter.

Sie versteifte sich, und endlich verschwand ihre Benommenheit wie ein olympischer Sprinter von der Bildfläche.

Er wollte auf so viele verschiedene Arten mit ihr schlafen, dass er anschließend in der Lage wäre, einen Sexguide zu veröffentlichen, der dem Kama Sutra Konkurrenz machen konnte. Doch bevor er all das tat, wollte er den Ausdruck der Zurückweisung aus ihrem Gesicht vertreiben. „Mit dir zu schlafen ist eine schlechte Idee, das ist alles."

Sie nickte, setzte sich aufrecht hin und schwang dann ihre Beine vom Bett. „Du brauchst nicht weiterreden. Ich habe den Wink schon verstanden." Sie streckte sich in Richtung des Nachttischs, zog die oberste Schublade auf und nahm ein großes Stück glänzend schwarzen Materials heraus. Einen Morgenmantel.

In Sekundenschnelle war sie bedeckt, ihr wunderschöner Körper vor seinen Blicken verborgen. Mit ruckartigen Bewegungen band sie den dünnen Gürtel um ihre Taille, anschließend umklammerte sie den Stoff, um ihr Dekolleté zu verbergen. „Ich gehe mich frischmachen. Du brauchst nicht hierzubleiben. Ich werde nicht auf deinen Wetteinsatz bestehen. Du kannst gehen, wann immer du willst."

Er nickte stumm, bevor sie auf eine seitlich gelegene Tür zuging und sich dahinter einschloss.

Genau solche Situationen hasste er. Das Pingpong-Spiel von verletzten Gefühlen und Erwartungen. Seinem Schwanz schien das allerdings wenig auszumachen. Der steinharte Teil seiner Anatomie stand weiter stramm, entschlossen, nicht nachzugeben, bis er die Frontlinie erblickte.

Er sollte gehen.

Das war die vernünftige Option. Er sollte von hier

verschwinden, bevor sie zurückkehrte. Keine Erklärung, kein Abschied notwendig.

Er hätte seine Optionen nicht einmal erwogen, wenn es sich um eine andere Frau gehandelt hätte. Er wäre ohne zu überlegen den Flur hinunter, durch die Tür hinaus gegangen und auf dem Weg nach Hause.

Eine Toilettenspülung ertönte, gefolgt von dem Rauschen des Leitungswassers.

Verschwinden oder bleiben, Bryan? Verschwinden oder bleiben?

Scheiße.

Es war ja nicht so, als wäre sie eine emotionale Bedrohung. Sie hatte kein Interesse an ihm. Aber warum zum Teufel wollte er überhaupt bleiben? Wegen der Wette? Vielleicht. Er hatte noch nie zuvor einen Rückzieher bei Wettschulden gemacht. Das Problem war nur, dass er nicht wusste, ob es um mehr ging als das.

Er schloss die Augen und kniff sich in den Nasenrücken. Er grübelte zu viel darüber nach, obwohl er gar nicht daran denken sollte.

Im Nebenraum schloss sich eine Schranktür. Das Wasser wurde abgestellt. Die Tür öffnete sich wieder, und das von hinten einfallende Licht kreierte eine makellose Silhouette. Ihr Haar lag auf ihren Schultern, der dünne Mantel war straff um ihre Taille gebunden. Sie sah aus wie ein Model. Eines mit schönen Kurven und leicht geschwächtem Selbstvertrauen.

„Du bist noch da." Sie schaltete das Licht aus und tapste ins Zimmer.

Er machte sich nicht die Mühe, das Lachen zu unterdrücken, das ihm entwich. „Ja, Liebes. Ich bin noch da. Ich will klarstellen, wieso es eine schlechte Idee ist, mit dir zu schl—"

„Bitte nicht." Sie hielt eine Hand hoch und nähere sich dem Bett. „Ich glaube, mein Soll an deiner Ehrlichkeit ist ausgeschöpft."

Er knurrte. Wenn sie nicht bald den zurückgewiesenen Ausdruck aus ihrem Gesicht wischte, würde er etwas tun, das er bereuen würde. Etwas, das sie beide bereuen würden. „Es ist eine schlechte Idee mit dir zu schlafen", knirschte er, „weil ich es nicht mehr als einmal mit einer Frau treiben kann."

Warum *zum Teufel* hatte er das gesagt?

Sie verdrehte die Augen und schlug die Decke zurück. „Eine Auffrischung deiner Regeln brauche ich auch nicht. Shay hat sie mir kurz zusammengefasst."

Er knirschte mit den Zähnen und wünschte sich, er wäre so gnadenlos wie sie dachte. Dann würde er sich zumindest nicht verpflichtet fühlen, ihr eine Erklärung zu liefern.

„Es ist ein Unvermögen", stellte er klar. „*Keine* Regel."

Ihre Augenbrauen zogen sich zusammen, quälend langsam. „Du bist nicht ...“

„In der Lage, eine Erektion zu bekommen? Einen Steifen? Einen Ständer? Wie auch immer du es nennen willst, ich kann es nicht mehr als einmal für ein und dieselbe Frau bekommen." Er ließ diese Information auf sich wirken. Das persönliche, streng gehütete Geheimnis, das er nie einer Menschenseele erzählt hatte.

„Wow ... Wie lange ist es her, dass du mehr als einmal mit derselben Frau geschlafen hast?"

„Mehr als zwölf Jahre."

„Heilige. Scheiße." Sie zog die Wörter in die Länge, während sie ihn mit einer Mischung aus Faszination und Besorgnis anstarrte. „Warst du deswegen schon bei jemandem?"

„Oh, nein." Er schüttelte den Kopf. „Denk ja nicht, dass mit meinem Schwanz was nicht stimmt. Was mich betrifft, gibt es kein Problem. Es ist eine Kunstfertigkeit. Ein Talent, das zu beherrschen es Jahre gebraucht hat. Es ist meine Versicherungspolice."

„Versicherung", wiederholte sie langsam.

„Ja, um die Bindungsphobie zu schützen, die ihr mir andichtet."

„*Andichtet?*" Ihre Lippen kräuselten sich. „Gibt es daran irgendeinen Zweifel? Du bist ernsthaft verkorkst."

„Du wirst mich das nicht leugnen hören. Aber ich erzähle es dir, um reinen Tisch zu machen. Der fehlende Sex hat nichts mit dir zu tun, sondern alles damit, dass ich für den Vorführungsabend interessiert bleiben muss."

Sie kletterte auf das Bett, die Falten auf ihrer Stirn waren zurück. „Weißt du, Bryan, ich hätte dich nie für den Es-liegt-nicht-an-dir-es-liegt-an-mir-Typ gehalten."

Weil er das nicht war. War er nie gewesen. Sie inspirierte Anomalien. „Und ich hätte dich nie für eine Frau gehalten, die mit einer simplen Fingerdrehung kommen kann. Ich schätze, wir haben beide unzutreffende Vermutungen angestellt."

Er trat sich seine Schuhe von den Füßen und steckte seine Socken hinein.

„Du bleibst trotzdem?"

„Wir haben eine Wette abgeschlossen. Ich bin kein schlechter Verlierer."

Das hier war ein Fehler. Ein großer Fehler. Sein Schwanz stand stockstramm. Seine Selbstbeherrschung war gleichermaßen gefährdet. Doch aus einem unbekannten Grund sprintete er nicht zur Tür.

Er öffnete den obersten Knopf seines Hemdes, dann jeden weiteren, einen nach dem anderen. Ihr hungriger Blick verschlang jeden Zentimeter seiner frisch freigelegten Haut. Er konnte praktisch fühlen, wie ihre Augen mit ihrem faszinierten Laserstrahl seine Brust entlangwanderten. Die Ablenkung hätte ihn dazu bringen sollen, innezuhalten und dem bevorstehenden Unglück im Rückwärtsgang zu entkommen.

„Soll ich das Licht im Wohnzimmer ausmachen, bevor ich mich hinlege?" Er schob den Stoff von seinen Schultern und ließ ihn auf den Boden fallen.

„Nein." Sie schüttelte ihren Kopf. „Es ist noch früh. Ich will nur eine Weile hier liegen." Sie zog die Decke an ihr Kinn und kuschelte sich tiefer ins Kissen.

Die gesamte Szene vor ihm schien wie die eines Paralleluniversums. Er war kein Freund von einem solchen Quatsch – weder von Übernachtungen noch Dinnerabenden. Und ganz sicher nicht von Wein. Und, Herrgott, wenn er noch ein weiteres Mal daran dachte, dass er die Wette absichtlich verloren hatte, würde er vermutlich zusätzlich noch den Inhalt seines Magens verlieren.

Und doch genoss er bei jedem Blinzeln den Anblick, der ihn nach dem Aufschlagen seiner Augen erwartete. Sie sah natürlich aus. Entspannt. Sie versuchte nicht, ihn zu verführen. Sie war eine einfache Frau ohne Makel, und er ein einfacher Mann mit vielen davon.

„Also, wer war sie?"

Er stockte, gerade im Begriff, seinen Gürtel zu öffnen. „Sie?"

„Die Frau, die Bryan zu Brute machte."

„Es gab keine Frau", log er. „Wie gesagt, ich war seit meiner Schulzeit nicht mehr mit jemandem mehr als einmal zusammen." Er ließ seinen Gürtel los, öffnete den Reißverschluss und schob seine Hose zu Boden. „Du musst wirklich aufhören nach Entschuldigungen zu suchen, die rechtfertigen, wieso ich bin, wer ich bin. Es gibt keine."

Sie gab ein Geräusch von sich. Ein missbilligendes *Hmmpf*. „Wir sind alle von unseren Erfahrungen geprägt."

„Wenn du das sagst." Er wandte seinen Blick ab, unfähig, sie anzuschauen, während er neben ihr ins Bett kletterte. Von allen sexuellen Dingen, die er im Laufe der Jahre getan hatte, schien dies bei weitem das seltsamste zu sein.

Andererseits hatte es nichts Sexuelles an sich.

Dieser Teil war auf eine Wette zurückzuführen.

Eine Wette, die er absichtlich verloren hatte.

„Wenn es keine Frau gab, dann erzähl mir von deiner Kindheit. Hast du dein ganzes Leben in Beaumont verbracht? Hast du Familie hier?"

Nun, das war eine todsichere Methode, seinen Schwanz schlapp werden zu lassen. „Aufgewachsen in Florida. Hatte eine gute Schulbildung. Hervorragend in Mathe und Wissenschaften. Hasste meine Eltern, wie jedes Kind in meinem Alter." Das Problem war, dass seine Eltern ihn ebenfalls gehasst hatten.

„Gehst du oft nach Hause?"

„Überhaupt nicht. Vor einiger Zeit habe ich ein Apartment in Tampa gekauft, weil ich dachte, dass ich irgendwann wieder dahin zurückkehren würde, wo ich aufgewachsen bin. Aber ..." Was zum Teufel? Das hier war keine Seelenklempner-Sitzung. Er musste nicht die Vergangenheit aufwärmen, um ein Schweigen zu füllen. „Ich habe nicht vor wieder zurückzugehen." Er räusperte sich, lehnte sich in das Kissen zurück und starrte hinauf an die Decke. „Was ist mit dir? Was sind deine Probleme?"

„Meine kennst du bereits." Sie gab ein weiteres Geräusch von sich, diesmal ein erschöpftes Stöhnen. „Toter Ehemann. Perverse Neigungen. Unfähigkeit zum Orgasmus zu kommen."

„Deine Orgasmen funktionieren einwandfrei."

Ihr Glucksen war ein Lufthauch. „Worte von dem einzigen Mann, der in der Lage ist, sie auszulösen."

„Du wirst dich schon bald selbst verstehen lernen." Mit einem anderen Mann. Vielleicht in einem anderen Club.

„Ja ... Ich weiß."

Während sie ausgiebig gähnte, schwieg er, in der Hoffnung, sie würde einschlafen und damit das ozeantiefe Gespräch beenden.

Er beobachtete sie aus dem Augenwinkel: ihr Haar über das Kissen verteilt, ihr Blinzeln immer länger andauernd, bis ihre Augen schließlich geschlossen blieben. Kleine, kaum hörbare Stöhnlaute entfuhren ihr, und gingen ihm unter die Haut. Sein Penis zuckte erneut, die erschlaffte Länge mit frischem Enthusiasmus bereit für ein Comeback.

Wenn sie nicht aufhörte, würden seine Chancen zu schlafen irgendwo zwischen *unwahrscheinlich* und *nie im Leben* rangieren.

Nicht, solange er dem Ganzen nicht die Spitze nahm.

Er starrte auf die Uhr, und von Wimmern erfüllte Minuten vergingen, in denen er stur auf die Zahlen blickte. Jede Sekunde versorgte seinen Schaft mit einem weiteren Blutzustrom und einem neuerlichen Gefühl, dass gerade etwas gründlich schieflief.

Sie hatte nicht versucht ihn zu verführen. Sie war nicht einmal länger als bis zehn Uhr wachgeblieben.

Ihm entwich ein leises Lachen. Diese Frau war die beste verdammte Ablenkung, die er sich wünschen konnte. Doch er konnte nicht hierbleiben. Nicht in ihrem Bett, von lüsternen Gedanken erfüllt, während sie schlief. Nein, er musste aufstehen und die Blutansammlung in seiner Leistengegend loswerden.

Er glitt von der Matratze, und sein Schwanz wies ihm den Weg, als er den Flur hinunterlief auf der Suche nach ... etwas.

Ihm standen zahlreiche Möglichkeiten zur Verfügung, sein Interesse zu besänftigen – die Fernbedienung des Fernsehers, die Magazine auf dem Couchtisch – und doch fand er sich erneut an dem Bücherregal wieder und ließ seine Finger über Buchrücken medizinischer Texte streifen.

Selbst als der Sensenmann über seine Schulter lugte, blieb sein Schwanz unerbittlich. Ein Soldat. Und der Mistkerl hatte nicht die Absicht, den Kampf aufzugeben.

Er nahm die Bücher aus dem Regal, eines nach dem anderen, und stapelte sie in der Nähe der Eingangstür. Sie wollte die ständige Erinnerung nicht, und es war nicht so, als hätte er etwas Besseres zu tun. Außer mit ihr. Also machte er weiter, setzte sein günstiges Workout fort, bis jedes Buch über Krebs darauf wartete, dass er ging.

Und er *sollte* gehen.

Er verharrte vor der Tür, seine Probleme ähnlich denen eines Teenagers, der zum ersten Mal versuchte sich hinauszuschleichen.

„Scheiß drauf." Er war kein Weichei. Er kam mit einer Übernachtung klar. Vor allem, wenn man ihm keine Krallen in die Eier schlug. Sie schlief, Himmelherrgott nochmal.

Er ging zurück zum Bücherregal und richtete seine Aufmerksamkeit auf das oberste Fach, auf dem gleichmäßig Fotos in silbernen Rahmen verteilt waren. Alle Bilder zeigten stereotypische, glückliche Familien. Mutter, Tochter und Schwester, in verschiedenen Abstufungen des Glücks.

Würde ihre Seifenblase jemals zerplatzen, so wie seine?

Er schüttelte den Kopf über seine eigene Dummheit.

Er hatte nie eine Seifenblase gehabt. Das Drehbuch seines Lebens hatte das Märchen mit einer Besetzung geplant, die nie erschienen war.

Er schob zwei der Rahmen zur Seite und schnappte sich das knallrosafarbene Album, das dahinter lag. Er öffnete den Deckel, blätterte mit seinen Fingern durch Seiten, die Ella in ihrer ganzen strahlenden Pracht beleuchteten. Ihre Mutter und ihre Schwester spielten eine zentrale Rolle in der Dokumentation ihres Lebens. Allerdings sah es so aus, als hätte sie die Aufnahmen ihres Mannes versteckt. Oder vielleicht waren diese für die Privatsphäre ihres Schlafzimmers reserviert.

Da waren Geburtstagsfotos. Schnappschüsse von glücklichen Urlauben. Weitere Bilder mit ihrer Schwester. Mit Tieren. An verschiedenen Orten. Mit sexy Outfits. Dann in einem verdammten Bikini.

Er schlug das Album zu und schob es zurück ins Regal. Mit jedem seiner Atemzüge konnte er sie schmecken, sie riechen. Seine Glieder kribbelten in dem Bedürfnis, den Flur entlang zu gehen und ihr das zu geben, worum sie ihn gebeten hatte.

Die Ein-Fick-Regel schien allmählich ihren Tribut zu fordern. Die Qualität-über-Quantität-Diät hatte ihn völlig verrückt gemacht. So verrückt, dass er seine Fäuste ballen musste, um nicht nach seinem Schwanz zu greifen.

Alkohol. Er brauchte Alkohol.

Er marschierte in die Küche und schnappte sich die fast leere Weinflasche aus dem Kühlschrank. Der Deckel wurde ziellos beiseite geworfen, dann glitt der flüssige Inhalt seine Kehle hinunter wie der erste Schluck Wasser nach einem Jahr Dehydrierung.

Er trank und trank. Exte das Ding, bis es leer war, bevor er sich gegen die Spüle lehnte und einen tiefen Atemzug nach dem anderen einsog. Und trotzdem wollte seine Erektion sich nicht geschlagen geben.

Sein Verstand mischte ebenfalls mit. Bilder von Ella blitzten vor seinen Augen auf. Er konnte sehen, wie ihr Hintern sich wiegte, als sie das Geschirr in die Spüle legte. Konnte sehen, wie sie sich bückte, um das Essen in den Kühlschrank zu stellen.

Er packte den Tresen, um sich zu erden, und presste seine Erektion gegen die Schränke, in der Hoffnung, dem zunehmende Pochen Einhalt zu gebieten.

Der Druck nahm zu.

Er konnte sich nicht gegen das Bedürfnis wehren, seinen Schaft durch das dünne Material seiner Unterwäsche hindurch fest mit seinen Fingern zu umschließen. Jedes Mal, wenn er blinzelte, war sie da – im *Vault*, bei den Schließfächern, unter ihm gespreizt auf ihrem Bett. Auch ihre Worte hörte er. Ihr krächzendes Flehen, gefickt zu werden. Hart. Und ihr Wimmern.

Herr im Himmel.

Er verstärkte seinen Griff, packte seinen Schwanz, als wäre er eine Schlange, die er erwürgen wollte. Das verdammte Ding wollte nicht aufgeben. Je fester er zudrückte, desto besser fühlte es sich an. Der Schmerz war das Beste daran.

Eines Tages würde er den Gefallen erwidern. Er würde sie so quälen, wie sie ihn gerade quälte.

Der feste Griff wurde zu einem Pumpen, dessen erste gleitende Reibung für eine kräftige Dosis purer Erleichterung sorgte. Er biss sich auf die Unterlippe, um zu verhindern, dass ein

Stöhnen entweichen konnte, und schloss die Augen, um sich auf sein albernes Handeln zu konzentrieren.

Die Dunkelheit war wenig hilfreich. Innerhalb von Sekunden hatte er seinen Boxerslip runtergerissen, sodass er nur noch seine Hoden verdeckte. Dann spuckte er sich in die Hand. Das erste Gleiten seiner speichelbedeckten Handfläche war die Hölle – die reinste Form von Folter und Niederlage, gerollt in ein Paket verdammter Glückseligkeit.

Es zu bekämpfen war sinnlos. Stattdessen kniff er seine Augen fester zusammen und bestrafte sich so hart er konnte mit heftigen Pumpbewegungen seiner unnachgiebigen Faust. Vor und zurück bearbeitete er seinen Schaft, wobei jedes Pumpen kürzer wurde. Härter.

Er knurrte angesichts des Drucks, der sich in seinen Hoden aufbaute, wollte es endlich hinter sich bringen. Er stellte sich auf die Zehenspitzen, und es drehte ihm vor Abscheu den Magen um, als er sich in die Spüle entlud. Strahl um Strahl weißer Flüssigkeit schoss aus ihm heraus, und dennoch ging sie ihm nicht aus dem Kopf. Puls um Puls spritzte gegen den rostfreien Stahl, steigerte seinen Selbsthass, und ungeachtet dessen blieb sie die ganze Zeit da.

Ihre Augen.

Ihr Wimmern.

Ihr Flehen.

Er verstand es nicht. Wollte es nicht verstehen.

„Verdammte Scheiße."

Er stopfte seinen erweichenden Penis in seine Boxershorts und spülte seine mangelnde Selbstbeherrschung den Abfluss hinunter. Es war Teras Schuld. Seine Familie hatte sich zurück in sein Leben gedrängt und alle Barrieren zerstört, die er mit aller Anstrengung errichtet hatte. Sie hatten sein Selbstwertgefühl zunichte gemacht. Seine Konzentration. Vielleicht sogar sein Selbstvertrauen.

Wette oder nicht, er musste verschwinden.

Sollte Ella aufwachen und ihm einen weiteren geflüsterten Vorschlag unterbreiten, würde er nachgeben. Einknicken wie ein Kind bei seinem ersten Laufversuch. Und er wollte nicht riskieren, jemand anderen in seinen Niedergang hineinzuziehen.

Er pirschte ins Wohnzimmer, fand ein Blatt Papier und einen Stift, dann kritzelte er in großer Schrift seine Handynummer darauf, zusammen mit der Nachricht – *Nächsten Donnerstag, 20 Uhr. Im Vault.*

Er legte den Zettel unter ihre brennende Couchtischlampe. Anschließend schlich er auf Zehenspitzen ums Bett und hob seine Hose vom Boden. Das laute Klimpern seiner Gürtelschnalle war ein massives *‚Fick dich'* des Universums. Das Geräusch durchschnitt die Stille, und sie antwortete mit einem Wimmern. Er erstarrte, die Hose halb auf seinen Oberschenkeln, während sein Schwanz erneut zu erwachen begann wie ein energiegeladener Welpe.

„Du gehst?"

Er zog die Hose zu seiner Taille, schloss den Reißverschluss, den Knopf, dann den Gürtel. „Ja. Es ist viel zu früh für mich, um schlafen zu können."

„Tut mir leid." Sie drehte sich zu ihm und kuschelte mit ihrem Kissen, während sie lethargisch blinzelte. Keine Frau hatte je so feminin ausgesehen. So gefügig. So zerbrechlich.

Er brauchte nur das Zauberwort zu sagen, und schon läge sie auf ihrem Rücken, die Arme ausgebreitet, die Oberschenkel gespreizt. Der Gedanke hätte ausreichen müssen, um ihn abzutörnen.

Warum tat er das nicht?

Warum schoss sein Blut blitzschnell zurück in seinen Schwanz?

Er schnappte sich sein Hemd vom Boden und schlüpfte mit einer solchen Heftigkeit durch die Ärmel, dass es das Material an seine Grenzen brachte. Mit jeder verstreichenden Sekunde, die ihr Vorschlag näher rückte, beschleunigte sich sein Puls in Erwartung der Erleichterung. Sie würde ihn bitten zu bleiben. Sie war wenige Atemzüge davon entfernt, sich in ein weiteres Groupie zu verwandeln. Genau wie alle anderen.

„Kannst du die Tür schließen, wenn du gehst?" Sie streckte sich, die Rundungen ihrer Brüste spannten das Laken.

Was. Zur. Hölle?

Er runzelte die Stirn, irritiert durch die merkwürdige Mischung aus Schönheit und Zurückweisung. „Sicher." Seine

Finger verhedderten sich in den verbleibenden Knöpfen. „Ich habe einen Zettel auf deinem Couchtisch hinterlassen mit meiner Handynummer darauf. Schreib mir eine Nachricht, wenn du Fragen zur Vorführung hast. Ansonsten sehen wir uns dort."

„Wer sagt, dass ich mich entschieden habe?"

„Du wirst da sein, Ella. Und du wirst einen hervorragenden Job machen." Er überprüfte seine Taschen, um sich zu vergewissern, dass er Brieftasche, Handy und Schlüssel hatte. „Danke für den Abend."

Danke? Für was? Die Erektionsstörung und den neuen Küchenfetisch? Wer zum Teufel war er?

„Danke?" Sie lächelte. „Bist du wieder höflich?"

„Nö." Er ging zur Schlafzimmertür, bereit das Weite zu suchen. „Ich habe einen weiteren billigen Nervenkitzel erhalten und einen Boost für mein Ego. Verdient das keine Dankbarkeit?"

„Arsch", flüsterte sie mit schlaftrunkenem Humor.

Dass du es nicht vergisst, Liebes.

„Nacht, Ella." Er verwehrte es sich, sich für einen letzten Blick umzudrehen.

„Nacht, Brute."

Der Gebrauch seines Spitznamens entging ihm nicht. Sie hatte endlich begriffen, wer er war. Was er war. Und obwohl es ihm nicht den üblichen Kick gab, wusste er, dass die emotionale Distanz nur von Vorteil sein würde.

KAPITEL ZWÖLF

Der Essbereich des Cafés war leer, abgesehen von ein paar Frauen, die wie gewöhnlich ihren Nachmittagskaffee teilten. Dienstagnachmittags war es immer am ruhigsten, was wirklich miserables Timing war, da Pamelas Verstand einem aufmerksamkeitsheischenden Kleinkind glich.

„Lass das Geschirrtuch fallen, dann wird niemand verletzt.“

Ihre Hand hielt inmitten der kreisförmigen Bewegung auf dem Tresen inne. Sie blickte sich über die Schulter und sah Kim, die das Fensterspray wie eine Waffe hielt.

„Was machst du da?“

„Mom und ich waren geduldig, aber deine Zeit ist um. Du musst mit dem manischen Putzen aufhören, damit wir eine ernsthafte Unterhaltung führen können.“

Pamela ließ das Tuch los und wischte sich die Hände am Gesäß ihrer schwarzen Leggings ab. „Was habe ich getan?“

„Es sind jetzt schon zwei Tage.“

„Zwei Tage“, wiederholte ihre Mutter wie ein Papagei aus der Küche.

„Seit?“, versuchte Pamela sie hinzuhalten und hoffte, die beiden würden die Person, die sie verzweifelt zu vergessen versuchte, nicht erwähnen. Es waren zwei Tage seit *Brute*. Zwei Tage seit dem chinesischen Essen, Orgasmen und einem beeindruckend sexy Körper in ihrem Bett.

„Spiel nicht die Dumme." Kim verschränkte die Arme vor der Brust. „Wir haben dir Freiraum gegeben zu verdauen, was auch immer geschehen ist, und jetzt wollen wir die anzüglichen Details."

„Heute nicht." Sie nahm ihr Tuch wieder auf und setzte die beruhigenden kreisenden Bewegungen fort. „Ich möchte nicht darüber reden."

„Seit wann das nicht?", zischte Kim. „Du erzählst mir immer alles."

„Ja ... nun, vielleicht ist es an der Zeit, dass ich aufhöre, alles von mir preiszugeben."

„Hat er etwas gesagt? Oder etwas getan?"

Pamela schnaubte. „Nimm das von jetzt an als gegeben hin. Aber nach neulich Abend habe ich größere Probleme als seine Beleidigungen."

„Ich wusste es." Ihre Mutter schob sich durch die schwingenden Küchentüren. „Ich hätte es von einem so gutaussehenden Burschen nie erwartet, aber ich habe Kim gesagt, dass ich ein ungutes Gefühl in Bezug auf die Abdrücke an deinem Hals habe."

„Mom", sagte ihre Schwester warnend. „Wir haben darüber gesprochen und sind zu dem Schluss gekommen, dass es ein Ausschlag ist."

Ach. Du. Scheiße.

Pamelas Hand schnellte instinktiv zu ihrem Hals und dem dünnen Schal, der strategisch über die verblassenden roten Fingerabdrücke drapiert war.

„Oder liege ich falsch?" Kims Augen weiteten sich schlagartig und statt milder Schelte loderte nun Feuer und Schwefel darin. „Hat er dich genötigt?"

„Nein. *Gott*, nein." Wie konnte sie zugeben, jede Sekunde seines starken Griffs um ihre Kehle genossen zu haben? Wie konnte sie ihnen verständlich machen, dass sie noch nie so erregt gewesen war wie in diesem Moment? „Die Abdrücke sind ..."

„Verdammt, Pamela. Sag uns einfach, was passiert ist." Die brüchige Stimme ihrer Mutter zeugte von ihrer Besorgnis. „Ist alles in Ordnung?"

„Ja." Sie holte tief Luft und sackte beim Ausatmen in sich

zusammen. Eine Zeit lang hatte sie sich diesem Gespräch entziehen können. „Genau genommen, nein." Sie wollte sich nicht eingestehen, was geschehen war – ihre monumentale Dummheit. Das Problem war nur, dass sie wusste, wie es lief. Sie würden sie nicht in Ruhe lassen, bis sie die Wahrheit verriet. „Ich habe mich in ihn verguckt."

Sie starrten sie an.

Regungslos.

Ohne zu blinzeln.

„Es ist idiotisch, ich weiß." Sie zuckte bei den Worten zusammen. „Es muss etwas hormonelles sein."

„Du sagtest doch, er sei ein Arsch." Kim senkte ihre Stimme und überflog mit ihrem Blick die wenigen verbliebenen Kunden.

„Das ist er." *Oh Gott, das ist er.*

„Dann muss es einen Grund geben."

Es gab viele. Die erbärmlichen Ausreden formten rasch eine Liste in ihrem Kopf – seine Berührung, seine Stimme, sein Körper. Er war umwerfend – *so unglaublich umwerfend* – mit dem Bart eines echten Kerls, seinen durchdringenden Augen und seinen talentierten Händen. Visuell war er perfekt. Und die Bücher. Er hatte das Regal leergeräumt, das als ständige Erinnerung an die Monate mit Krebs und einer deplatzierten Hoffnung gedient hatte. Die Erkenntnis hatte Tränen verursacht, glückliche Tränen.

Und traurige ebenfalls.

„Ich kann sehen, wie sich deine Gedanken überschlagen." Kim verengte die Augen. „Er hat etwas getan, das dich von ihm überzeugt hat, nicht wahr?"

„Nein, eigentlich nicht." Definitiv nichts, was dem plagenden Herzrasen würdig wäre, mit dem sie zu kämpfen hatte. „Zum Großteil war er dasselbe Arschloch wie immer."

„Und was ist mit dem kleineren Teil?" Ihre Mutter griff über den Tresen und ordnete in einem wenig überzeugenden Streben, gefasst zu wirken, die Zuckerpäckchen. „Hat es vielleicht eine tiefere Verbindung auf einer anderen Ebene gegeben?"

Pamela rollte mit den Augen. „Wow. Du bist in Rekordgeschwindigkeit aus deinem Schutzanzug geschlüpft und hast ohne Umschweife deinen Matchmaker-Umhang übergezogen.“

„Ich bin keine Matchmakerin“, sagte ihre Mutter spöttisch. „Ich will damit bloß andeuten, dass es vielleicht eine stärkere Verbindung zwischen euch gab, als ihr denkt.“

„Und weiter?“ Kim bedeutete ihr mit einem Schwenken der Hand fortzufahren. „Zerleg es in seine Bestandteile. Erzähl uns, was passiert ist. Von Anfang bis Ende.“

Ihre Mom räusperte sich. „Abgesehen von dem pikanten Teil natürlich.“

„Natürlich.“ *Herrgott.* Sie wollte nie wieder das Wort *pikant* von den Lippen ihrer Mutter hören. Besonders nicht, wenn es sich auf Sex bezog.

Ihre Schwester und ihre Mutter hatten sie stets unterstützt. Sie hielten zu ihr, obwohl sie weder ihre Vorliebe für Sexclubs noch für deren Facetten verstanden. Sie hörten ihr zu ohne zu urteilen. Das Einzige, was sie nicht taten, war, ihre Verwirrung diesbezüglich zu verbergen.

„Er tauchte mit Essen und Wein bei mir zuhause auf. Ich glaube, er hatte sogar ein Lächeln auf dem Gesicht.“ Ja, da war definitiv ein Lächeln gewesen. Ein selbstsicherer Schwung seiner Lippen. „Wir haben uns während des Essens unterhalten, und er war freundlich. Sogar ein bisschen lustig. Dann half er den Tisch abzuräumen und gab mir eine Fußmassage.“

Er hatte seinen Charme gezeigt und mehr von seiner Bereitschaft, körperliches Vergnügen zu bereiten. Und unter dem Gewicht seiner Verführungskraft hatten die negativen Eigenschaften auf der Contra-Liste eine nach der anderen zu verblassen begonnen.

„Eine Fußmassage? Ist das ein Fetisch-Ding?“

„Da ist kein Fußfetisch.“ Nicht, dass sie wüsste. „Er war nur nett. Er hat mir sogar von einem Familienproblem erzählt, mit dem er sich rumschlägt.“

Kims Augenbrauen schoben sich zusammen. „Dann hast du dich vermutlich in ihn verliebt, weil—“

„Oh, nein. Nein, nein, nein. Das ist *keine* Liebe.“ Sie schnappte sich das Geschirrtuch und zwirbelte es in ihren Händen. Es war nicht annähernd vergleichbar mit dem L-Wort. Es stieß nicht einmal an den Rand des gierigen Gefühls. Was sie für Brute empfand war etwas weniger Verletzliches ... aber ebenso Schmalziges.

„Wie tief geht es dann?"

Pamela wandte sich ab und schrubbte an einem nicht existenten Fleck auf der Theke. „Ich weiß es nicht. Vielleicht ist es nichts. Seit Lucas hat es in meinem Leben niemanden mehr gegeben. Außer körperlich." Doch er hatte ihr einen flüchtigen Blick auf den Mann unter der Maske gewährt. Er hatte sie kurz den weichen, zarten Kern erblicken lassen, der irgendwie vergleichbar mit ihrer Lieblingsschokolade mit Pfefferminzfüllung schien. „Es ist auch möglich, dass ich einfach die Aufmerksamkeit genieße, der ich so lange beraubt war. Ich wünschte nur, ich könnte ihn aus dem Kopf bekommen. Ich muss aufhören an ihn zu denken."

„Weil er allergisch gegen Beziehungen ist?"

Sie hielt inne und fragte sich, ob ihre Situation genauso aussichtslos wäre, wenn das das einzige Problem wäre. „Weil ich für diesen Vorführungsabend seine Assistentin sein soll, und ich mir nicht sicher bin, ob ich verbergen kann, was ich empfinde. Das letzte Mal, dass ich Interesse gezeigt habe, hat er mich vor dem ganzen Club damit konfrontiert. Ich bin noch nie so gedemütigt worden, und damals habe ich ihn für nicht mehr als ein Arschloch gehalten. Stellt euch vor, wie er jetzt reagieren würde."

Kim erschauderte.

„Seht ihr?" Es war ein Problem. Ein großes Problem.

„Sag ihm, dass du ihm mit der Kurssache nicht helfen kannst", schlug ihre Mutter vor. „Ruf an und sag, du seist beschäftigt."

„Wenn ich ihn anrufe, wird er eine Erklärung erwarten." Und wenn sie miteinander redeten, würde sie unter der Dominanz in seiner Stimme nachgeben.

„Dann ruf nicht an." Kim zuckte mit den Schultern. „Schick ihm eine Nachricht, dass etwas dazwischengekommen ist und du es nicht schaffst. Führ es nicht weiter aus. Gib ihm das Allernötigste an Details und belass es dabei. Du schuldest ihm nichts."

Nein, das tat sie vermutlich nicht. Abgesehen von einer

einseitigen Orgasmusstrichliste bestanden keinerlei Verpflichtungen oder verbindliche Vereinbarungen.

„Wo ist dein Handy?" Kim schaute unter den Tresen und schob die Handtasche ihrer Mutter beiseite.

„Unter der Kasse."

Ihre Schwester rutschte ein Stück weiter, holte das Gerät hervor und reichte es ihr. „Schick sie jetzt."

Pamela atmete langsam ein und sah ihre Mutter an, die mit einem ernsthaften Nicken zustimmte. „Glaubt ihr wirklich, das ist der beste Weg, das Ganze handzuhaben?" Schuldgefühle überschwemmten ihren Magen und versetzten ihn in Aufruhr. Oder vielleicht war es die Angst davor sich einen weiteren lebensverändernden Orgasmus entgehen zu lassen.

„Hast du seine Nummer?", fragte Kim.

„Ja." Sie hatte seine Kontaktdaten unter *Brute* gespeichert. Nicht unter *Bryan*. Sie hatte sogar aufgehört seinen Namen zu benutzen, in der Hoffnung, es würde sie von ihrer Unvernunft befreien, wenn sie sich an sein Verhalten erinnerte.

Der Plan hatte sich als höchst ineffektiv erwiesen.

„Los", spornte Kim sie mit einem Rucken ihres Kinns an. „Tu es."

Pamela senkte ihren Blick auf das Telefon in ihrer Hand und tippte ohne nachzudenken. Wenn sie auch nur eine Sekunde innehielt, würde sie es nicht durchziehen.

Es ist etwas dazwischengekommen. Ich kann nächsten Donnerstag nicht ins Vault *kommen. Es tut mir leid.*

Sie drückte auf *Senden* und schluckte über den Druck in ihrer Brust hinweg. *Macht's gut, tolle Orgasmen.* „So." Sie gab Kim das Gerät zurück. „Erledigt."

Es fühlte sich nicht *erledigt* an. Ihr Herz klopfte in einem unregelmäßigen Tempo. Ihr Brustkorb fühlte sich schwer an. Sie hatte seit Jahren keinen Mann mehr gemocht. Seit Lucas gestorben war, hatte sie abgesehen von reiner Frustration gegenüber dem anderen Geschlecht nichts mehr empfunden. Was Brute von sich zu schieben damit vergleichbar erscheinen ließ, sich selbst einen Hieb in die Vagina zu verpassen.

„Ich schalte es auf lautlos." Kim drückte einige Buttons auf dem Display, dann legte sie das Telefon wieder an seinen Platz unter dem Tresen zurück. „Wenn er anruft, ignoriere es. Wenn er dir eine Nachricht schickt, lösch sie. Du brauchst keinen weiteren emotionslosen Arsch in deinem Leben."

Autsch. Die beleidigende Bemerkung traf sie in die Brust. „Lucas war kein Arsch."

„Nein, Süße." Ihre Mom schenkte ihr ein trauriges Lächeln. „Aber er hat dich auch nicht geliebt. Diesmal verdienst du etwas Besseres."

Ja, das wusste sie. Ihr Problem war ihre Unfähigkeit, etwas anderes anzuziehen als zwei bestimmte Kategorien von Männern – jene, die ihren Körper in den Wahnsinn treiben und dabei ihr Herz unberührt lassen konnten, und solche, die ihr Herz erwärmten, aber ihre Sexualität nicht verstanden.

„Komm schon." Kim deutete mit ihrem Kopf in Richtung des Essbereichs. „Hilf mir, die Tische abzuräumen. Das wird dich ablenken. Und wenn wir schon dabei sind, kann ich dir von den Online-Dating-Sites erzählen, die ich unter die Lupe genommen habe."

Für die verbleibenden zwei Stunden ihrer Schicht etablierte sie eine Routine – fünf Minuten arbeiten, ihr Telefon überprüfen, darüber nachgrübeln, wieso Brute nicht geantwortet hatte, dann weitere fünf Minuten arbeiten. Der Kreislauf war unnachgiebig. Vielleicht war seine ausbleibende Reaktion aber auch eine Erleichterung.

„Siehst du? Es gab keinen Grund zur Sorge." Kim schaltete das Küchenlicht aus und ging zur Fronttür. „Wahrscheinlich ist es ihm völlig egal."

Ihre Mutter hatte dasselbe gesagt, bevor sie Feierabend gemacht hatte.

„Ja, vielleicht."

Brute wirkte nicht wie ein Mann, dem eine Absage gleichgültig war. Oder genauer gesagt, eine Abweisung. Er schien der Typ zu sein, der Erklärungen verlangte und über unzureichende Antworten schimpfte. „Wenigstens werde ich heute Nacht besser schlafen."

„Willst du vorbeikommen und dir einen Film ansehen? Wir können Pizza holen."

„Nein, nicht nötig." Pamela holte die Caféschlüssel aus ihrer

Handtasche, während ihre Schwester die Vordertür öffnete. „Ich glaube, was ich brauche, ist ein Bad und früh ins Bett zu gehen."

Sie trat auf den Bürgersteig und zog die Tür hinter sich zu. Mit einer Vorwärtsbewegung des Schlüssels und einem Drehen ihres Handgelenks war das Schloss verriegelt und sie konnte endlich nach Hause gehen.

„Entschuldigen Sie die Störung, meine Damen."

Sie drehte sich zu der unvertrauten Männerstimme um und fand sich einem süßen Kerl gegenüber. „Muffin-Mann."

Kim prustete neben ihr.

„Muffin-Mann?" Sein hoffnungsvoller Gesichtsausdruck verblasste.

„Entschuldigung." Sie schlug sich eine Hand auf den Mund und versuchte die Hitze zu ignorieren, die ihre Wangen entflammte. „Ich ... Ähm ..."

„Sie sind ein Stammgast", kicherte Kim. „Aber wir kannten Ihren Namen nicht. Also hat Pamela Sie Muffin-Mann getauft."

„Das habe ich *nicht*." Es war Kim gewesen. Nicht Pamela.

Der Mann sah sie beide abwechselnd an, ein Lächeln breitete sich sanft auf seinen Lippen aus. „Ich heiße Callum." Belustigung klang in seiner Stimme mit, freundlich und nett.

Zu freundlich und nett. Hätte er bloß eine feurige Ader, dann würde ihr Unterleib Purzelbäume schlagen.

„Schön, Sie kennenzulernen, Callum." Kim setzte zum Rückzug an und entzog sich dem Gespräch mit verstohlener Finesse. „Aber ich muss jetzt los." Sie winkte mit den Fingern. „Ich habe einen Termin mit meinem Personal Trainer. Wir reden später, Schwesterchen."

Pamela funkelte den Rücken ihrer lügenden Schwester an, bis sie sie im geschäftigen Fußgängerverkehr aus den Augen verlor. Als sie sich zu Callum umwandte, sah sie, wie er sie anstarrte, seine braunen Augen von Nervosität erfüllt.

„Nun, es ist toll, Sie offiziell kennenzulernen, Callum. Gibt es etwas, mit dem ich Ihnen helfen kann?"

Er rieb sich den Nacken. Knabberte an seiner Unterlippe. Jemand anderes mochte die Unruhe als liebenswert empfinden, doch sie hatte schon immer selbstbewusste Männer bevorzugt.

„Ja, ich habe darauf gewartet, dass Sie Feierabend machen. Ich dachte, ich könnte Sie vielleicht auf einen oder zwei Drinks einladen."

„Oh." Ihr Gehirn blockierte. „Ähm ..." Sie hatte nicht mit einer Einladung gerechnet. Besonders nicht von einem Mann, der mit seiner schüchternen Art einem Welpen ähnelte. „Ich ..."

„Ich weiß, es kommt aus heiterem Himmel." Er gluckste peinlich berührt. „Es hat eine Weile gedauert, den Mut aufzubringen, Sie anzusprechen."

Wieder hätte sie erfreut sein sollen. Sogar ein wenig geschmeichelt. Er schien ein netter Kerl zu sein.

Doch offensichtlich konnte ihre Libido mit *nett* nichts anfangen.

„Heute Abend?" Sie sah den Bürgersteig entlang, unentschlossen, ob sie eine sanfte Abweisung aussprechen und damit ihr Desinteresse abschwächen sollte, oder ob sie ohne es wirklich zu wollen annehmen sollte, um endlich eine andere Art von Mann kennenzulernen.

Wer weiß? Möglicherweise hatte dieser schüchterne Mann gelegentlich einen analen Orgasmus im Repertoire.

„Ich, ähm ..." Sie konzentrierte sich auf die Menschen, die vorbeigingen – die Geschäftsleute, die Paare, die Kinder. Jetzt war so gut wie jeder andere Zeitpunkt, um etwas Neues auszuprobieren, richtig?

Sie öffnete den Mund, im Begriff anzunehmen, als ihr Blick an dem Mann hängen blieb, der ein paar Meter weiter die Straße hinunter an seinem Auto lehnte. Als wäre er aus ihrer Fantasie gerissen worden, stand Brute da, die Arme vor der Brust verschränkt, seine Körperhaltung lässig, brachte er ihr Herz zum Flattern wie die Flügel eines Schmetterlings.

„Es tut mir leid, Callum." Sie drehte sich zurück und blickte in sanfte Augen. „Ich kann heute Abend nicht."

Er zuckte die Achseln, sein Lächeln nun aufgesetzt. „Das ist okay. Ich weiß, es ist kurzfristig. Vielleicht an einem anderen Abend?"

„Ja, sicher." Wer wusste, was die Zukunft brachte? Eines Tages würde sie wirklich die Schwärmerei für emotionslose Männer drangeben und sich in jemanden wie Callum verlieben müssen.

In jemand unerträglich Herzlichen ohne jedes Drama.

Aber nicht heute. Nicht, wenn ein völlig gegensätzlicher Mann ganz in der Nähe stand und mit seinem Unmut ihre Blutbahn belebte.

„Einen schönen Abend noch." Callum nickte ihr zum Abschied zu, winkte, dann drehte er sich in seinen großen Handwerkerstiefeln um.

„Ihnen auch." Sie drückte sich an die Glastüren und weigerte sich, den sich nähernden Mann anzusehen. Je näher Brute kam, desto schwerer wurde es zu atmen. Ihre Haut kribbelte. Ihre Kehle schnürte sich zu.

„Ist er der Grund dafür, dass du mich sitzen lässt?", knurrte er zur Begrüßung.

Ihr Herz schlug heftiger, die Mischung aus Anziehung und seiner Verärgerung brachte all ihre Nerven zum Kribbeln. „Was machst du hier?"

„Ich dachte, ich verdiene eine Erklärung."

„Du hättest anrufen können."

„Dasselbe habe ich von dir gedacht. Nach den Orgasmen, die ich ausgeteilt habe, sollte man meinen, dass ein paar vage Worte per Messenger das letzte seien, was ich verdiene."

Oh, Mann.

Gedanklich lagen ihre Hände auf seinen Schultern, um ihn zu einem harten Kuss zu sich heranzuziehen, der mit ihrem Knie in seinen Weichteilen enden würde. Körperlich jedoch hatte sie die Zähne zusammengebissen und eine grimmige Miene aufgesetzt.

Diese Begegnung würde nicht gut enden. Besonders deshalb nicht, weil sie den wahren Grund für ihre Absage nicht nennen konnte und sie sich keine vorgeschobene Entschuldigung zurechtgelegt hatte.

„Daher frage ich nochmal." Er grinste auf sie hinunter. „Ist dieser Typ der Grund dafür, dass du mich sitzenlässt?"

Sie zog ihre Nase kraus. „Nein."

„Gehst du mit ihm aus?"

„Geht dich das etwas an?"

„Wenn du weiterhin zu mir kommst und dich beschwerst, dass du nicht richtig durchgevögelt wirst, dann ja, allerdings. Denn dieser Typ wird dich nie im Leben richtig rannehmen."

„Wenn ich weiterhin zu dir komme?" Gott, dieser Mann

brachte ihr Blut zum Kochen und ihre Vagina dazu, sich zusammenzuziehen, alles zur gleichen Zeit. „Du willst eine Erklärung dafür, weshalb ich abgesagt habe? Vielleicht überdenkst du mal dein Verhalten."

„Bullshit. Dir war mein Verhalten schon vorher bekannt. Wenn es nicht an diesem Kerl liegt, ist meine nächste Vermutung dein Ehemann."

Ihr Mund klappte auf, als er Lucas' Namen in das Gespräch einbrachte.

Vor wenigen Sekunden hatte ihr das Desinteresse an Callum beinahe einen Herzstillstand beschert, wohingegen dieser kaltschnäuzige Mann bei ihr im Handumdrehen einen schweren Fall von Herzrhythmusstörungen auslöste.

„Neulich Abend", fuhr er fort, „sagtest du, du hättest seit seinem Tod niemanden mehr gehabt. Wenn es also nicht an dem jungen Schönling liegt, liegt es wohl an Schuldgefühlen."

„Es *liegt nicht* an Schuldgefühlen", knirschte sie.

„Woran dann?"

Sie holte tief Luft, ließ sie langsam wieder entweichen, und sträubte sich gegen die gegensätzlichen Emotionen, die in ihrer Brust tobten. Sie hasste diesen Sparringkampf. Gleichzeitig genoss sie ihn. Sie wollte ihm die Augen auskratzen. Wollte ihm das Hirn aus dem Leib vögeln. Diese Situation war ein einziger Wirbelsturm der Verwirrung.

„Ich sagte dir bereits, dass ich das *Vault* hinter mir lassen muss. Ein letztes Mal dorthin zurückzugehen ist keine gute Idee."

„Stattdessen erwartest du, dass dieser neue Typ deine Welt auf den Kopf stellt?" Er fuhr grob mit einer Hand über seinen Bart, sein finsterer Blick unnachgiebig. „Du triffst die falschen Entscheidungen."

„Und du bist jetzt ein Liebesexperte?"

Er verzog sein vollkommen perfektes Gesicht. „Ich spreche nicht von Liebe. Hier geht es um Sex. Du kannst nicht ernsthaft glauben, dass der Typ auch nur die leiseste Ahnung hat, wie er dich zum Orgasmus bringen kann."

„Es heißt, stille Wasser seien tief."

„Irrglaube." Er trat dicht an sie heran, nicht mehr als einen Windhauch von ihr entfernt. „Die Stillen haben einen

Schockfaktor, weil sie stinklangweilig sind. Was du brauchst, ist jemand, der nur dafür lebt, um zu vögeln. Jemand, der deinem Appetit gewachsen ist. Jemand, der dich an deine Grenzen bringen kann. Der dich auf die Probe stellt. Du brauchst keinen Kerl, der nicht die Eier hat dir zu sagen, dass er gerne sehen würde, wie deine süße Pussy die ganze Nacht auf seinem Schwanz reitet."

Sie erschauerte. Von Kopf bis Fuß. Er stahl ihr den Atem. Pumpte sie mit Adrenalin voll. Oh Gott, ihr Slip war feucht.

„Geh nach Hause, Ella." Er trat zur Seite und machte sich auf den Weg zu seinem Auto, ließ sie mit dem jähen Ende ihrer Unterhaltung taumelnd zurück. „Zieh dich um und triff mich um neun vor deinem Gebäude."

„Wie bitte?" Ihre Hände zitterten. Ihr Gehirn setzte aus. Es gab viele Dinge an seiner Aussage auszusetzen – die Autorität, die Selbstgefälligkeit. Und doch konzentrierte sich ihre Libido einzig auf die sexy Dominanz. „Wieso?"

„Ich führe dich aus. Es ist an der Zeit, dass dir jemand beibringt, wie man den richtigen Partner findet."

Ein Wimmern formte sich tief in ihrer Brust. *Lehne ab, lehne ab, lehne ab.* Sie konnte so nicht weitermachen. Sie weigerte sich. „Mach dir keine Sorgen um mich. Ich weiß, was ich tue."

„Deine Vergangenheit im *Vault* beweist das Gegenteil." Er öffnete die Fahrertür und schaute sie über das Dach seines glänzenden Wagens hinweg an. „Neun, Ella. Sei bereit."

Dann war er weg, ließ sie zurück, während sie von Aufregung und purer, unverfälschter Angst überwältigt wurde.

KAPITEL DREIZEHN

Bevor Bryan sich versah, war es fünf nach neun, sodass er nicht allzu lange darüber nachdenken musste, was zum Teufel er da angeleiert hatte. Er hatte Besseres zu tun, als einer Frau beizubringen, wie sie auf ihre eigenen Instinkte hörte. Doch hier stand er, an sein Auto gelehnt, vor ihrem Gebäude, während er auf seine Armbanduhr starrte.

Er erwartete nicht, dass sie früh dran war. Rechnete nicht einmal damit, dass sie pünktlich war. Sie würde Vergeltung üben müssen, zumindest ein bisschen, bevor sie nachgab und erkannte, dass sie ohne Hilfe nicht den richtigen Mann finden würde.

Sie brauchte seine Hilfe, wollte sie womöglich sogar. Das Verwirrende daran war nur, wieso ihn das so sehr interessierte. Vermutlich lag es daran, dass er es nicht mochte, dass jemand das *Vault* unbefriedigt verließ. Die geringe Zufriedenheitsbewertung war ebenso ein persönlicher wie auch ein professioneller Tiefschlag. Und er brauchte für die Vorführung nach wie vor ihre Unterstützung.

Theoretisch gesehen war es also geschäftlich.

Er tat ihr einen Gefallen und sie ihm.

Zudem war sie eine Ablenkung. Das Einzige, was in der Lage war, ihn von Tampa, seiner Familie und dem ihm die Kehle zuschnürenden Hass abzulenken. Die nervende Ella ließ den anderen Mist in seinem Leben verblassen. Zumindest vorübergehend. Die Zeit allein, die er mit dem Rücken an sein Auto gelehnt dastand, ließ alle Gedanken zurück in den Vordergrund treten.

Er starrte auf den gelben Schein des Fensters, von dem er annahm, dass es ihres war, und wartete, dass die Lichter erloschen.

Sie taten es nicht.

Nicht nach einer Minute. Nicht einmal nach fünf.

Sein Handy vibrierte in seiner Gesäßtasche, eine mentale *und* körperliche Störung, aber eine bessere Unterhaltungsquelle als eine Glasscheibe. Er zog das Gerät heraus, schnaubte verächtlich beim Anblick von Leos Namen und drückte auf *annehmen*. „Ja?"

„Shay glaubt, du wärst high von der neuesten Designerdroge wegen deiner unnatürlich guten Laune heute Nachmittag. Was ist los?"

Bryan dachte an die letzten sechs Stunden zurück und wehrte sich dagegen sich einzugestehen, was seine Haltung so stark hatte verändern können, dass es jemand bemerkte. Da gab es nur eine Sache. Genauer gesagt, eine Person. „Ich habe ein neues Pulver auf dem Markt getestet", sagte er gedehnt. „Ich denke darüber nach, es heimlich an die jüngeren Raver zu verticken."

Es gab mehr als nur eine kurze Pause. „Du machst Witze, richtig?"

„Was willst du, Leo? Ich bin beschäftigt."

„Mit was?"

„Mit deiner Mutter. Also, wenn es dir nichts ausmacht, es ist Zeit, das Gleitgel auszupacken."

„Verfluchte Shay", grummelte Leo. „Ich weiß nicht, warum sie dachte, du würdest dich in letzter Zeit ungewöhnlich fröhlich verhalten. Du bist immer noch dasselbe Arschloch, das du immer gewesen bist."

Bryan grinste. So lief das bei ihnen. Ihre Freundschaft gedieh durch Bemerkungen unter der Gürtellinie und schnelle Retourkutschen. „Ist das der einzige Grund für den Anruf?"

„Nein. Ich wollte wissen, welche Schritte du unternommen hast, um das Problem im *Vault* zu beheben."

„Ich arbeite daran." Er starrte wieder auf Ellas Fenster und dachte darüber nach, was sie wohl Verführerisches tragen würde.

„Wie? Ich brauche Details. Cassie und T.J. wollen ein Update."

„Ich sagte doch, Ella würde die Vorführung machen, und das wird sie auch." Er schluckte und befreite seinen Rachen von der Trockenheit. Ausnahmsweise war sein Tonfall nicht von Selbstvertrauen geprägt. Seine Worte verpufften angesichts der Unsicherheit. „Ich werde den Deal heute Abend besiegeln."

„Den Deal besiegeln? Nennen die Kids das heutzutage so?" Leo lachte in sich hinein. „Sie ist der Grund für den Drogenrausch, oder? Hat sich der große, böse Brute verknallt?"

Bryan setzte eine finstere Miene auf und wünschte sich, der Blick würde Leo durch sein Telefon erreichen. „Der große, böse Brute wird dein Gesicht zerquetschen, wenn du ihn nicht in Ruhe lässt, um dieses Chaos zu beseitigen."

Das Glucksen verwandelte sich in hemmungsloses Gelächter. „Ich habe den Nagel auf den Kopf getroffen, nicht wahr? Du magst diese Frau."

„Natürlich", brummte Bryan. „Du hast den Nagel auf den Kopf getroffen. Genauso präzise wie ich Shay nageln werde, wenn du das nächste Mal Spätschicht hast."

Die unbändige Heiterkeit nahm weiter zu. „Hast du ein Date?"

„Mach's gut, Leo."

„Es *ist* ein Date."

Bryan beendete den Anruf und steckte das Handy ein. Zehn Sekunden vergingen, bevor die Vibration in seiner Gesäßtasche die erste Nachricht ankündigte. Dann noch eine und noch eine.

Verfluchter Leo.

Das Quietschen der Wohnhaustür durchbrach die Nachtluft, und er hob den Blick, um Ellas vertraute Silhouette den Eingangsbereich verlassen zu sehen. Die Außenlichter schienen auf sie hinab und gewährten ihm einen gnadenlosen Blick auf das hautenge rote Kleid, das dafür sorgte, dass heute Abend kein Mann seine Fantasie benutzen musste.

Ihr blondes Haar tanzte um ihre Schultern, zusammen mit einem weißen Schal, der in das tiefe V ihres Dekolleté hing, das wiederum eine Fülle cremefarbener Haut enthüllte, während ihre kirschroten Lippen zu ihren verführerischen High-Heels passten. Doch es waren ihre Augen, die ihn fertigmachten, und das nervöse Klimpern ihrer Wimpern, das den Hauch eines Bedürfnisses nach Bestätigung andeutete.

„Du bist spät dran", murmelte er.

„Du hast Glück, dass ich überhaupt hier bin."

Ihr Schritt geriet nicht ins Stocken, als er aus dem Auto stieg und die Beifahrertür öffnete. „Wenn du nicht aufgetaucht wärst, hätte ich einen Weg ins Gebäude gefunden und dich selbst rausgeschleppt."

„Ich weiß. Das ist der einzige Grund, warum ich gekommen bin."

„Ganz bestimmt." Er glaubte ihr nicht eine Sekunde lang. Nicht, nachdem sie sich so sehr bemüht hatte, um atemberaubend auszusehen. Jeder Zentimeter von ihr ließ seinen Schwanz interessiert anschwellen. Vor allem diese Absätze.

Wäre er derjenige, der heute Abend diese Frau mit nach Hause nehmen würde, würde er dafür sorgen, dass diese Schuhe an Ort und Stelle blieben, wenn er zwischen ihren Schenkeln versank. Sie wäre auf seinem Bett ausgebreitet, völlig nackt, abgesehen von ihren rubinroten Fick-mich-Stilettos.

Und dieses Bild hatte seinem Schwanz soeben das grüne Licht gegeben weiter zu wachsen.

„Nette Schuhe", grunzte er.

„Danke. Du siehst auch gut aus." Ihr Sarkasmus war überschwänglich und ließ ihn wissen, dass sein Kompliment über ihre Schuhe alles andere als ausreichend war. „Mir gefällt der Anzug. Ich wette, es ist dasselbe Modell wie alle anderen, die du in den letzten fünf Jahren getragen hast."

Er wehrte sich gegen ein Grinsen. „Einen Klassiker sollte man nicht wegwerfen."

Sie blieb vor ihm stehen und drückte sich die Clutch an die Hüfte. „Nein. Aber ein wenig Abwechslung würde nicht schaden. Du wirkst langsam wie ein Kontrollfreak mit dem ewigen Steifanzug-Ensemble."

Steifanzug? Kontrollfreak?

Sie hatte ja keine Ahnung.

Er trat nah an sie heran und sog ihren süßen Duft von Lust und Schönheit tief in seine Lungen. „Du hast noch gar nichts gesehen, Liebes. Stell dir vor, wie nass dein Höschen werden würde, wenn du eine volle Dosis meiner Kontrolle abbekämst."

Sie gluckste, wehrte seine Arroganz mit einem verschlagenen

Zug um ihre Mundwinkel ab. „Nun, diese Theorie testen wir besser nicht." Sie schob sich an ihm vorbei und hielt inne, um zu flüstern: „Weil ich nämlich kein Höschen trage."

Er klappte den Mund zu und stellte sich frontal dem unerwarteten Hieb in seine Weichteile. Sie spielte mit ihm. Er wusste es. Sie wusste es.

Das hielt seinen Blick jedoch nicht davon ab, ihren Po auf der Suche nach einer Slipkontur abzutasten. Einer nichtexistierenden Slipkontur.

Reiß dich verdammt nochmal zusammen.

Er würde nicht damit anfangen. Nicht heute Abend.

„Steig ein." Er ging um das Auto herum und riss seine Tür auf.

Bei ihrem Ausflug ging es darum ihr beizubringen, wie man Männer las. Wie man die Spreu vom Weizen trennte. Die sexuell Erfahrenen von den Unwissenden.

Sie musste ihm vertrauen, nicht nur, damit sie flachgelegt wurde, sondern auch, damit sie ihre Meinung über den Vorführungsabend änderte. Die Zeit wurde knapp, genau wie seine Geduld, und es war für ihn ausgeschlossen, die Session nächsten Donnerstag im *Vault* zu verpassen. Er musste zwischen diesen verkommenen Mauern sein. Er lechzte nach der Erdung. Der Verbindung.

Und, wenn er ehrlich war, wollte er sehen, ob das Bild von Ella, nackt und vor einer Menschenmenge, im wahren Leben genauso perfekt war wie in seiner Vorstellung.

Wenn er jetzt mit ihr schlief, würde seine Schlappschwanz-Versicherungspolice ihm all das stehlen. Der Kurs würde nicht mit dem Enthusiasmus geführt werden, den er verdiente. Sein Interesse an ihr würde einbrechen, wenn nicht sogar ganz verschwinden. Es gäbe keinen Reiz. Keinen Nervenkitzel.

Er würde sie beide zum Narren halten.

Dieser konstante Zustand der Erregtheit in ihrer Nähe würde viel vorteilhafter sein. Seine Intuition wäre bei seinem derzeitigen Interessenniveau tadellos. Er musste lediglich bis nächste Woche weiter auf dieser Welle der erektionsfördernden Folter reiten. Dann würde er sich mit einem heißen und heftigen Fick belohnen und wäre mit ihr fertig.

Seine Versicherungspolice würde schon dafür sorgen.

Er glitt auf den Fahrersitz und schloss die Tür hinter sich. „Bist du bereit?"

„Habe ich eine Wahl?" Sie fuhr sich mit einer Hand den Oberschenkel entlang und glättete nicht vorhandene Falten in ihrem Kleid. „Wo fahren wir eigentlich hin?"

„Zu einer Bar nicht weit von hier." Er startete den Motor und fuhr auf die Straße. „Ich kenne den Kerl, dem der Laden gehört."

„Gibt es dort Musik und die Möglichkeit zum Tanzen?"

Aus den Augenwinkeln konnte er ihr Dekolleté sehen. Die üppigen Kurven genügten, um ihn abzulenken. „Du willst keine Musik. Tanzflächen sind für Männer, die nach jemanden suchen, der leicht zu haben ist. Was du brauchst, ist jemand, der bereit ist, ein Gespräch zu führen. Wenn sie sich nicht die Mühe machen zu erfahren, wer du bist, werden sie sich auch keine Mühe geben zu erfahren, was du willst."

„Aber ich tanze gern."

Und sein Schwanz liebte den Gedanken zu sehen, wie ihre Hüften sich wogen. „Nicht heute Abend."

Seufzend stützte sie ihren Kopf an das Beifahrerfenster. „Wenn du das sagst."

„Ja", brummte er. „Das sage ich."

Die Fahrt war ruhig, ihr leises Summen untermalte jedes Lied auf seiner Playlist. Diesmal juckte es ihn, die Stille zu füllen. Er hatte Fragen. Er hatte Anregungen. Aber jedes Mal, wenn ihm etwas zu sagen einfiel, geriet er in ein erbärmliches Loch, in dem er das Erfordernis jedes einzelnen Wortes analysierte.

Er zweifelte an sich selbst.

Wegen ihr.

Was zum Teufel?

„Also ...", setzte er sich letztendlich gegen den Analytikblödsinn durch und konzentrierte sich stattdessen auf seine wachsende Eifersucht. „Der Typ von heute Nachmittag, triffst du dich mit ihm?"

Ihr Kopf schnellte herum. „Welcher Typ? Callum? Nein." Die Fragen prasselten auf ihn ein. „Er ist Stammgast im Café. Heute Nachmittag hat er zum ersten Mal etwas anderes als eine Getränkebestellung mir gegenüber ausgesprochen."

„Er hat dich um ein Date gebeten, oder?" Er hatte die Worte

nicht hören müssen, um das verängstigte Verhalten des Mannes zu deuten. „Was hast du gesagt?"

„Warum interessiert dich das?"

„Tut es nicht. Ich versuche nur, ein Gefühl dafür zu bekommen, wie du potentielle Liebhaber überprüfst."

Sie blickte aus dem Fenster und sagte leise: „Ich habe höflich abgelehnt."

„Gut." Der Kerl war nicht ihr Typ. Jeder mit einem Rückgrat, das so formbar war wie das einer Schlange, wäre ein unwürdiger Partner für sie. Sie sehnte sich nach Stärke und Dominanz. Nicht nach einem zögerlichen Mann, der von einem Fuß auf den anderen wechselte, während er mit seiner Flamme sprach.

„Fürs Erste", fügte sie hinzu. „Ich vermute, nach heute Abend werde ich das Ganze überdenken müssen."

„Wieso?" Er manövrierte durch den leichten Verkehr und warf ihr dabei den ein oder anderen Seitenblick zu. „Was passiert heute Abend?"

„Ich weiß es nicht." Sie hob die Schultern. „Ich glaube, ich muss aufhören, meine ganze Aufmerksamkeit auf eine sexuelle Verbindung zu richten. Es ist an der Zeit, mich mehr an geistiger Verbundenheit zu orientieren."

„Das klingt traumhaft", sagte er gedehnt. „Lass mich wissen, wie es sich anfühlt, wenn dein Jungfernhäutchen nachwächst."

Sie gab ein leises Prusten von sich. „Du bist so ein Arsch. Nur weil du die Einsamkeit genießt, heißt das nicht, dass alle anderen das auch müssen."

„Eins ist nicht immer die einsamste Zahl. Für mich ist sie die zuverlässigste."

„Dann müssen wir uns darauf einigen, dass wir uns uneinig sind." Sie warf einen Blick über ihre Schulter und inspizierte rasch das Innere seines Wagens.

Er hielt den Atem an und umklammerte das Lenkrad, als sich ihre Augen weiteten. *Verflucht noch eins.* Warum gestand man ihm keine Pause zu?

„Du hast die Bücher behalten?", fragte sie.

„Ja."

„Ich war mir nicht sicher, ob du sie zum Lesen behalten würdest oder—"

„Tue ich nicht. Ich hatte vor, sie in den nächsten Müllcontainer zu werfen, aber es stellte sich heraus, dass diese Bücher verdammt teuer sind. Ich habe den Preisaufkleber auf der Rückseite von einem gelesen und konnte mich nicht dazu durchringen, sie in den Müll zu schmeißen. Also warte ich auf einen freien Nachmittag, um sie auf einer Onkologiestation abzugeben. Oder irgendwo anders, wo sie von Nutzen sein könnten."

Für lange Sekunden, die sich wie endlose Monate anfühlten, antwortete sie nicht. Vermutlich überlegte sie sich in ihrem Kopf eine vernichtende Antwort.

„Du hattest nicht die Absicht sie zu lesen, aber hast sie trotzdem mitgenommen?"

Er knirschte mit den Zähnen.

„Ich danke dir, Bryan."

Shit. Shit. Shit.

Sie benutzte wieder seinen Namen.

„Nicht der Rede wert", brummte er und wollte es untermauern mit: „Nein, ernsthaft, reden wir verdammt nochmal nicht darüber. *Niemals.*"

„Du kannst ein netter Kerl sein, weißt du das?"

„Ja, der perfekte Gentleman", spottete er. „Besonders, wenn ich meine Hände um deinen Hals und deine enge Pussy um meinen Finger habe."

Sie gluckste leise. „Willst du mich mit Dirty Talk schockieren?" Sie schnalzte mit der Zunge. „Amateur."

Das war er. Zumindest in ihrer Gegenwart.

„Das ist kaum Dirty Talk." Er bog in ihre Straße ein, dankbar für die bevorstehende Flucht aus dem beengten Raum. „Auch diesbezüglich sollte ich dir Unterricht geben." Nein. *Nein*, das sollte er nicht. Was zum Henker dachte er sich dabei?

Sie seufzte und blieb stumm.

Krise abgewendet.

Gott sei Dank.

„Wir sind fast da." Der sich ankündigende Regen hatte für weniger Fußgängerverkehr gesorgt. Nur wenige Menschen waren unterwegs. Andererseits war es neun Uhr an einem

Dienstagabend. Nicht gerade die richtige Zeit, um feiern zu gehen. „Das ist der Laden."

Er warf einen Blick auf das zweistöckige Gebäude, als er in die Einfahrt des Parkplatzes bog. Die Frontfassade hatte ein Facelifting erhalten, seitdem er das letzte Mal hier gewesen war. Der dunkle Backstein wurde nun von einer schwarzen Dachrinne ergänzt, was dem Gebäude einen Gothic-Charakter verlieh, während die warmen gelben Lichter den Innenraum erhellten.

„Gefällt es dir hier?" Sie fummelte am Ende ihres Schals herum.

„Ja. Es ist eine zwanglose Version vom *Shot of Sin*."

„Wie das?"

„Es gibt Alkohol, sanfte Musik und Mietzimmer im Obergeschoss." Er parkte im hinteren Teil des Parkplatzes und stellte den Motor ab.

„Zimmer für ...?"

„Privatsphäre. Zum Spielen. Vögeln. Alles Mögliche." Er drehte sich zu ihr, nahm das leichte Zucken ihres Kinns und ihr scharfes Luftholen in sich auf. Das mentale Bild hatte sie erregt, was bedeutete, dass sein Schwanz sich am Geschehen beteiligen wollte. „Bist du bereit?"

Sie hielt ihre Clutch hoch und nickte. „Startklar."

Seine Handflächen begannen zu schwitzen, als er das sichtbare Kapital betrachtete, das in Kürze andere Männer bestaunen würden. „Leg das Tuch ab."

Ihr Mund klappte auf. „Warum?"

Weil ich mehr von dir sehen will. „Es passt nicht zum Kleid." *Und jedes Mal, wenn du es anfasst, denke ich daran, dich an mein Bett zu fesseln.*

Ihre Hand schoss hoch an ihre Kehle. „Ich muss es tragen."

„Weil?"

Ihre Lippen arbeiteten um stumme Worte herum, bevor sie seufzte. „Weil ich Flecken am Hals habe, die ich mit Make-Up nicht verdecken konnte."

Er machte ein finsteres Gesicht. „Ein Ausschlag?"

„Nein." Ihre Augen schossen zu seinen hoch. „Ich spreche von deinen Fingerabdrücken überall auf meiner Haut."

„Habe ich dir wehgetan?" Erinnerungsschnappschüsse traten

vor sein inneres Auge – seine Hände um weiches Fleisch, ihr Stöhnen, die unbeabsichtigten Zuckungen ihres Schoßes.

Er schloss die Augen und fuhr mit der Hand über sein Gesicht. *Denk nicht darüber nach. Stell es dir nicht vor. Vergiss einfach die ganze Schal-Sache und verlass diesen erdrückenden Raum.*

„Nicht genug", murmelte sie.

Herrgott. Es war Zeit zu verschwinden.

„Gut." Er schob seine Wagentür auf und entfloh der Enge des Autos.

Sie folgte ihm und begegnete über das Dach hinweg seinem Blick. „Verstehst du jetzt, warum ich es tragen muss?"

„Ja." Er war nicht unbedingt erpicht auf die Erinnerungsstütze, die ihm den ganzen Abend ins Gesicht starrte. „Es sieht gut aus."

Er beobachtete sie nicht, als er seine Tür zuschlug. Er brauchte keine Bestätigung, dass ein Augenrollen ihr Schnauben begleitete; er war sich dessen bereits sicher.

„Dir ist klar, dass *gut* noch lange kein Kompliment ist." Sie schloss ihre Tür und umrundete die Motorhaube. „Nur für die Zukunft, meine ich."

Es war nicht so, dass es ihm an der Fertigkeit fehlte, ihr ein Kompliment zu machen.

Wenn er wollte, könnte er sie bis in den Himmel loben. Er könnte ihr sagen, dass ihr Anblick aus seinen Augenwinkeln ausreichte, um seinem Schwanz ein Aneurysma zu bescheren. Er könnte darlegen, wie perfekt ihre Brüste waren – prall und voll. Oder an seinen Fingern abzählen, wie oft er sie über verschiedene Objekte hatte beugen wollen, um die Frustration aus seinem System zu rammeln.

Das bedeutete jedoch nicht, dass ihm diese Worte jemals über die Lippen kommen würden.

„Zur Kenntnis genommen."

Er machte sich auf zur Frontseite des Gebäudes, der Kies des Parkplatzes knirschte unter seinen Sohlen. Sie schwankte bei ihrem ersten Schritt, als ihre schmalen Absätze die Bodenhaftung verloren.

„Alles okay?" Der Impuls, einen Arm um ihre Taille legen zu wollen, um sie festzuhalten, war ein Fehler. Ein weiterer idiotischer Zug, was diese Frau betraf.

„Du brauchst mich nicht festzuhalten." Sie schritt langsam vorwärts. „Ich schaffe das schon."

Das bezweifelte er nicht. Doch jetzt hatte sich das Gefühl, sie an seiner Seite zu spüren, in ihn eingegraben, und er war nicht bereit loszulassen. Er konnte ihr Haar riechen, den blumigen Duft, der ein stärkeres Aphrodisiakum war als ein Magen voller Austern. „Ich bestehe darauf."

Er hielt ihrem Blick stand, erfasste jedes Flackern in ihrer Miene, während er seinen Griff verstärkte. Sie schluckte. Straffte sich. Hob ihr Kinn. Selbst ihre Wimpern schlugen in zaghafter Lethargie.

„Verfehlt es nicht den Zweck zu versuchen, einen anderen Mann aufzugabeln, wenn ich mit deinen Händen auf mir da reingehe?"

Das war ihm gleichgültig. „Und mit dem Gesicht voran in den Kies zu fallen und sich die Knie aufzuschürfen verfehlt nicht den Zweck dieses sexy Kleides?"

Sie blinzelte. Stockte. Staunte.

Er hatte keine Ahnung, warum.

„Sexy Kleid?" Eine perfekt geformte Braue hob sich.

Er schnaufte und ignorierte das Grinsen, das ihre roten Lippen weitete. „Komm schon." Er führte sie vorwärts, und ihre Taille brannte ihm ein Loch in die Handfläche, bis er, am Bürgersteig angekommen, seinen Griff von ihr löste. „Schaffst du es von hier aus?"

„Ich hätte den ganzen Weg geschafft, Brute." Sie stolzierte mit ihren wohlgeformten Beinen vor ihm her und bahnte sich den Weg zum Eingang, bevor er sich von seinem starren Blick befreien konnte und schnell aufholte.

„Wo willst du sitzen?" Sie sah sich im Raum um, begutachtete die Nischen entlang der Rückwand, dann die mit Kissen gepolsterten Sofas in der Nähe der Frontfenster, bis ihre Aufmerksamkeit schließlich an den Hockern hängen blieb, die die Bar säumten. „Sollen wir in der Nähe des Alkohols bleiben?"

„Das klingt nach einer guten Idee." Einer verdammt brillanten Idee.

Sie ging voraus, während er sich zurückhielt für den Fall, dass ihre der Schwerkraft trotzenden Absätze unter ihr wegrutschten, während sie auf den nächstgelegenen Hocker kletterte.

„Also, erzähl mir von deinem Typ." Er setzte sich neben sie und schwang sich in Richtung des Raumes. Es dauerte weniger als fünf Sekunden, um jeden Kerl hier als eine unwürdige Eroberung zu erachten. „Wonach suchst du?"

„Naja ..." Sie tat es ihm gleich und drehte sich mit dem Rücken zur Bar. „Sexuell gesehen will ich jemanden mit Selbstvertrauen und—"

„Ich weiß, was du sexuell brauchst." Die Erinnerung daran war wie ein mentales Streicheln entlang seines Schafts. „Was willst du außerhalb des Schlafzimmers? Ich rede über Aussehen, Einkommen, Rasse, Religion."

„Nichts davon ist für mich von Bedeutung."

„Das Aussehen ist nicht von Bedeutung?" Er zog eine Ich-bitte-dich-Braue hoch. „Das Aussehen ist immer von Bedeutung."

Sie zuckte die Schultern und ruckte mit ihrem Kinn nach links. „Der Typ da hinten ist attraktiv."

„Der mit dem Van-Dyke-Bart?"

„Ja, ich habe nichts gegen ein paar Bartstoppeln."

Seine Hand juckte mit dem Bedürfnis über sein eigenes Kinn zu streichen. Er würde wetten, dass sie einen Vollbart bevorzugte, wenn dieser das empfindliche Fleisch ihrer Innenschenkel streifte. „Was ist mit seinem Ehering? Stört der dich?"

Ihre Nase kräuselte sich, ihr Blick suchte seinen. „Wie hast du den bemerken können?"

„Es geht nicht um das, was man bemerkt, sondern um das, wonach man suchen muss. Eheringe oder ein weißer Streifen am entsprechenden Finger sind ein guter Anhaltspunkt."

Sie nickte und setzte sich aufrecht hin, wie immer die eifrige Schülerin. „Was noch?"

Er war fasziniert von der Art, in der ihre Aufmerksamkeit durch den Raum schweifte, um potentielle Liebhaber ausfindig zu machen. „Der Mann, nach dem du suchst, wird dir Aufmerksamkeit schenken. Dich beobachten. Versuchen, dich zu durchschauen, bevor du ihn überhaupt bemerkst."

So wie ich.

Sie setzte ihre Suche fort. Wenige Augenblicke später ließ sie ihre Schultern sinken. „Tja, scheinbar habe ich kein Glück." Sie drehte sich zu ihm. „Niemand hier drin schaut mich an."

Er wollte ihr nicht beweisen, dass sie sich irrte. Auf all die Männer hinzuweisen, die ihr bereits geistig das Kleid vom Leib gerissen hatten, war ein Gespräch für später. Nachdem er ausreichend Zeit gehabt hatte zu ermitteln, wer der Richtige für sie war. „Es ist noch früh. Gib noch nicht auf."

Sie nickte, die Niederlage noch als eine leichte Furche zwischen ihren Brauen zu erkennen. Es juckte ihn danach, den Ausdruck wegzuwischen. Mit seinen Händen, seinem Mund, seinem Schwanz.

Verdammt nochmal.

„Was möchtest du trinken?" Er riss seinen Blick von ihr los und hob eine Hand, um den Barkeeper auf sich aufmerksam zu machen.

„Für mich einen Tequila Sunrise, bitte."

Er gab die Bestellung auf und richtete seinen Fokus auf die Getränkezubereitung, um zu verhindern, sie für seine eigene Erfüllung hier raus zu schleifen. Er begann bereits, die Möglichkeit einer anderen Vorführungsassistentin zu erwägen. Jemand, der Ellas Platz einnehmen konnte, damit er heute Abend seinen gewaltigen Hunger stillen und seine Versicherungspolice einsetzen lassen konnte, bevor das Ganze außer Kontrolle geriet.

Ihm war es egal, ob die weiblichen *Vault*-Mitglieder den Kurs boykottierten. Oder dass Leo und T.J. ihn umbringen wollen würden. All die Gründe, wieso er Pamelas Unterstützung brauchte, verschwanden im Würgegriff der Lust.

Sein Interesse an dieser Frau war schlichtweg zu hoch. Er fing an, die Zeit mit ihr zu genießen. Das achterbahnartige Auf und Ab ihres Lächelns stahl unentwegt seine Aufmerksamkeit. Und dieses Kleid ...

Scheiße.

„Stimmt etwas nicht?", fragte sie. „Du siehst aus, als würdest du schmollen. Wenn du nach Hause gehen willst ..."

Nimm das Angebot an. Verschwinde von hier. „Wir gehen noch nicht."

„Dann setz ein Lächeln auf, du Griesgram. Du verschreckst potentielle Kandidaten." Sie wackelte mit den Augenbrauen, und der sinnliche Schwung ihrer Lippen verpasste ihm einen weiteren heftigen Fausthieb in den Schritt.

„Bitteschön." Der Barkeeper schob die Drinks zu ihnen rüber.

„Danke." Er schnappte sich sein Bier und erfreute sich an dem flüssigen Beistand, der ihm die Kehle hinunterlief. Er musste der Situation die Schärfe nehmen. Das Brennen ersticken.

„Was ist das Verrückteste, was du je getan hast, Brute?" Ella knabberte an dem Strohhalm, der in ihrem Getränk steckte. Sie hatte ihren Kopf schiefgelegt, während sie ihn mit ihren Augen durchbohrte. „Ich wette, du kannst eine Menge Geschichten erzählen."

Er zuckte die Achseln. „Mir fällt nichts ein."

„Du besitzt einen Sexclub und dir fällt nichts ein?"

Er nahm einen weiteren großen Schluck seines Bieres. Sich zu unterhalten wurde schwierig – das Erfassen von Zusammenhängen fast unmöglich, wenn ihre Lippen nur einen verlockenden Hauch entfernt waren. „Sex ist nicht verrückt. Er ist natürlich. Menschen treiben es seit dem Anbeginn der Zeit miteinander. Was ich schwer zu rechtfertigen finde, sind Aktivitäten wie Fallschirmspringen oder andere adrenalingetriebene Sportarten." Er zeigte mit einem Finger auf sie. „Oder Leute, die heiraten. Also, wenn du mich fragst, ist es verdammt wahnsinnig, eine solche Verpflichtung einzugehen."

Sie starrte lächelnd auf die Bar, ein weit entfernter Glanz in ihren Augen. „Meine Ehe war alles andere als konventionell."

„Inwiefern?"

Ihre Lippen teilten sich, und stumme Worte schwebten außer Reichweite, dann seufzte sie. „Einen Moment." Sie beugte sich vor und wandte sich an den Barkeeper. „Entschuldigen Sie. Könnte ich bitte einen Shot Tequila bekommen?"

„Shots?"

Ihre Finger tippten auf die Bar, ihr Bein wippte.

„Habe ich etwas verpasst?", fragte er.

Sie stieß ein Lachen aus und griff nach dem Shotglas, das vor sie geschoben wurde. Von einer Grimasse begleitet schüttete sie sich den Inhalt in einem einzigen Schluck hinunter und hielt ihren Blick auf den Barkeeper gerichtet. „Bitte noch einmal nachfüllen. Ich glaube, ich werde es brauchen."

„Was geht hier vor sich?“ Ihm gefiel ihr verändertes Benehmen nicht. Die rapide Senkung ihrer Hemmschwellen gefiel ihm ebenso wenig. Er kämpfte schon genug für sie beide.

Sie leckte ihre Unterlippe und spülte den Rest des Alkohols hinunter. „Wir waren nicht fest zusammen, bevor wir heirateten.“

„Ihr hattet eine offene Beziehung?“ Ihr Ehemann muss ein ausgesprochen gelassener Mistkerl gewesen sein. Eine so schöne Frau wie Ella zu teilen war ein Risiko. Man konnte nie wissen, wann ein anderer Mann die Clubetikette in den Wind schlug und sie einem direkt unter der Nase wegschnappte.

„Ist eine lange Geschichte.“

„Dann gib Gas und erzähl weiter.“

Sie musterte ihn von Kopf bis Fuß.

Shit. Er setzte sich auf, unsicher, wann er nah genug herangekommen war, um das Stocken ihres Atems zu hören.

„Erzähl weiter.“ Er wandte sich zur Bar, nahm sein Bier und trank einen Schluck. „Wir haben die ganze Nacht.“ Zumindest bis er seinen Schwanz im Alkohol ertränkt hatte.

Sie fummelte an dem wieder aufgefüllten Shotglas herum und fuhr mit ihrem Finger den Rand entlang. „Ich traf Lucas auf einer dieser europäischen Busreisen. Ich spielte zusammen mit Kim die Touristin, und er reiste alleine. Wir kamen ins Gespräch und haben uns schließlich getroffen. Es war nichts Romantisches. Nur Sex.“ Ihre Schultern sackten zusammen, als sie tief ausatmete. „Großartiger Sex.“

„Schon kapiert.“

„Nein, hast du nicht.“ Sie sprach an das lasierte Holz der Bar gewandt. „Ich war noch nie mit jemandem wie ihm zusammen. Er hat mir Dinge beigebracht. Er kannte meinen Körper besser als ich selbst, was seltsam war, weil wir selten miteinander redeten. Er blieb viel für sich und wir trafen uns nur abends.“

Bryan nahm sein Bier und studierte es. Eine flüchtige Sekunde lang verengte sich sein Brustkorb vor Eifersucht, doch er übergoss das Gefühl mit dem Rest seines Getränks und bestellte mit einem Fingerzeig schnell ein weiteres.

„Als die Tour zu Ende war, gingen wir getrennte Wege und keiner von uns schaute zurück. Ich fragte nicht nach seiner Nummer, und er zeigte kein Interesse daran, in Kontakt zu bleiben. Zumindest nicht, bis er ein paar Monate später vor meiner Tür auftauchte."

Das machte Sinn. Der Kerl musste seinen Fehler eingesehen haben. Ella war eine besondere Frau. Sexuell selbstsicher und neugierig. Ein guter Fang. Jeder, der sie gehen ließ, verdiente es, in Reue zu versinken.

„Konnte ohne dich nicht leben, hm?" Er nahm sein neues Bier mit einem tiefen Zug in Empfang, entschlossen, das Unbehagen unter seinem Brustbein fortzuspülen.

„Eigentlich ...", ihre Stimme wurde düster, „...erzählte er mir, dass er in naher Zukunft überhaupt nicht mehr leben würde. Wenige Wochen nach seiner Rückkehr aus Europa erfuhr er von dem Krebs."

Bryan ließ sein Glas auf die Bar sinken und drehte sich zu ihr.

„Es war nicht das glückliste aller Wiedersehen." Sie hob die Schultern. „Aber ich bin froh, dass er mich gefunden hat."

„Und da habt ihr geheiratet?"

„So ziemlich. Er wollte nicht allein sterben, und ich wollte das ebenfalls nicht für ihn. Er hatte es verdient, jemanden an seiner Seite zu haben."

„Was ist mit seiner Familie oder seinen Freunden? Hätten die sich nicht um ihn kümmern können? Du sagtest, ihr beide hättet kaum miteinander geredet."

„Abgesehen von seinen Arbeitskollegen hatte Lucas niemanden, auf den er sich hätte verlassen können. Seine Mutter in Chicago hatte selbst gesundheitliche Probleme. Er hat ihr nicht einmal von dem Krebs erzählt. Sie dachte, er würde wieder in den Urlaub fahren. Stattdessen besuchte er mich."

„*Herrgott*." Blindlings tastete er nach seinem Bier und stürzte einen weiteren Schluck hinunter. „Das ist eine Menge Druck, den er einer Fremden ausgesetzt hat." Der Kerl schien ein Mistkerl zu sein. Ein egoistisches, emotionsloses Arschloch.

„Das war es auch. Aber ich wurde finanziell entschädigt. Unsere Ehe wurde das Äquivalent eines Arbeitsvertrages. Ich kündigte meinen Kellnerinnenjob, um mich auf seine Gesundheit zu konzentrieren, und als er starb, wurde ich zur alleinigen Begünstigten seines Erbes."

Sie dippte ihren Finger in den Tequila und lutschte ihn dann davon ab. Hätte sich ihr Gespräch nicht um Krebs, Chemo und alles Melancholische gedreht, hätte er an Ort und Stelle seine Ladung verschossen.

„Sein Geld erlaubte es mir, dieses Apartment und mein Café zu kaufen. Es gab mir die Möglichkeit, meiner Schwester zu helfen, die wachsende Studienschulden hatte, und meiner Mutter, die sich seit dem Weggang meines Vaters schwertat. Nicht, dass sie mit dem Nachlass etwas zu tun haben wollten. Sie waren mit dem, was ich vorhatte, nicht einverstanden."

„Weil du finanziell entschädigt wurdest?"

„Nein." Sie knabberte an ihrer Unterlippe und schüttelte den Kopf. „Weil Lucas und ich zu diesem Zeitpunkt keine emotionale Verbindung hatten und sie wussten, dass es bis zum Schluss nicht so bleiben würde. Sie konnten sehen, wie ich mich in ihn verliebte, ohne dass diese Gefühle erwidert wurden."

Sein Brustkorb verengte sich, die Eifersucht wurde immer stärker, je tiefer sie in das Gespräch versanken. „Und trotzdem hast du dein Leben auf Eis gelegt."

„Und ich würde es wieder tun. Ich hätte ihn auf keinen Fall allein sterben lassen können. Wie hätte ich mit mir selbst leben können, wenn ich ihn hätte gehen lassen? Ich wusste, worauf ich mich da einließ. Ich habe diese Entscheidung allein getroffen." Sie zuckte die Achseln. „Letzten Endes hatten sie Recht. Ich begann, auf mehr zu hoffen."

„Mehr was? Zeit?"

„Ich weiß es nicht." Sie verzog das Gesicht. „Alles war kompliziert, vor allem dank meiner extremen Naivität. Seitdem habe ich viel dazugelernt."

„Scheiße." Er stützte einen Ellbogen auf der Bar ab und sah sie an. Sah sie *wirklich* an. „Ist es zumindest bis zu einem gewissen Grad nicht leichter, sich emotional abzuschotten, wenn man den Ausgang kennt?"

„Wie schottet man sich emotional ab, Bryan?" Sie begegnete seinem durchdringenden Blick. „Wie hört man auf, sich zu sorgen? Gott weiß, ich wusste nicht, wie."

Sie tauchte ihren Finger wieder in den Tequila und rührte mit ihrer Fingerspitze darin herum. „Unsere Tage verbrachten wir mit Arztterminen und damit, im Schnelldurchlauf eine Bucketlist abzuarbeiten. Wir haben außerdem die körperliche Beziehung wiederaufleben lassen, wenn es ihm möglich war. Es wurde hart, Mauern gegenüber etwas so Monumentalem zu errichten." Sie verstummte und stahl mit jeder verstreichenden Minute mehr von seiner Faszination. „Am Ende liebte ich ihn ... auf meine eigene Weise."

Er starrte sie weiter an, hin und wieder blinzelte er. Er konnte an nichts anderes denken, als an das dringende Bedürfnis etwas zu tun, *irgend*etwas, das den schmerzerfüllten Ausdruck aus ihrem Gesicht vertreiben würde.

„Sorry." Sie schnitt eine Grimasse. „Damit gewinne ich wohl die Auszeichnung für den morbidesten Themenwechsel, was?"

Er schnappte ihr das Shotglas unter der Hand weg und kippte sich den brennenden Inhalt in einem Schluck hinunter. „Jepp. Und jetzt drehe ich dir den Hahn ab." Er räusperte sich, um das Brennen loszuwerden. „Du bist eine deprimierende Trinkerin."

Ihre Augen weiteten sich, dann brach ein Glucksen aus ihr heraus. „Normalerweise nicht." Sie stupste ihn mit dem Ellbogen an. „Ich gebe meiner Begleitung die Schuld."

Sie konnte ihn beschuldigen so viel sie wollte, solange das Lächeln auf ihren dunklen Lippen erhalten blieb.

„Ja, nun, du musst dich ins Zeug legen, bevor du deine Trinkprivilegien zurückerhältst."

„Musst du gerade sagen, Mr. Launenhaft."

„Launenhaft? Ich bin mir ziemlich sicher, dass ich neunzig Prozent der Zeit dieselbe Laune habe."

Ihre Mundwinkel hoben sich, während sie über seine Antwort nachdachte. „Da hast du wohl Recht."

Und augenblicklich verloren ihre Augen den dunklen trauernden Farbton und erhellten sich zu einem hypnotisierenden Blau.

„Okay." Sie rieb ihre Hände aneinander. „Bringen wir das Gespräch wieder in Gang. Wir müssen uns darauf konzentrieren, dass ich Sex bekomme."

Er umfasste sein Bier, während die neue Ebene ihrer Vorgeschichte an etwas anderem nagte als an seiner Lust. Die neuerliche Erinnerung daran, warum sie hier waren, erfüllte ihn auch nicht gerade mit einem warmen, wohligen Gefühl. Er wollte sie nicht mit jemand anderem nach Hause schicken. Er wollte sie überhaupt nicht in ihre Wohnung zurückschicken. „Vielleicht ist heute nicht der richtige Abend dafür."

„Natürlich ist er das." Sie packte seinen Arm, ihre Finger versengten Haut und Nerven.

„Im Ernst, ich brauche Sex. Ich nehme jede Hilfe an, die ich kriegen kann."

Sie klimperte mit den Wimpern, und sein Glied presste sich in der Erwartung eines High-Five hart gegen seinen Reißverschluss.

„Ich benötige deine Expertise." Sie drehte sich mit dem Rücken zur Bar. „Was ist mit dem da?"

In der nächsten Stunde ging er das Pro und Contra eines jeden Mannes in der Bar durch. Die Pros waren rar gesät. Und das aus gutem Grund. Er konnte niemanden finden, dem er ihr Vergnügen anvertrauen wollte.

Ein Drittel von ihnen trug Eheringe. Andere gafften ohne Manieren oder Respekt. Ein weiterer Anteil der Anwärter wurde aussortiert, weil sie einfach nicht gut genug aussahen.

Er wusste nicht, was nötig war, um sich seinen Respekt zu verdienen, doch niemand hier hatte auch nur ein Fünkchen davon, was er Ella, die anscheinend eine Rauschbrille aufgesetzt hatte und jeden Mann, der durch die Tür kam, als potentiellen Kandidaten betrachtete, immer schwerer begreiflich machen konnte.

Er hatte auf den Schwulen hinweisen müssen, der nur Augen für den Hintern seines Freundes hatte.

Er hatte mit ihr über die Nachteile diskutieren müssen, die es mit sich brachte, mit jemandem zusammen zu sein, der zehn Minuten lang auf die Getränketafel starrte. Denn, ganz ehrlich, wenn man mehr als zwei Minuten brauchte, um sich über seine eigenen Bedürfnisse klarzuwerden, hatte es keinen Sinn, ein ganzes Leben damit zu vergeuden, Ellas zu ergründen.

Der Mann, den sie gerade begutachtete, trug ein kariertes Hemd, dreckige verblichene Jeans und schlammige Cowboystiefel. Was realistisch gesehen keine schlechte Sache war. Er sah aus, als hätte er eine gute Arbeitsmoral. Aber ... „Wenn du immer noch auf Rindvieh stehst, nur zu."

Sie prustete los, und ihre Heiterkeit durchschlug ihn wie ein Pistolenschuss. „Das ist eine unfaire Annahme."

Das war ihm scheißegal.

„Was ist mit ihm?" Sie deutete mit dem Kinn auf den Mann am anderen Ende der Bar.

„Du willst mich wohl auf den Arm nehmen." Dem Kerl stand *arroganter Anzugträger* geradezu ins Gesicht geschrieben.

„Was ist falsch mit ihm?", lallte sie durch ihr Gelächter hindurch, und er bedauerte sogleich, ihre Trinkprivilegien wiederhergestellt zu haben. „Er ist süß. Und er hat einen guten Sinn für Mode. Verdammt, ich könnte ihn bitten sich auszuziehen und ihn stundenlang einfach nur berühren." Sie schlug bittend die Hände zusammen. „Bitte, Brute, lass mich seinen nackten Körper berühren. Ich kann mich nicht erinnern, wann ich das letzte Mal meine Hände auf den Körper eines Mannes legen durfte."

Seine Nasenflügel bebten. „Vor ein paar Nächten, erinnerst du dich?" Wieso verpasste sie ihm nicht gleich einen Schlag in die Weichteile? Der Hieb hätte weniger geschmerzt als die Beleidigung.

Sie stockte. „Ich durfte dich kaum berühren. Verflixt, Mister —", sie wackelte mit dem Kopf, „—wenn ich die Chance bekommen hätte, meine Nägel in dir zu versenken, würdest du es wissen."

„Mister?" Er stieß sich vom Hocker. „Du bist zu betrunken. Entweder nüchterst du aus oder ich muss dich nach Hause bringen."

Sie schmollte. „Okay, Daddy."

Heilige. Scheiße.

Sie prustete erneut los. „Nur ein Scherz. Hör auf, mich so anzustarren. Herrje, eine Daddy-Referenz und alle sind beleidigt."

Ja, er war verdammt beleidigt, weil jede andere Reaktion, während er sich vorstellte, sie übers Knie zu legen, absolut unangebracht war. Wenn das nur auch bei seinem Schwanz ankommen würde.

„Ich bin sofort zurück. Benimm dich, während ich weg bin."

Er brauchte eine Toilettenpause.

Eine *Ella*-Pause.

Sie war nicht die Einzige, die nüchtern werden musste. Der Alkohol, der seine Venen erhitzte, setzte ihm ziemlich verrückte Einfälle in den Kopf.

Herrgott, er konnte sie mit jedem Schlucken schmecken.

Die gute Nachricht war, dass er nicht an seine Familie gedacht hatte. Nicht bis jetzt, da sich seine Lust mit jedem Schritt mehr verflüchtigte.

Er hatte nicht darüber nachgegrübelt, wieso seine sterbende Mutter nicht einen Hauch an Zuneigung aufbringen konnte, um ihr einziges Kind zum Abschied anzurufen. Er hatte nicht darüber gebrütet, wieso sein Vater nicht zum Telefonhörer gegriffen hatte – weder jetzt noch in den vergangenen Monaten. Er dachte nicht darüber nach, dass die beiden Menschen, die ihn vermeintlich am meisten lieben sollten, sich einen Dreck um ihn scherten, weil seine Gedanken immer wieder mit äußerster Präzision zu Ella zurückfanden.

Er schob sich in den Waschraum, stellte sich vor das Waschbecken und starrte auf seine Reflektion im verdreckten Spiegel.

Irgendwas stimmte da nicht.

Noch nie zuvor hatte sich Lust so angefühlt. Sie hatte noch nie in seiner Brust begonnen und sich nach unten gearbeitet.

An der Bar hatte er versucht sich selbst davon zu überzeugen, dass es der Alkohol oder die traurige Geschichte über ihren Mann war, die an seinen normalerweise nicht vorhandenen Emotionen zerrte. Hier sollte es darum gehen, dass Ella jemanden zum Vögeln fand. Es ging darum, sie zur Mitarbeit an der Vorführung zu bewegen. Es ging ums Geschäft. Aber hier drinnen, während er sich selbst gegenüberstand, wurde es schwieriger, die Lüge zu leben.

Er mochte sie. Er mochte sie wirklich. „Verflucht."

Er fuhr sich mit den Händen durchs Haar, verschränkte die Finger am Hinterkopf und übte festen Druck auf seinen Schädel aus.

Es war Teras Schuld. Mit einem einzigen Telefonat hatte sie ihn so verwirrt, seinen Kopf so manipuliert, dass er nicht mehr klar denken konnte. Sie hatte ihn an seine Kindheit erinnert und daran, wie er einmal an ein Happy End und all diesen naiven, märchenhaften Bullshit geglaubt hatte.

Das musste aufhören.

Er konnte sich das nicht antun.

Er konnte es Ella nicht antun.

Sie schleppte Ballast mit sich herum. Hatte Probleme.

Ihr Reiz machte keinen Sinn. Trotzdem war er da, türmte sich von einem Maulwurfshügel zu einem Berg auf, direkt vor seinen Augen, und es gab nur einen Weg, ihn aufzuhalten.

KAPITEL VIERZEHN

*P*amela wartete, bis Bryan im Waschraum verschwunden war, bevor sie gegen die Bar sackte und ihre angestaute Nervosität in einem hörbaren Seufzer ausstieß.

Das hier war die Hölle. Sie war sich nicht ganz sicher, in welchem der neun Kreise sie sich gerade befand – entweder Lust oder Gier – aber nichtsdestotrotz in der Hölle.

Sie musste nicht nur die Pamela-muss-flachgelegt-werden-Scharade fortsetzen, sondern auch vorgeben, nicht kopfüber in tiefere Gefühle für einen Mann abzurutschen, der ihr klargemacht hatte, dass er tabu war. Sie war sogar so tief gesunken, ihren verstorbenen Mann ins Spiel zu bringen, in der Hoffnung, das tragische Thema würde die ersten Anzeichen der Verliebtheit abwürgen.

Der Zerstreuung hatte nicht im Geringsten funktioniert. Die Unterhaltung hatte nur zusätzlichen Respekt für einen Mann geschaffen, der mehr Schichten als Blätterteig zu haben schien.

Er hatte ihr zugehört. Hatte sie mit sanften, einfachen Worten getröstet. Und als das Gespräch zu emotional wurde, hatte er es auf typische Brute-Weise beendet, wodurch die Niedergeschlagenheit umgehend verschwand.

Jetzt zu gehen kam nicht infrage. Mit ihm allein in einem Auto zu sitzen, war eine zu große Versuchung für ihren angeschlagenen Verstand.

Sie wollte Bryan.

Sie wollte Brute.

Sie wollte, was auch immer sie aus dem großen Grizzlybären eines Mannes herauskitzeln konnte, und scherte sich nicht um die Konsequenzen.

„Hey, Sugar."

Sie sah von ihrem leeren Glas auf und erblickte einen weiteren flanelltragenden Cowboy an ihrer Seite. Er war breitschultrig, groß und braun gebrannt, und hatte dazu ein übertriebenes Grinsen im Gesicht.

„Du siehst aus, als könntest du noch einen Drink vertragen."

Sie setzte ein falsches Lächeln auf. „Alles bestens, aber danke."

Er legte den Kopf schief. „Das ist es sicherlich, aber ich bestehe darauf." Er klopfte mit den Knöcheln auf die Theke. „Barkeeper, bringen Sie dieser hübschen Dame ein prickelndes Gläschen."

Ein prickelndes Gläschen?

„Ich, ähm ..." Das verstieß gegen Regel fünfhundertfünfundfünfzig in Brutes Sexgefährten-Ratgeber – ein potentieller Liebhaber sollte bei der Getränkebestellung den Nagel auf den Kopf treffen, bevor er dich nagelt.

Eine Miniflasche Champagner wurde vor ihr geöffnet und der Inhalt in ein schmales Tulpenglas gegossen. Sie hätte enthusiastischer ablehnen sollen. Hätte, hätte, Fahrradkette, wenn die betäubende Gedankenlosigkeit nicht nur noch einen einfachen weiteren Drink entfernt gewesen wäre. Morgen würde sie für den gemixten Alkohol büßen. Fürs Erste würde sie allerdings jede Erleichterung annehmen, die sie bekommen konnte.

„Bitte sehr." Er hob das Glas von der Bar und reichte es ihr. „Etwas Süßes für eine Süße."

Sie räusperte sich. „Wenn du auf der Suche nach etwas Schüchternem und Niedlichem bist, bin ich nicht die Richtige für dich."

„Du bist der unanständige Typ?" Er beäugte sie in lüsterner Wertschätzung. „Ich bin ein Glückspilz heute Abend."

Ihr entwich ein Lachen, sie konnte es nicht verhindern. In einem Wechselspiel zwischen Hitze und Kälte war dieser Kerl so weit davon entfernt, flachgelegt zu werden, dass er einen Schneeanzug brauchte.

„Ich kann nicht glauben, dass eine Frau so schön wie du allein unterwegs ist."

„Ist sie nicht." Bryan tauchte hinter ihr auf. „Zieh Leine, Kumpel."

„Bryan." Sie schwang ruckartig ihren Kopf herum und warf ihm einen bösen Blick zu. „Du brauchst nicht so unhöflich sein."

„Ich bitte um Entschuldigung. Mir war nicht bewusst, dass das der Typ Mann ist, nach dem du suchst."

Spielte ihr der Alkoholrausch einen Streich oder wirkte er unzweifelhaft eifersüchtig? Ihr Magen überschlug sich in einem übelkeitserregenden Purzelbaum, und all die Flüssigkeit, die sie zu sich genommen hatte, gleich mit.

„Einen Moment mal." Der Cowboy hielt seine Hände hoch. „Sie saß hier alleine. Ich wusste nicht, dass Sie beide zusammen sind."

„Sind wir nicht", sagten sie unisono.

„Aha." Der Mann zog sich einen Schritt zurück. „Ich schätze, der Schein kann trügen."

Hitze kroch ihre Kehle hinauf und durchtränkte ihren Schal.

„Wir gehen jetzt." Bryan starrte sie an und erwartete, dass sie sich fügte.

Shit. Er musste endlich den Code ihrer nicht gerade subtilen Gefühle geknackt haben.

„Sugar", begann der Cowboy. „Wenn du in Schwierigkeiten steckst—"

„Schwierigkeiten?" Er dachte, sie sei in Gefahr? Durch Bryan? Okay, möglicherweise hatte der brachiale Mann seine Fäuste geballt und atmete schwerer als normal, aber das war nur, weil sie ihr Versprechen gebrochen hatte, sich nicht in den bindungsphobischen Blödmann zu verlieben. „Nein, mir geht's gut. So ist er immer. Hunde die bellen, beißen nicht."

Bryan stieß ein Knurren aus. Ein *richtiges* Knurren.

„Wir gehen", wiederholte er. „Es sei denn, du willst mit einem Typen rumhängen, der dir nicht den Respekt entgegenbringt herauszufinden, was du trinken möchtest. Aber, hey—", er zuckte mit den Achseln, „—ich bin sicher, er ist ein toller Fang. Schließlich hast du einen guten Geschmack bei Männern.“

Sie schnaubte und leerte die Hälfte des Champagners in einem Zug. Es juckte ihn nach einem Streit – das konnte sie an dem wütenden Aufblitzen in seinen tiefblauen Augen erkennen. Sie hatte nicht vor, ihn unzufrieden zurückzulassen.

„Mein Männergeschmack sollte dich nichts angehen.“ Sie erhob sich von ihrem Hocker und geriet ins Taumeln.

„Verdammt nochmal.“ Er streckte eine Hand aus, um sie aufzufangen.

„Sprich nicht so mit mir.“ Sie schlug seinen Arm weg und stellte sich dicht vor ihm hin, ließ zu, dass sein dunkler, maskuliner Duft ihr die Sinne vernebelte.

„Dann hör auf, Mist zu bauen.“

Sie hörte die Worte, doch das Einzige, was bei ihr ankam, war sein Beschützerinstinkt. Seine Autorität. Sein Anspruch auf sein Territorium. *Nein*. Der Alkohol spielte ihr einen Streich.

Sie trat zurück und wandte sich an Mr. Cowboy. „Entschuldigung.“ Sie schnappte sich ihre Clutch von der Bar und stellte die Champagnerflöte an ihren Platz. „Danke für den Drink.“

Die Augen des Mannes weiteten sich. „Du gehst mit ihm mit?“

Ja. *Nein*. Die Antwort war unwichtig, da sie ohne frische Lust nicht denken konnte.

Sie schlängelte sich mit kurzen, energischen Fußballenschritten nach draußen, wobei ihr ihre High-Heels wenig Support boten.

„Was zum Teufel hast du jetzt vor?“ Bryan folgte ihr, hielt auf dem Bürgersteig aber einen dankenswerten Abstand zwischen ihnen.

„Verschwinden. Ist es nicht das, was du wolltest?“

Sein Grollen kitzelte in ihrem Nacken. Sie hasste dieses Geräusch. Hasste es so sehr, dass sich ihre Mitte wiederholt verkrampfte und wieder entspannte, als würde sie einen Orgasmus simulieren.

„Was dich betrifft, bekomme ich nichts von dem, was ich will.“

Seine Entgegnung traf sie wie ein Schlag ins Gesicht. Sie schwang herum, und geriet erneut ins Schwanken, als ihre Absätze die gleiche Stabilität boten wie gekochte Spaghetti. „Was genau willst du denn, Bryan? Verrate es mir."

Er verschränkte die Arme vor seinem breiten Oberkörper, sodass sein Jackett auseinanderging und sich der Stoff seines Hemdes verführerisch über den Muskeln darunter spannte.

Oh, Herr im Himmel.

Die ganze Welt hatte sich gegen ihre Versuche ihn nicht zu mögen verschworen. Jedes Mal, wenn sie Barrikaden errichtete, um die Anziehungskraft niederzukämpfen, zerstörte er sie mit einem kraftvollen Hulk-Schlag wieder.

„Ich will, dass du verflucht nochmal zuhörst." Sein Atem kam in mühsamen Zügen. „Ich versuche dir zu zeigen, wie du einen Kerl findest, der dich verdient. Jemanden, dem es nicht scheißegal ist, was du willst. Und in dem Moment, in dem ich dir den Rücken zudrehe, machst du dich an Cowboy Bill ran."

„Ich habe mich rangemacht?" *Rangemacht?* „Er bot mir an, mir einen Drink auszugeben. Ich lehnte ab. Aber ein Nein als Antwort hat er nicht akzeptiert. Ich habe nicht einmal einen Schluck des Champagners getrunken, bis du zurückgekommen bist und das Bedürfnis nach mehr Alkohol geweckt hast."

Er funkelte sie aus blauen Augen bedrohlich an.

„Komm schon." Sie seufzte. „Worum geht es hier wirklich?"

„Du weißt, worum es hier geht." Die Worte kamen knirschend durch perfekte Zähne und über volle, weiche Lippen.

Sie wollte nicken und bejahen, dass es hier um Gefühle ging, die keiner von ihnen ignorieren konnte. Hier ging es um mehr als Freundschaft oder Sex oder das *Vault.* Hier ging es um Funken und eine Verbindung und herzergreifende Emotionen.

„Hier geht es darum, dass ich eine Vorführungsassistentin brauche", knurrte er wütend. „Um mehr ist es für mich nie gegangen."

Ihre Nase kribbelte, ihre Kehle verengte sich. „Das weiß ich." Nein, tat sie nicht. Nicht wirklich. Sie hatte versucht es zu vergessen. Sie hatte den eigentlichen Zweck ihrer gemeinsamen Zeit ausgeblendet, als sie von der Verlockung einer Romanze überwältigt wurde.

Wieder einmal.

Die Geschichte mit Lucas wiederholte sich.

„Gut", herrschte er sie an.

„*Großartig*", ahmte sie ihn nach.

Er näherte sich, bis er unmittelbar vor ihr stand. Seine Nasenflügel bebten, seine Lippen verzogen sich abfällig. „*Absolut* perfekt."

Sie hatte ihn nie mehr küssen wollen. Der Rausch, wenn sein Bart ihren Mund, ihren Hals, ihre Brüste kratzte. Ihr Herz raste. Ihre Kehle zog sich noch mehr zusammen. Sie wirbelte auf Zehenspitzen herum und floh in die entgegengesetzte Richtung, das Klackern ihrer Absätze ein panisches Stakkato.

„Mann, ich wünschte, ich wüsste, wieso du so ein griesgrämiger Mistkerl bist." Sie erreichte die Gebäudeecke und bog auf den verdunkelten Parkplatz ab, wobei sie in der Nähe des Mauerwerks blieb, für den Fall, dass sie sich abstützen musste.

„Langsamer. Sonst landest du noch auf deinem Hintern."

„Hör auf, okay?" Sie funkelte ihn über die Schulter an. „Hör auf mit dem Hin und Her. Dem Jekyll und Hyde. Der Nettigkeit und der Ernsthaftigkeit. Ich habe es satt." Ihr Fuß knickte um. Der scharfe Schmerz schoss die Außenseite ihres Beines hoch. Sie geriet ins Taumeln, doch die Gefahr auf ihre Kehrseite zu fallen wurde durch etwas noch Gefährlicheres verdrängt – durch seinen Griff.

Er packte sie, zog sie an seine starke Brust und stieß sie gegen das Mauerwerk. Sie war eingesperrt, gefangen zwischen zwei Türmen kalter Sterilität. Nur war es keine Sterilität, die ihr entgegenstarrte. Seine blauen Augen waren nicht leer. Sie konnte alles Mögliche auf sie herabblicken sehen – Zuneigung, Lust, Hoffnungen für die Zukunft. Dann, mit einem Blinzeln, war alles verschwunden.

„Herrgott." Er hielt sie fest, gefangen. „Ich hätte dich nie herbringen dürfen."

Reue breitete sich in seiner Mimik aus, zusammen mit Verärgerung und Frustration, was ihren irrwitzigen Träumereien über die schönen Momente, die sie geteilt hatten, einen Dämpfer verpasste.

„Es tut mir leid."

Seine Augenbrauen zogen sich zusammen. „Wieso?"

„Ich weiß es nicht." Zitternd entwich die Luft ihren Lungen.

„Ich habe das Gefühl, mich entschuldigen zu müssen. Ich habe noch nie jemanden so genervt, wie ich dich zu nerven scheine." Sie musste weiterreden, und sei es nur, um zu gewährleisten, dass er weiterhin an ihr lehnte, jetzt, da seine Wärme endlich in sie hineinsickerte. Sie waren sich noch nie so nahe gewesen, zumindest nicht emotional. „Ich schätze, ich habe vergessen, dass es um deinen Job geht. Ich habe angefangen zu glauben, wir seien Freunde."

Sein Körper entspannte sich.

Nein, er fiel in sich zusammen. Seine Schultern sackten ab, sein Gesicht wurde lang. „Du nervst mich nicht, Ella."

„Was ist es dann?", wisperte sie.

Er drehte seinen Kopf weg, und die Anspannung in seiner Gestalt verstärkte sich, während er seinen Blick auf die Straße richtete.

„Bryan?" Sie streckte eine Hand aus. Ihre Fingerspitzen kribbelten, je näher sie seiner bartbedeckten Wange kam. Ihre Handfläche glitt über die rauen Haare, und alles in ihr sackte in sich zusammen. Sie hatte ihn nie berührt. Nicht so. Nicht mit bis zum Hals schlagenden Herzen und durch die kurze Berührung ungefilterten Gefühlen.

Sie lenkte sein Gesicht zurück zu ihrem und flehte mit ihren Augen. „Was hat das alles zu bedeuten?"

Die harte Linie seines Kiefers wurde definierter. „Es geht darum, mit dir schlafen zu wollen. Ich bin in den letzten fünf Stunden wahnsinnig geworden, weil ich mich gegen das Bedürfnis wehren musste, dich unter mir haben zu wollen. Genau wie die fünf Tage davor." Er machte einen Schritt vorwärts, zwängte sie enger zwischen die harte Wand des Gebäudes und die noch härtere Wand seiner Brust. „Sogar davor schon, Ella. Seit dem ersten Abend, an dem ich dich in der verdammten Umkleide berührt habe."

Hoffnung übernahm die Zügel und rannte davon. Alles in ihr fing Feuer, Emotionen wie Körperteile entbrannten und verwandelten ihren Körper in eine glühende, prickelnde Masse.

Sie musste ihn küssen. Musste diese Lippen schmecken und spüren, wie sie ihre eigenen vernichteten. Denn genau das war es, was sie tun würden – sie vernichten. Sie zerstören. Schließlich wäre ein leidenschaftlicher Kuss viel mehr, als sie von ihrem Ehemann je bekommen hatte.

Er presste sich gegen sie, und die massive Länge seines Schafts machte sich an ihrem Schambein bemerkbar. Sie konnte nicht atmen. Nicht denken. Alles, was sie tun konnte, war umgarnt zu werden, während sein Mund wie im Sirenengesang ihren Namen rief.

Sie presste ihre Lippen auf seine und ertrank augenblicklich an der Intensität seiner Reaktion. Seine Hand landete in ihrem Haar, strich über ihre Kopfhaut, hielt sie fest. Sein Arm schlang sich um ihre Taille und drückte neues Leben in sie. Jeder Teil von ihm berührte sie. Jeder Zentimeter ihres Körpers war ihm ausgeliefert, als seine Zunge ihre Lippen teilte und tief eintauchte.

Er übernahm die Führung. Brachte sie zum Hyperventilieren. Alles mit einem Kuss.

Nur mit seinem Bart, seinen Lippen und seinen Zähnen.

Als er sich zurückzog, keuchten sie beide in die kleine Lücke zwischen ihnen. „Wir sollten von hier verschwinden."

Sie nickte.

Seine Hand verließ ihr Haar, schlängelte sich ihren Arm hinunter und verschränkte sich mit ihren Fingern. Er quittierte die Intimität nicht, schaute ihr nicht einmal mehr in die Augen. Stattdessen drehte er sich um und führte sie zum Auto. Er hielt nicht an, bis sie an der Beifahrertür standen und seine freie Hand auf dem Türgriff ruhte.

Er blieb dicht bei ihr, wie erstarrt, als wäre die Welt stehengeblieben, damit sie diesen Moment genießen konnten. Zumindest fühlte es sich so an, bis es ihr dämmerte.

„Du kannst nicht fahren, oder?"

Er ließ ihre Hand los und wischte sich grob über den Mund. „Ich habe zu viel getrunken."

Er presste sich nach wie vor gegen sie, und die neckende Pein ihrer Gefühle zwischen ihnen flackerte wie rasch zündende Funken. Sie versuchte sich einen besonnenen Ausweg aus dieser Situation einfallen zu lassen. Einen, der sie morgen nicht gebrochen zurücklassen würde. Doch Lust und Verlangen durchschmorten alle rationalen Gedanken und ließen sie allein mit dem chemischen Ungleichgewicht, das sie dazu trieb sich in sein Hemd zu klammern und ihn näher an sich zu ziehen.

„Willst du ein Taxi nehmen?" Sie legte ihre Clutch über ihre Schulter hinweg auf das Dach des Wagens.

Ein Menschenleben an rasenden Herzschlägen maß die Sekunden, in denen sie dicht beieinander blieben und der Rausch in einer durch Leidenschaft hervorgerufenen Entgiftung rapide ihr System verließ.

„Du weißt, dass ich das nicht will." Seine Hand kehrte an ihre Hüfte zurück. „Noch nicht."

Das Pulsieren seines Glieds drückte gegen sie. Der Umfang und die Länge ließen ihr das Wasser im Mund zusammenlaufen. Sie konnte sich nicht rühren. Es lag nicht an dem unentrinnbaren Käfig seiner Arme. Es lag an seiner Nähe. Dem Versprechen von mehr.

„Bist du sicher, dass du das jetzt tun willst?", fragte er und ließ seinen Atem über ihre Wange streichen, was in überschneidenden Dosen zu einem Hochgefühl, einer Gänsehaut und Übelkeit führte.

Dieser Mann machte sie völlig fertig.

„Bist du sicher, dass du es hier zu Ende bringen willst?" Er versenkte sein Gesicht in ihrem Haar, und seine Nase kitzelte ihren Nacken, sein Bart kratzte ihre Haut. Er packte ihr Kinn, um ihren Blick auf seine durchdringenden Augen zu lenken, während sein Oberschenkel ihre teilte und sein Gewicht sie gegen das Auto drängte.

„Ja." Das Wort war ein atemloses Hauchen. „Hier. Jetzt."

Er stieß gegen sie, entriss ihrer Kehle ein Wimmern. Er war schon so kurz davor, sie zu nehmen, ein bloßes Öffnen seines Gürtels und ein Hochschieben ihres Kleides entfernt. Sie konnte bereits erahnen, wie verheerend die Penetration sein würde. Wie perfekt. Aber ... „Ich habe Angst, dass es nicht gut ausgeht."

Sie brauchte seine Zusicherung. Sehnte sich genauso sehr danach wie nach seinem Schwanz.

„Spielt keine Rolle. Wir wissen beide, dass es unvermeidlich ist", entgegnete er und packte ihr Kleid.

Sie konnte ihn nicht aufhalten. *Wollte* ihn nicht aufhalten. Ihr Körper ließ ihr keine Wahl.

Alles, wozu sie in der Lage war, war in das grimmige Gesicht zu starren, das sie besitzergreifend anfunkelte, als er ihren Saum anhob. Zentimeter für Zentimeter wanderte das enge Material ihren Körper hinauf und enthüllte mit quälender Langsamkeit ihr Fleisch. Die kühle Nachtluft drang zwischen ihre Schenkel, an ihre Hüften, ihr Geschlecht. Und noch immer hielten diese Augen sie fest, lasen die Reaktionen, die sie zu verbergen versuchte.

Er ließ den Stoff los, um ihn um ihre Taille zu wickeln, dann glitten seine Hände ihre nackte Haut hinunter und versengten das Fleisch, das sie berührten.

„Es war nicht gelogen, dass du keine Unterwäsche trägst.“

„Ich habe keinen Grund dich anzulügen.“ Sie hätte lachen können angesichts der Scheinheiligkeit. Sie hatte ihn den ganzen Abend über belogen. Ebenso am Nachmittag. Sie hatte in Bezug auf ihre Gefühle gelogen. Bezogen auf ihre Intention. Sie hatte gelogen und gelogen und gelogen. Sogar sich selbst gegenüber. „Dieses Kleid sieht mit sichtbaren Slipkonturen nicht annähernd so sexy aus.“ Sie log schon wieder. Die Unterwäsche fehlte, um ihn zu verführen. Um zu sehen, ob sie eine ähnliche Wirkung auf ihn hatte wie er auf sie.

„Nun ...“ Er grinste. „Ich habe Ehrlichkeit nie mehr geschätzt als jetzt gerade.“ Er ergriff ihr Kinn und forderte ihre Aufmerksamkeit. Eine sanfte Fingerkuppe glitt über ihre kribbelnde Unterlippe, die Berührung schmerzhafter und emotionaler als alles, was sie erwartet hatte.

In ihrem Innersten tobte Krieg. Eine Hälfte von ihr schrie zu nehmen, was sie kriegen konnte. Die andere schmerzte danach ihm verständlich zu machen, was ein weiterer Kuss bedeuten würde. Auch wenn es sonst niemals jemand verstanden hatte. Nicht einmal ihre Mutter oder Kim.

Als er sich diesmal vorbeugte, hielt sie den Atem an und wartete auf seinen nächsten Schritt. Seine verführerischen Lippen näherten sich, nur um in letzter Sekunde abzuweichen und ihre Wangen zu versengen. „Ich hätte schwören können, dass du nicht der Typ bist, der es auf einem Parkplatz treibt“, flüsterte er gegen ihre Haut. „Aber du hast die Angewohnheit mich zu überraschen.“

Sein Bart streifte jede bedeutsame Stelle auf dem Weg entlang ihres Kiefers und weiter, zu dem sensiblen Punkt unter ihrem Ohr. Sie wollte die fehlgeleiteten Empfindungen hassen. Wollte ihn im Allgemeinen hassen. Dann verwandelten sich seine leichten Küsse in ein Knabbern, das Knabbern in Bisse und Saugen, bis er ihren Hals mit solch erotischer Effektivität verwüstete, dass sie sich fest an seine Schultern klammerte für mehr.

„Nimm den Schal ab." Er presste sich in sie, seine Erektion dick und pulsierend zwischen ihnen.

„Wenn ich ihn abnehme, wirst du dann noch mehr Spuren hinterlassen?"

„Ohne jeden Zweifel."

Oh, Gott. Eine bessere Antwort hätte sie sich nicht wünschen können.

Sie nahm die Seide von ihrem Hals. Das delikate Gleiten löste eine Gänsehaut aus. Ein Prickeln brach auf ihrer ganzen Haut aus. Sie hielt ihm das Material hin und tat so, als hätte es keinen Effekt auf sie, als er seine Hand über ihre schob und den Schal aus ihrem Griff zog.

„Jetzt öffne den Mund."

Sie wich zurück. „Wie bitte?"

„Vertrau mir, du wirst etwas in deinem Mund haben wollen, das dein Schreien unterdrückt."

„Ich werde still sein."

„Wirklich?" Er ließ den Arm mit der Seide an seine Seite sinken, während seine freie Hand über die getrimmten Locken am Ansatz ihrer Oberschenkel streichelte. Mit einer schnellen Fingerbewegung streifte er ihre Klitoris und teilte ihre Falten, um ihren Spalt zu necken. Das lustvolle Gefühl ließ sie lang, leise und völlig unkontrolliert aufstöhnen.

„Willst du dein Versprechen nochmal überdenken?" Er rieb mit zwei Fingerspitzen über ihren Eingang und ließ seine Magie walten.

Ihr Brustkorb explodierte, und das Schrapnell schoss in ihre Brüste, ihren Unterleib und in ihr Innerstes.

„Was glaubst du, wie du reagieren wirst, wenn ich meinen Schwanz hier versenke?"

Er hob gleichzeitig mit dem Schal eine selbstsichere Braue.

Verdammt sei er. Für alles.

„Na schön." Sie streckte ihr Kinn vor und wartete.

Seine Augen glühten, als er seine Finger zwischen ihren Beinen entfernte, um den Stoff in ihren Mund zu stecken. Sie biss darauf, während er ihn in ihrem Nacken über Kreuz legte und ihn dann zurück nach vorne führte, um ihn über ihre Brüste hängen zu lassen.

„Jetzt gib mir deine Handgelenke."

Sie schüttelte den Kopf und spuckte das Material aus. „Nein."

„Vertraust du mir nicht?"

„Nein, tue ich nicht. Nicht, wenn ich ohnehin schon verwundbar genug bin."

Ein Anflug von Zurückweisung huschte über sein Gesicht. „Ich würde dir nie wehtun, Ella. Nicht so."

Nicht. So.

Nur auf jede andere erdenkliche Weise.

Er drückte die Seide zurück zwischen ihre Lippen und verknotete sie in ihrem Nacken. „So. Bildschön und noch einladender, jetzt, wo du nicht mehr sprechen kannst."

„Du bist unmöglich, weißt du das?" Die Worte waren ein unverständliches Gemurmel.

„Was sagst du?"

„Fick dich."

Er feixte. „Das wirst du früh genug."

Eine Hand glitt zwischen sie, seine talentierten Finger fanden zurück an ihren Eingang und spreizten ihre Falten. Diesmal war ihr begleitendes Wimmern fast tonlos, erstickt von feinem Stoff.

„So ist es besser." Er beugte sich vor. „Jetzt muss ich mich nicht zurückhalten."

Sie würde es hassen, wenn er das tun müsste. Sie konnte es kaum erwarten, seine Hemmungslosigkeit zu sehen. Seine Zurückhaltung und letztendliche Kapitulation.

„Ich liebe es, dass du immer feucht für mich bist. Bist du das für jeden?"

Sie schüttelte den Kopf. *Nein.* Für niemanden außer ihm.

„Gut." Er malte mit zwei Fingern Kreise, ohne in der Bewegung innezuhalten, als er eine Geldbörse aus seiner Gesäßtasche holte, sie aufschlug und sie an seine Hüfte stützte, um ein Kondom aus dem Fach für die Scheine zu ziehen. Sobald er hatte, was er wollte, ließ er die Geldbörse zu Boden fallen, wobei sich Karten, Münzen und Scheine über den Asphalt verstreuten.

Er schien es nicht zu bemerken. Es schien ihn nicht zu kümmern.

Er steckte sich die Kondompackung zwischen seine Zähne und öffnete einhändig seinen Gürtel. Das Klimpern von Metall auf Metall schnitt durch die friedliche Nachtluft, gefolgt von dem Geräusch seines Reißverschlusses. Sie schaute zu, hielt den Atem an, als er seinen Hosenbund nach unten schob und sein erigiertes Glied mit der Faust umschloss.

Sie würde es wirklich tun. Würde sich wirklich in eine Situation stürzen, die nur mit Herzschmerz enden konnte. *Wieder einmal.*

Aber wen kümmerte das schon?

Sie hatte sich schon einmal erholt.

Sie streckte eine Hand aus, fuhr mit ihren Nägeln an seinem Schaft entlang, dann umfasste sie mit festem Druck seinen Ansatz.

„Fuck." Das Fluchwort war kehlig, wehrlos und absolut perfekt.

Hinter dem Tuch lächelte sie.

Er ließ seinen Schwanz los und spuckte die Kondompackung in seine Handfläche. „Du willst also, dass ich mich in deine Hand entlade, ist es das?" Er schloss die Augen und ließ den Kopf zurückfallen. Das Schlimmste daran war, dass seine Finger ihrer Mitte entglitten. „Komm schon, Liebes. Du musst mich das Ding überziehen lassen. Keiner von uns beiden will, dass ich so zum Ende komme."

Doch vielleicht wollte sie das.

Vielleicht war es das Beste für sie beide.

Er war unter ihrer Kontrolle, empfänglich für ihre Berührung, genau wie sie für seine. Das Wissen machte ihre Anziehung zu ihm umso strafender. Er war so schön, sein Gesicht eine Mischung aus Anspannung und Kontrolle, während das Mondlicht auf seine rauen Züge hinabstrahlte.

„Ella." Wie er ihren Spitznamen aussprach – das Flehen, die Leidenschaft, die Lust. „Das ist nicht das, was du willst ... Du

brauchst meine Hände auf deinem Arsch ... Meinen Mund an deinem Hals ... Meinen Schwanz in deiner Pussy.“

Ihre Lippen brannten vor Trockenheit, die sie nicht weglecken konnte. Sie konnte lediglich auf Seide beißen und wimmern.

„Du hast fünf Sekunden“, raunte er. „Vier ...“

Ihre Berührung wanderte zur Spitze seines Schafts hinauf und rieb über die Feuchtigkeit, die aus seinem Schlitz perlte.

„Ich habe gelogen.“ Er packte ihr Handgelenk und zerrte es weg. „Das war‘s.“ Sein anderer Arm schlängelte sich um ihren Rücken, um sie hochzuheben. „Beine um meine Taille.“

Ohne nachzudenken fügte sie sich, ihr Hintern gegen die Seite des Fahrzeugs gedrückt, sein Schwanz an ihrem Eingang positioniert, während er mit effizienten Bewegungen den Schutz über seine Länge arbeitete.

Allzu bald war er bereit und sah sie an, als würde er um Erlaubnis bitten.

„Tu es“, murmelte sie um den Knebel herum. „Tu es endlich.“

Er biss die Zähne zusammen. „Bist du sicher?“

Zum Teufel mit ihm und seiner liebevollen Besorgnis.

Sie schlang ihre Hände um seinen Hals und versenkte ihre Nägel tief darin. Für den Fall, dass die Kratzer nicht ausreichten, um ihn zur Eile zu bewegen, würde es auf jeden Fall der Stoß ihrer Hüften tun.

Mit einer Hand an seiner Schaftspitze rieb er sie vor und zurück über ihren Eingang. Sie wusste nicht, wo sie hinsehen sollte – auf seinen beeindruckenden Schwanz, seine muskulöse Brust oder in die durchdringenden Augen, die gerade von losen Haarsträhnen umrahmt waren.

Er blinzelte ihr entgegen, Schweißperlen auf seiner Stirn, und streckte seine Zunge heraus, um seine herrlichen Lippen zu befeuchten. Sie verlor sich in dem Augenblick. Verlor sich in ihm.

Mit einem einzigen langen, bestrafenden Schwung seiner Hüften stieß er in sie hinein und stahl ihr damit komplett den Atem aus den Lungen. Die Gedanken aus dem Kopf. Es gab nur noch Reibung. Nur noch Vergnügen.

Sie schrie auf, ihr Kopf fiel zurück, ihre Finger krampften sich in seinem Nacken zusammen. Seine Hitze umgab ihre Brust und grub sich tief in sie hinein. Seine Hüften wiegten sich in einem langsamen, quälenden Rhythmus, und sie wimmerte bei jeder Bewegung, das Geräusch lauter und lauter in ihren eigenen Ohren.

„Hey." Sein Mund war einen Millimeter von ihrem entfernt. „Sei leise, Liebes. Diese schäbige Umgebung wird kein angenehmes Publikum bieten können."

Ihre Atmung beschleunigte sich mit ihrem ruckartigen Nicken, und sie biss in die Seide, um die Zähne in ihre Unterlippe zu bohren. Sie wackelte herum in dem Versuch, ihren Po auf dem Rand des Fensters zu positionieren, und rutschte weg.

„Schon okay." Er umklammerte sie fest. „Ich habe dich."

Hatte er das? Wirklich?

Körperlich war er da. Doch sie war sich nicht sicher, ob er emotional existierte.

„Fuck." Er stieß zu. Immer und immer wieder. Jedem lustbringenden Impuls folgte ein gekeuchter Atemzug an ihren Lippen. „Was machst du mit mir?"

Sie schloss die Augen, wünschte sich, sie könnte auch ihre Ohren schließen, weil seine Worte in ihre Seele sanken, um nie wieder von dort entfernt zu werden. *So verdammt gut ... Machst mich wahnsinnig ... Fuck ... Das verdammt Beste ...* Sie wollte schreien, dass er aufhören soll, und betteln, dass es niemals enden möge.

Er küsste ihren Hals, ihre Schulter, dann das tiefe V ihres Kleides und markierte die Rundungen ihrer Brüste mit Lippen, Zunge und Bart. Sie war nie lebendiger gewesen. Hoffnungsvoller. Sie wollte die Welt mit diesem Mann teilen und war überzeugt, dass er sich nach dem Gleichen sehnte. Vielleicht nicht an der Oberfläche, aber tief im Inneren. Tief, *tief* im Inneren. Fast zum Greifen nah.

„Ich will alles Mögliche mit dir anstellen." Er stieß hart zu. Wieder und wieder, jedes Wiegen heftiger als das vorherige.

„Ja", keuchte sie um den Knebel herum. „Mehr."

Sie war schon kurz davor. Irgendwie verstand er sie. Wusste, wo er sie zu berühren hatte. Worauf er sich konzentrieren musste.

Durch ihr Kleid hindurch streifte er ihre Brustwarzen. Das erste Mal war zu sachte, das zweite Mal zu hart. Das dritte und jedes Mal danach waren absolute Perfektion. Er war Goldlöckchen. Probierte alles aus, um das Richtige zu finden. Er hatte sogar die dazu passenden Haare.

„Warum lächelst du?" Seine Nase strich über ihre.

Sie konnte es nicht erklären, selbst wenn sie körperlich dazu in der Lage gewesen wäre.

„Ich liebe dein Lächeln." Er schmiegte sich an ihre Wange, wobei sein Bart Spuren hinterließ. „Es ist das verdammt Schönste, das ich je gesehen habe."

Ihr Grinsen verflüchtigte sich und purer Schock trat an seine Stelle. *Oh, Gott.* Ihr Herz blieb stehen. Es setzte nicht wieder ein – es blieb einfach untätig, als sein Mund über ihren wanderte und schließlich an einem ihrer Mundwinkel verharrte.

„Was?" Er lehnte sich zurück. „Was ist? Habe ich etwas falsch gemacht?"

Wieder verstärkte er ihre Bewunderung, indem er ihr eine weitere Seite von sich zeigte, die noch faszinierender war als die Dinge an ihm, denen sie bereits verfallen war.

Er erstarrte, seine sexy Hüftbewegungen verebbten. „Ella?"

Sie entfernte den Schal aus ihrem Mund. Sie scherte sich nicht länger darum, ob sie eine Menschenmenge anlockte, denn sie konnte es keinen Augenblick länger ohne seinen Kuss aushalten. „Du hast alles richtig gemacht."

Sie schob eine Hand in sein Haar und zog sein Gesicht an ihres, um seine Lippen zu stehlen. Ihre Verbindung fing Feuer, und die Mischung aus Zungen und Zähnen und wiedererwachten Stößen steigerte sich in eine verrückte Intensität, durch die sich jeder Zentimeter von ihr in jeden Zentimeter von ihm verliebte.

Er küsste sie so hart wie sein Schwanz sie bearbeitete. Und verehrte sie ebenso liebevoll. Seine Berührung war ein herrlicher Kontrast zu all den aufeinanderprallenden Körperteilen.

„Gleich hast du mich soweit", sagte sie in seinen Mund und zog an seinen Haaren.

„Das will ich verdammt nochmal hoffen."

Ihr Innerstes zog sich um seine Länge zusammen, kleine Zuckungen, die sich schnell zur kurz bevorstehenden Glückseligkeit aufbauten. „Bryan ..."

„Ich habe dich."

Das hatte er. Das hatte er wirklich.

Sie verlor die Kontrolle, Wimmerlaute bildeten sich in ihrer Kehle, nur um von seinem Mund erstickt zu werden. Er küsste sie weiter. Machte weiter Liebe mit ihr, wie niemand zuvor je Liebe mit ihr gemacht hatte.

„Scheiße.“ Seine Finger gruben sich in ihren Po, markierten Fleisch, von dem sie nie wollte, dass es heilte. Er pumpte seine Hüften, verlängerte ihren Orgasmus, während er ebenfalls kam, Stoß um peinigenden Stoß.

Er biss und saugte und leckte. Bäumte sich auf und streichelte und drückte zu.

Ihre Welt verwandelte sich in eine einzige Masse kribbelnder Empfindungen, welche anschließend ebenso schnell wieder verflogen.

Sternexplosionen wurden zu Funken. Pulse reduzierten sich zu Zuckungen. Sie lehnte sich zurück, keuchte in die Nachtluft, während sein Rhythmus zu einem langsamen Tanz wurde.

Sie ließ sich gegen seine Schulter sinken. Sein Duft erfüllte ihre Lungen, sein Schweiß bedeckte ihre Wange.

Einen Moment lang war sie von Glückseligkeit erobert. Im nächsten machte sie das schwere Gewicht der Realität taub. Sie war diesem Mann nicht nur ein wenig verfallen – sie hatte sich einen Abhang von der Größe des Mount Everest hinuntergestürzt.

„Ella“, flüsterte er in ihren Nacken, ein Hauch von Reue in seiner Stimme.

Sie schloss die Augen, wollte von der Härte, die unausweichlich auf all die sexy liebevollen Gesten folgen würde, nichts wissen. „Hmm?“

„Es tut mir leid, dass es enden musste.“

Ihr Herz schwoll an, als sie den engen Knoten der Seide um ihren Hals löste. „Es *musste* enden? Wie meinst du das?“

Er sprach in der Vergangenheitsform, als wäre es schon vorbei. Als wäre es eine ausgemachte Sache gewesen, dass sie eine monumentale tiefe Verbindung teilen und sich dann gegenseitig zum Abschied winken würden.

Er setzte sie auf ihre Füße und trat stirnrunzelnd zurück. „Du wusstest, dass das gerade das Ende bedeutet, oder?“

Ihre Augen brannten und drohten sie zu verraten.

„Ella?“ Seine Stimme wurde warnend. „Du wusstest, dass das Spiel vorbei sein würde, sobald wir miteinander schlafen.“

Sie blinzelte und blinzelte und versuchte ihre Ahnungslosigkeit zu verbergen, während er seine Kleidung zurechtrückte.

„Ich habe es dir von Anfang an gesagt. Ich sage es *allen* von Anfang an."

„Ja." Sie schluckte. Leckte sich die Lippen. „Ich wusste es. Ich habe nur …" Sie zerrte am Saum ihres Kleides und schnappte sich ihre Clutch vom Autodach. „Ich habe nur nicht—" Sie schloss den Mund und schlich in kleinen, vorsichtigen Schritten rückwärts.

„Warte." Er strecke eine Hand aus, doch sie verfehlte ihr Ziel. „Ich dachte, du hättest es verstanden. Du hast davon geredet, dass es nicht gut enden würde. Ich habe mir von dir versichern lassen, dass du es *hier und jetzt* beenden willst. Ich habe dich gefragt, Ella. Ich dachte, wir wären auf derselben Wellenlänge."

Sie war nicht einmal im selben Ozean gewesen.

Sie hatte vorübergehend seine Regeln und Vorschriften vergessen, zu geblendet von träumerischen Gedanken an das, was sein könnte. Sie hatte sich eingeredet, dass etwas Besonderes möglich war. Genau wie sie es bei Lucas getan hatte.

„Das waren wir", log sie mit einem ruckartigen Nicken. „Das *sind* wir."

„Wieso siehst du mich dann an, als ob …"

Sag es nicht. Bitte sag es nicht.

„Wieso weichst du von mir zurück?", revidierte er.

„Weil es das ist, was du willst." Sie hielt an und befahl ihren Füßen, an Ort und Stelle zu bleiben, obwohl es sie danach juckte, sich ihrer High-Heels zu entledigen und loszusprinten. „Ich gebe dir Freiraum. Ich weiß, wie sehr du anhängliche Frauen hasst."

Er verzog das Gesicht, und für einen kurzen Moment rechnete sie damit, dass er ihr sagte, sie solle in seine Arme zurückkehren.

Sie lag wieder einmal daneben.

Warum irrte sie sich in solchen Situationen immer wieder so dermaßen? Sie setzte ihre Hoffnung auf die Liebe, wenn sie nirgendwo in Sicht war. Sie verliebte sich ständig in Männer, die nicht die Absicht hatten, sich in sie zu verlieben.

„Hast du erwartet, dass sich mehr daraus entwickeln würde?" Sein Kiefer spannte sich an, während seine Hände durch sein Haar fuhren. „Ich kann dich verdammt nochmal nicht lesen."

„*Nein*", log sie und suchte verzweifelt nach einer soliden

Argumentation. „Ich hätte nur nicht gedacht, dass du mich in der einen Minute vögeln und in der nächsten in die Wüste schicken würdest." Sie bewegte sich rückwärts, jeder Schritt brachte mehr notwendigen Abstand zwischen sie. „Aber ich verstehe schon. Du hast deinen Standpunkt klargemacht. Und ich will ganz sicher nicht als eines deiner Groupies abgestempelt werden."

„*Fuck*." Sein Fluchen durchdrang jeden Winkel des Parkplatzes und erschreckte sie. „Bleib bitte stehen." Er ließ die Hände an seine Seiten fallen. „Ich will nicht, dass du sauer auf mich bist."

„Was spielt das für eine Rolle?" Ihre Frage barg zu viel Herzschmerz, sie konnte ihre eigene Schwäche in ihren Ohren klingeln hören. „Du weißt, ich will meine Mitgliedschaft im *Vault* kündigen. Nach heute Abend wirst du mich nie wiedersehen. Also, wen kümmert's, ob ich sauer bin?"

Er biss die Zähne zusammen. „Mich kümmert's, okay? Ich will, dass du zurück in den Club kommst. Ich will dir helfen, jemanden zu finden."

„Nein, danke." Nicht, wenn sie wollte, dass er dieser Jemand war. „Deine Hilfe heute Abend hat gereicht."

Er trat auf sie zu und erstarrte, als das Knirschen von Plastik unter seiner Sohle ertönte. „*Scheiße*." Er hockte sich hin, um seine Geldbörse und die verstreuten Kreditkarten aufzuheben. „Schau, Ella, ich trage eine Lastwagenladung Ballast auf meinen Schultern. Meine Familie ist beschissen. Die Jungs auf der Arbeit sitzen mir im Nacken wegen des Streits, den wir im Club hatten ..."

„Und das Letzte, was du brauchst, ist was? Dass ich dir Probleme bereite?" Wann war sie zu einer Belastung anstelle eines Trumpfs für seine Vorführung geworden?

Seine Lippen teilten sich, doch eine Antwort schien außer Reichweite. *Alles* war außer Reichweite. Wenn sie es nur über sich bringen würde, sich noch ein wenig weiter zu dehnen. Die perfekten Worte zu finden, die ihn überzeugten. Etwas zu tun, irgendetwas, das ihn aufwachen und die Möglichkeiten direkt vor sich erkennen ließ.

„Du bist ein toller Kerl, Bryan", wisperte sie. „Aber ich verdiene etwas Besseres als das."

Er schnaubte, während seine Hand auf einer schmutzigen Businesskarte innehielt und seine Haare sein umwerfendes

Gesicht umrahmten. Er sah sie nicht an. Rührte sich nicht. „Das kann man wohl sagen." Seine Stimme war kaum hörbar, die Weichheit darin weitaus bestrafender, als wenn er sie angeknurrt hätte.

Er ließ sich auf seine Fersen zurücksinken, und seine funkelnden Augen trafen sie mit vorgetäuschter Aufrichtigkeit. „Was ein verdammtes Chaos, was?"

Sie nickte langsam durch den Unglauben hindurch. „Ja ..."

Was sollte sie sonst sagen? Sie hatte nicht vor hier zu stehen und mit ihm zu diskutieren, während ihr Herz langsam ausblutete. „Ich werde ein Taxi nehmen." Ein Kältegefühl überzog ihre Haut und sank tiefer, in ihre Knochen hinein. Sie wollte ihn hassen und konnte es nicht. Wollte aufhören ihn zu bewundern und versagte auch dabei.

„Warte." Er beeilte sich weitere seiner verstreuten Habseligkeiten aufzusammeln. „Lass mich meinen Kram zusammensuchen, dann können wir zusammen aufbrechen." Er griff nach den Münzen, Scheinen und Kreditkarten, die auf dem Asphalt verstreut lagen. „Gib mir einen Moment."

„Nein. Du willst, dass es jetzt aufhört. Erweise mir wenigstens den Respekt weggehen zu dürfen."

„Das darfst du, sobald ich dich sicher nach Hause gebracht habe."

Die Besorgnis war ein schwerwiegender, unerwarteter Schlag. Er sorgte sich um sie, aber nicht genug, um seine blöden Regeln über Bord zu werfen. „Ich bin schon lange single. Ich bin sicher, ich werde alleine zurechtkommen."

„*Ella.*"

Das Wort zerriss sie – ihre Haut, ihre Rippen, ihr Herz. Sie warf ihm einen letzten Blick zu, nahm all seine Ernsthaftigkeit, die von reiner Schönheit umrahmt war, in sich auf und machte auf dem Absatz kehrt. „Ich habe dir schon einmal gesagt, dass ich so nicht heiße."

KAPITEL FÜNFZEHN

*B*ryan starrte weiter auf seinen Computer, als Shay in der Türöffnung des *Shot of Sin*-Büros erschien. Ihre Anwesenheit verhieß nie etwas Gutes. Jedenfalls nicht in letzter Zeit.

„Wir sind bereit für das Managementmeeting. Wann kommst du runter?"

„Ich lasse es ausfallen." Er hob seinen Blick nicht an. „Macht Notizen für mich."

„Du hast schon das Meeting letzte Woche verpasst. Und das davor."

Er legte seine Handfläche auf den Stift, der auf dem Tisch lag und umklammerte das dünne Plastik mit aller Gewalt. „Und wenn ich es will, verpasse ich das nächste ebenfalls. Ihr wisst, dass ihr meine Anwesenheit nicht zwangsweise benötigt."

„Brute ..." Sie näherte sich seinem Schreibtisch.

„*Shay*, ich bin nicht in der Stimmung."

„Du weißt, dass sie das Meeting einfach hierher verlagern werden, wenn du deinen Arsch nicht nach unten bewegst."

Seine Freunde hatten scheinbar die Nase voll von seinem Verhalten. Wurde auch Zeit. Er hatte schon vor mehr als einer Woche erwartet, dass sie einknicken würden, trotzdem hatte er sich noch nicht aus der Spirale des schlechten Benehmens herausmanövrieren können.

„War das deine brillante Idee?" Er kniff sich in den Nasenrücken. Er kannte die Antwort bereits.

„Du weißt, ich versuche immer herauszufinden, wie ich mehr Brute-Zeit bekommen kann."

Seufzend lehnte er sich in seinem Stuhl zurück. Seit Wochen ignorierte er alle und hatte erfolgreich ausreichend Abstand zu ihnen gehalten, um ihren bohrenden Blicken zu entkommen. „Ich bin in einer Minute unten."

„Gut." Ein leichtes Zucken ihrer Mundwinkel verkündete ihre Freude über ihren Sieg. „Ist denn alles in Ordnung?"

„Warum sollte es das nicht sein?"

„Willst du wirklich, dass ich das genauer ausführe?"

„Was ich will, ist, dass du verdammt nochmal aus meinem Büro verschwindest." Und dass Ella aus seinem Kopf verschwand. Es schien ihm bestimmt zu sein, sich um Frauen zu scheren, die sich einen Dreck um ihn scherten. Zuerst seine Mutter, dann die Sexgöttin im *Vault*, die seine grauen Zellen durch ein Minenfeld erbärmlicher Emotionen trieb.

„Das werde ich, sobald du mir nach unten folgst." Sie grinste breit und ging zur Tür zurück. „Komm schon."

„Ich sagte, ich bin in einer Minute unten."

Er musste sich vor dem unvermeidlichen Schwall an Fragen in den Griff bekommen. Fast drei Wochen lang hatte er alle im Stich gelassen, ohne Erklärung oder Gewissensbisse darüber, wieso er sich in seinem Büro verschanzte und verlangte, die öffentlichkeitsscheue Bürozicke zu spielen.

Er hatte Tetris mit dem einst perfekten Dienstplan gespielt und die Mitarbeiter wie Puzzleteile umhergeschoben, um die Löcher zu stopfen, die seine Abwesenheit verursachte. Das Einzige, womit er zurechtkam, waren E-Mails, Lagerbestellungen und Buchhaltung. Alles übrige war T.J. und Leo überlassen worden, mitsamt einem verstimmten Mitarbeiterteam, das ihn sowieso nie gemocht hatte.

Die meiste Zeit saß er da, starrte auf das Telefon und wartete auf Anrufe, die nie kamen. Einer aus Tampa. Der andere von Ella.

Keines der beiden Telefonate schien wahrscheinlich, und jeder Tag der Funkstille machte ihn verdrossener. Auf sich selbst. Er hätte es in beiderlei Hinsicht besser wissen sollen als ein anderes Ergebnis zu erwarten.

Aber er hatte Ella Tage nach ihrem Abend auf dem Parkplatz eine Nachricht geschrieben. Es war nichts Großartiges gewesen. Ein paar Sätze, um ein Gespräch anzustoßen, das nie stattgefunden hatte – *Ich habe deine Bücher einem örtlichen Onkologen gegeben. Er war dankbar für deine Spende und sagte, er werde sie an interessierte Patienten weitergeben.*

Er konnte ihr nicht verübeln, dass sie den Kontakt zu ihm abgebrochen hatte. Das hatte er erreichen wollen, indem er mit ihr schlief. *Das*, und sie möglichst weit weg von dem Deppen an der Bar wegzubekommen, der keine fünf Sekunden erübrigen konnte, um sie zu fragen, was sie trinken wollte.

Sie hatte Besseres verdient.

Um ehrlich zu sein, hatte sie auch etwas Besseres verdient als jemanden, der sie inmitten eines Sexclubs zur Rede stellte. Oder sie auf einem dunklen Parkplatz in einer beschissenen Gegend vögelte. Oder sie allein ein Taxi nach Hause nehmen ließ, nachdem sie getrunken hatte.

Er war nicht besser als der Champagner kaufende Vollidiot.

Und ihre ausbleibende Antwort war ein guter Hinweis darauf, dass sie das genauso sah.

„Was ist los mit dir, Brute?"

„*Scheiße.*" Er erschrak beim Klang von Shays Stimme. „Warum lungerst du immer noch hier herum?"

Sie legte den Kopf schief und begutachtete jeden Zentimeter seines Gesichts. „Mit dir stimmt wirklich etwas ganz gewaltig nicht, oder?"

„Abgesehen von meiner Verärgerung über deine ständige Nachfragerei ist alles okay." Die überhandnehmenden Gedanken an eine Rückkehr nach Tampa halfen ebenso wenig. Er hatte jeden verdammten Tag erwogen, den Trip anzutreten. Es gab ein Kriegsbeil zu begraben, und sei es nur um seinetwillen, schließlich hatten seine Eltern deutlich gemacht, dass sie sich nach wie vor wünschten, er wäre verschluckt worden anstatt gezeugt zu werden.

Aber es war an der Zeit, einen Schlussstrich zu ziehen, oder nicht?

Zumindest etwas in der Art. Er hatte einen zusammengeschusterten Onlineartikel gelesen, der Absätze mit psychologischem Gefasel enthielt, in denen sämtliche Gründe dafür genannt wurden, wieso es sich lohnt, der bessere Mensch zu sein. Jeder einzelne davon ergab Sinn. Nur nicht genug, um ihn zu überzeugen, seine Koffer zu packen.

Zumindest noch nicht.

„Bist du sicher? Du warst in letzter Zeit nicht unbedingt Brute-ähnlich. Ich habe darüber nachgedacht, deinen Spitznamen in Melone zu ändern."

Er machte ein düsteres Gesicht.

„Weil du so melancholisch bist", erklärte sie.

Er presste alle Luft aus seinen Lungen. Vor Ella hatte ihn Shay mit ihren Sticheleien auf Trab gehalten. Sie war ein Ärgernis, dem er gerne die Stirn bot. Jetzt wollte er einfach nur seinen Kopf nach hinten gegen den Stuhl sinken lassen und schlafen. „Raus hier, Shay."

„Siehst du, genau das ist ein deutliches Zeichen für deinen Melonen-Zustand. Brute hätte gesagt, dass ich es ruhig versuchen soll, wenn ich herausfinden will, wie es mir in der Arbeitslosenschlange gefällt. Doch Melonen-Brute hier schlägt einen niedergeschlagenen Tonfall an und sagt mir, dass ich gehen soll."

„Ich habe keine Zeit für sowas."

Ihre Miene erstarrte, als sie ihn betrachtete, dann verwandelte sich ihr Ausdruck allmählich, bis ein eindringlicher besorgter Blick auf ihm lastete. „Jetzt fange ich wirklich an mir Sorgen zu machen."

„Hör zu, mir geht es gut, okay? Ich muss mich mit einem Haufen Scheiße auseinandersetzen. Privater Scheiße. Aber es ist nichts, womit ich nicht fertig werde."

„Du weißt, du kannst mit mir reden, wenn du jemanden brauchst."

Er starrte sie an. „Ernsthaft?"

„Sei nicht so. Wir sind Freunde. Du bist mir wichtig."

Er schloss die Augen und massierte seine Lider. „Ich bin nicht der redselige Typ, das weißt du." Wenigstens war er das nicht gewesen. Bis Ella daherkam. Diese Frau schien verbalen Durchfall in ihm auszulösen. Sie wusste gerade mehr über sein Leben als seine engsten Freunde.

„Aber vielleicht solltest du das sein. Es würde dich nicht umbringen.“

„Vielleicht doch.“

Sie gluckste halbherzig. „Wie du willst. Aber nur, damit du es weißt: Wenn du in fünf Minuten nicht unten bist, bringe ich das Team hierher.“

„Ja, ist angekommen.“

Ihre Schritte verhallten den Flur hinunter, was dem Mist, der ihm durch den Kopf ging, erlaubte, sich wieder zusammenzufinden und an Boden zu gewinnen. Diese ganze Geschichte hatte angefangen, weil Shay wollte, dass er einer x-beliebigen Frau zu einem Orgasmus verhalf.

Doch Ella hatte sich nicht als x-beliebige Frau entpuppt, und was er ihr gegeben hatte, war nicht bloß ein Orgasmus gewesen. Sie hatte weitaus mehr von ihm genommen. Zu viel mehr. Und er hatte keine Ahnung, wie er diese Teile von sich zurückbekommen sollte.

Er steckte fest und fühlte sich gleichzeitig zu hohl und zu schwer. Da war Dunkelheit, aber auch völlige Klarheit. Unvorhersehbarkeit und schmerzhafte Routine.

Er erhob sich von seinem Stuhl und machte sich auf den Weg nach unten, um die Abstrafung hinter sich zu bringen. Es hatte keinen Sinn es noch länger auszusitzen. Seine Freunde waren geduldig gewesen, wesentlich geduldiger als er es an ihrer Stelle gewesen wäre.

Sie saßen alle in einer Reihe auf den Hockern an der Hauptbar des *Shot of Sin*. Leo, Shay, Cassie und T.J. – sie alle hatten denselben leeren Ausdruck im Gesicht, als er hinter die Bar trat, um ihnen frontal gegenüberzutreten.

„Du bist spät dran.“ Leo schob einen Poststapel über den Tresen. „Und du solltest eventuell in Betracht ziehen, ab und zu mal die Post zu checken, wenn du planst, weiterhin die Bürozicke zu spielen. Das muss wochenlang in unserem Briefkasten gelegen haben.“

„Es stand auf meiner To-Do-Liste.“ Er packte die Umschläge, blätterte den Stapel durch und sah sich mit einer Fülle an potentiellen Rechnungen und einem handbeschriebenen Umschlag konfrontiert.

„Du scheinst im Büro viel zu tun zu haben." T.J.s Aussage klang eher wie einer Frage.

„Wie bekommt dir die Detox-Kur vom *Vault*?", fragte Cassie.

„Ist ein Zuckerschlecken." Das war keine Lüge. Er hatte seit Wochen keinen Fuß in den Sexclub gesetzt und hatte kein Interesse daran, das in naher Zukunft zu ändern. Nicht, bevor er seinen Kopf nicht wieder freibekommen hatte. Und seinen Schwanz.

„Apropos To-Do-Listen." Leo räusperte sich. "Hast du allen das Geld für den Vorführungsabend erstattet?"

Bei der Erinnerung daran verkrampfte er sich. „Ist erledigt." Er riss den ersten Umschlag auf und holte die gefaltete Rechnung darin heraus, bevor er den Müll auf die Theke schmiss. „Ich habe allen Betroffenen das Geld zurückerstattet."

„Hast du die Absage näher erläutert?"

„Das geht niemanden etwas an."

„Nicht einmal uns?", forderte ihn Leo mit einem Blick heraus. „Was ist passiert, Brute? Seit Wochen fassen wir dich mit Samthandschuhen an, aber jetzt ist es Zeit für eine Erklärung. Ich dachte, du wärst entschlossen gewesen, die Frauen nicht gewinnen zu lassen."

„Sie haben nicht gewonnen. Ich brauchte eine Pause vom *Vault*." Nicht nur von der Kulisse, der Fleischeslust und den Menschen. Er brauchte eine Pause, um nicht daran erinnert zu werden, was ihn in diesen Irrsinn getrieben hatte. „Ella konnte auch nicht teilnehmen. Also kam die Absage uns beiden gelegen."

„Hast du ihr den Mitgliedsbeitrag erstattet?", fragte T.J. „Es wäre eine schöne Geste des guten Willens."

Seine Hand, die dabei war, den zweiten Umschlag aufzureißen, geriet ins Stocken. „Ich werde sie nicht aus dem Club schmeißen. Sie kann zurückkommen, wann immer sie will."

„Sie kommt nicht zurück", teilte Cassie ihm leise mit.

Er fuhr damit fort, den Umschlag zu öffnen, sein Blick auf das zerfetzte Papier konzentriert. Hinter seinem Brustbein wurde es plötzlich eng, als der Schmerz zunahm durch das Bedürfnis nach Antworten auf Fragen, die er nicht äußern wollte. Enger und enger schnürten sich seine Lungen zusammen, bis er es nicht mehr aushielt. „Ihr habt mit ihr gesprochen?“

„Ich habe sie angerufen“, antwortete Shay.

Er kippte die Rechnung aus dem Umschlag, warf den Müll auf den Tresen und begann dann den Prozess von neuem. „Mir war nicht bewusst, dass ihr beide Freunde seid.“

„Sind wir nicht. Nicht wirklich. Aber ich wollte mich nach ihr erkundigen.“

„Woher hast du ihre Nummer?“ Er konnte die erbärmliche Eifersucht in seiner Stimme nicht verbergen.

"Ich habe in der *Vault*-Datenbank nachgesehen.“

Sein Fuß tippte gegen die polierten Dielen, der ungezügelte Rhythmus außer seiner Kontrolle. „Du warst an meinem Computer?“

„Sie war an *unserem* Computer“, korrigierte T.J.

„Richtig.“ Er schlitzte einen weiteren Umschlag auf und wandte sich wieder an Shay. „Und sie sagte, sie würde nicht mehr zurückkommen?“

Das Nicken und der begleitende mitleidige Blick reichten aus, dass seine Finger das Papier zerfetzten.

„Sagte sie, warum nicht?“ Er kannte ihren tatsächlichen Grund bereits – sie interessierte sich für niemandem im *Vault*. Doch er hatte gehofft, dass ihre Meinung sich mit der Zeit ändern würde.

„Fragst du, weil du hoffst, dass wir die Antwort nicht kennen?“ Cassie stützte ihre Ellbogen auf die Bar und beugte sich interessiert vor. „Oder weißt du es wirklich nicht?“

Er schredderte einen weiteren Umschlag und hielt seinen Mund, wollte nicht zugeben, dass die Schuld bei ihm lag. Er musste sich seine erbärmliche Existenz nicht noch erschweren.

Shay seufzte.

Leo verschränkte die Arme vor seinem Oberkörper.

Cassie warf T.J. einen Blick zu, während ihr Mann ihn mit einem mitfühlenden Blick fixierte.

In kurzer Abfolge öffnete er drei Umschläge und zog die jeweiligen Informationen daraus hervor. „Was steht als nächstes auf der Tagesordnung?“

Unbehagliches Schweigen entstand, bis T.J. den Mumm hatte, es zu füllen. „Wir haben das aktuelle Problem noch nicht gelöst.

Kannst du ihr die Mitgliedschaft erstatten? Zum Beispiel indem du einen Scheck erstellst und ihn zur Post bringst?"

Ein weiterer Umschlag starb in seinen Händen, als er die vordere Hälfte in zwei Teile riss. Er wollte nicht öfter an sie denken, als er es ohnehin tat. Er wollte ihre Daten nicht auf seinem Rechner nachschlagen. Oder ihren Namen auf einen Scheck schreiben. Doch diesen Tod zu sterben und sich seine Freunde damit vom Hals zu halten, war das kleinere von zwei Übeln. „Ja, kein Problem. Ich kümmere mich darum."

„Großartig. Dann können wir weitermachen." Cassie warf ihren Mitverschwörern einen warnenden Blick zu und bekräftigte auf diese Weise wortlos, wie mitleiderregend und launisch er war. „Nächster Punkt auf der Liste ist die Option eines Tanzabends für Minderjährige."

Das war sein Stichwort sich aus dem Gespräch auszuklinken. Ihm war alles vollkommen egal. Alles fühlte sich roh und unangenehm an. Selbst die Beantwortung der einfachsten Fragen. Alles wegen Ella – einer Frau, die nicht angerufen hatte, die offensichtlich nicht vorhatte ihn wiederzusehen.

Sie hatte ihn vergessen.

Und all seiner Entschlossenheit und Konzentration zum Trotz schien es ihm nicht möglich zu sein, dasselbe mit ihr zu tun.

Es hatte sich herausgestellt, dass seine Versicherungspolice ein Haufen Schrott war.

Er riss den letzten Umschlag auf, diesmal langsamer, um seine Hände länger beschäftigt zu halten. Diesmal waren da keine gefalteten Seiten. Er teilte die Öffnung und steckte seine Hand hinein, um den darin verborgenen winzigen Zettel herauszuholen.

Ein Zeitungsausschnitt.

Er las die Überschrift und fragte sich, ob er halluzinierte. Er blinzelte, blinzelte noch einmal, und las die Worte erneut. Einen langen Moment starrte er vor sich hin, während seine Brust sich zusammenzog und ihm Galle in die Kehle stieg.

„Brute?", kam Shays Stimme von weit her. Als wäre sie eine Million Meilen entfernt.

„*Bryan?*", fragte Cassie eindringlich. „Was ist das?"

Er steckte den Ausschnitt zurück in den Umschlag und fuhr sich mit der Hand über den Bart, in der Hoffnung, sein

Mittagessen davon zu überzeugen, in seinem Magen zu bleiben. „Nichts." Seine Antwort war starr. „Könnt ihr ohne mich weitermachen? Ich muss die Post erledigen und die Rückerstattung für Ella auf den Weg bringen."

Ella. *Immer Ella.* Selbst in einer Zeit wie dieser stand sie immer noch im Mittelpunkt seiner Gedanken.

Gerunzelte Stirnen richteten sich auf ihn. Und besorgte Augenpaare.

„Was ist hier los?" Leo warf einen Blick auf die Umschläge in Bryans Hand. „Gibt es etwas in der Post, von dem ich wissen sollte?"

„Nein." Damit musste er allein fertig werden. Wie er es schon immer getan hatte. Wie er es immer gewollt hatte. Er hätte nie eine Abweichung davon in Erwägung ziehen dürfen. „Ich setze euch ins Bild, wenn etwas davon wichtig werden sollte."

Er machte sich auf den Weg zur Treppe nach oben. Sobald er außer Sichtweite war, rannte er los, nahm zwei Stufen auf einmal, hastete den Flur entlang, bis er hinter der geschlossenen Tür des Büros war und sich gegen das harte Holz lehnen konnte.

Er war fertig. So verdammt fertig mit dem Leben und der Arbeit und den Menschen.

Die Briefe raschelten in seiner sich schließenden Faust, als das niederschmetternde Gefühl sich eine glühende Spur durch seine Adern fraß. Jeder Zentimeter von ihm war außer Kontrolle – sein Verstand, sein Puls, seine kribbelnden Glieder.

Nie zuvor hatte er etwas mehr gebraucht als jetzt. Doch er wusste beim besten Willen nicht, was dieses Etwas war. Er wusste nur, dass er ein Loch in der Brust hatte. Einen riesigen, klaffenden Krater, der danach schrie ausgefüllt zu werden.

Er konnte deswegen kaum atmen. Konnte wegen des Schmerzes kaum denken. Alles umzingelte ihn – seine Fehler, seine Unsicherheiten. Jede Kleinigkeit, die er an seiner Existenz hasste, stürzte mit genug Wucht auf ihn ein, um ihn zu erdrücken.

Nichts gab ihm Hoffnung.

Nicht. Eine. Sache.

Alles, was er hatte, war die erdrückende Last all der Fehler, die er begangen hatte.

Er eilte zum Schreibtisch, schnappte sich einen unbenutzten

Umschlag aus der Schublade und kritzelte *Pamela* auf die Vorderseite. Diese sechs Buchstaben waren eine Todesstrafe.

Nein. Sie waren eine lebenslange Haftstrafe. Jahrelange ungewollte, sterile Unabhängigkeit.

Er beförderte den Zeitungsausschnitt in den unbeschädigten Umschlag, wobei er darauf achtete, die Worte, die seine Aufmerksamkeit verlangten, nicht zu lesen, um abschließend die Worte darin einzuschließen, indem er die Rückseite zuklebte. Er stand da und starrte auf den Namen, hasste ihn, während seine Wut wuchs und mächtiger wurde.

Er riss sich los und starrte die perfekte Anordnung auf dem Schreibtisch an. Stifte, Post-Its und Schreibwaren hatten alle ihren eigenen Platz, ihre eigene Funktion in der Welt, während er in der Vorhölle feststeckte und darüber nachdachte, wozu er gut war.

Mit einem heftigen Schwung seines Arms beförderte er alles in die Luft und verwandelte damit die Symmetrie in ein chaotisches Durcheinander auf dem Boden. Die Verwüstung brachte Erleichterung und besänftigte ein kleines bisschen seinen Selbsthass.

Er wiederholte es. Diesmal zog er eine Schublade aus dem Schreibtisch und warf sie quer durch den Raum. Das gleiche passierte mit der zweiten Schublade. Und mit den Ablagefächern.

Sein Blut rauschte in schwindelerregender Geschwindigkeit und versetzte ihn in ein benommenes Delirium, das einige seiner Verfehlungen berichtigte.

Die meisten davon, aber nicht alle.

In seinen Gedanken starrte ihn Ella immer noch an. Verspottete ihn. Erinnerte ihn an seinen größten Fehler. Er hätte sie niemals berühren dürfen. Hätte sich nie um sie scheren sollen. Denn jetzt steckte sie in seinem Kopf fest, außerstande wieder hinauszufinden.

Er wollte einfach nur, dass sie wieder hinausfand.

Dass sie ihn in Ruhe ließ.

Dass sie aufhörte, ihn mit der einen Sache zu quälen, die er wollte, die ihm aber niemand jemals geben konnte.

„*Fuck.*" Sein Ausruf hallte von den Wänden wider.

Er musste einen Ausweg finden. Musste es schaffen, dass sein

Kopf aufhörte zu hämmern. Er wirbelte herum, dann blieb sein Blick am Bücherregal hängen. Die parallelen Linien der makellosen Buchrücken schienen ihn mit ihrer Symmetrie zu verspotten.

„Zum Teufel mit euch", fauchte er.

Zum Teufel mit ihrer einfachen Existenz und ihrer harmonischen Balance.

Zum Teufel mit ihrer Leichtigkeit und ihrer Ruhe.

Zum Teufel mit allem und jedem, weil er es nicht länger ertragen konnte.

Atemzüge verließen unter großen Anstrengungen seine Lungen. Seine Glieder schmerzten. Seine Stirn war verschwitzt und erhitzt.

„*Zum. Teufel. Mit. Euch.*" Er stürmte auf das schwere Bücherregal zu und packte es mit beiden Händen. Dann sorgte er mit einem mühelosen Ruck für noch mehr Zerstörung.

KAPITEL SECHZEHN

Pamela hob den Blick, um die Person anzusehen, die das leere Café betrat. „Was kann ich—" Die Worte starben auf ihren Lippen, als das vertraute Gesicht Erinnerungen hervorbrachte, die sie verzweifelt zu vergraben versuchte.

„Hallo, Pamela." Die Blonde schenkte ihr ein leichtes Lächeln, einen großen Weidenkorb in der Hand. „Ich bin Cassie aus dem *Shot of Sin*."

„Ich weiß. Wir sind uns schon einmal begegnet." Die Frau war T.J.s Ehefrau und eine regelmäßige Teilnehmerin im *Vault*.

„Manchmal sind wir in unseren Klamotten nicht so leicht zu erkennen." Das unechte Kräuseln ihrer Lippen nahm zu.

„Kann ich mir vorstellen." Pamela schnappte sich den Siebträger aus der Kaffeemaschine und entsorgte den gebrauchten Filter in den Müllschlucker. „Was kann ich dir bringen?"

„Eigentlich habe ich etwas für dich." Cassie hob den Korb und stellte ihn auf den Tresen. „Bitteschön."

„Wieso?" Sie unterbrach die Putzroutine und beäugte den Inhalt des Korbes aus dem Augenwinkel. Darin lag eine Reihe verschiedener Gegenstände. Zwei Flaschen Wein. Chips. Erdnüsse. Eine kleine Flasche Wodka. Zusammen mit anderen Dingen, die darunter versteckt waren.

„Ich hatte gehofft, du könntest mir das sagen. Bryan bat mich, ihn dir zu überbringen."

„Bryan?" Sie hob ungläubig eine Braue. „Er bat dich, mir einen Korb mit Leckereien zu überbringen?" Derselbe Bryan, der seinen Spitznamen seiner Brutalität zu verdanken hatte? Derselbe Bryan, der ihr mitgeteilt hatte, ihre gemeinsame Zeit sei vorbei? „Es tut mir leid, ich glaube, du verwechselst mich."

Die Frau unterbrach den Augenkontakt.

„Warum bist du wirklich hier, Cassie?" Sie schob den Siebträger zurück in die Maschine und ging den Tresen entlang, bis sie der Frau direkt gegenüberstand. „Wir wissen beide, dass er dich nicht hergeschickt hat."

Einen Augenblick lang war es still, während T.J.s Frau einen hellen Rosaton annahm. „Wow." Sie gluckste unbeholfen. „Ich dachte, es würde länger als fünf Sekunden gutgehen."

„Dass Bryan den Weihnachtsmann spielt, ist so weit hergeholt, wie es nur geht." Pamela bemühte sich, ihren freundlichen Tonfall beizubehalten.

„Ich schätze schon. Ich dachte nur, die Dinge zwischen euch wären vielleicht anders gelaufen."

Nun war es an Pamela unter der Hitze errötender Wangen einzuknicken. „Nein, auch damit liegst du daneben." Sie sah weg und begegnete Kims Blick, als diese aus der Küche kam. „Bryan hat keinen Grund, noch einmal Kontakt mit mir aufzunehmen."

„Das stimmt nicht ganz." Cassie griff in den Korb und holte einen weißen Umschlag hervor. „Er wollte, dass du den hier bekommst."

„Es tut mir leid, das glau—"

„Schau, es steht sogar dein Name drauf. Das ist die Erstattung deines Mitgliedsbeitrags. Er wollte dafür sorgen, dass du die Rückzahlung erhältst."

Pamela verschränkte die Arme vor der Brust, entschlossen, Cassie nicht abzukaufen, was sie zu verkaufen versuchte, obwohl ihr Herz es wollte. Die einzige Mitteilung, die sie von Bryan erhalten hatte, war eine einzelne, emotionslose Nachricht gewesen. Er hatte nichts von den Ereignissen erwähnt, die sie geteilt hatten, oder wie er sich fühlte. Er hatte nur von ihren Büchern gesprochen. Von den vermaledeiten Krebs-Erinnerungen.

„Ich versichere dir, er wollte, dass du das bekommst." Cassie übergab ihn ihr. „Er wird nur ursprünglich vorgehabt haben, ihn dir per Post zukommen zu lassen, das ist alles. Der Korb war ein Vorwand für mich, dich zu sehen.“

„Und warum solltest du das tun wollen?“ Sie ignorierte den Brief, als Kim sich dicht neben sie stellte.

Cassie musterte sie beide und wirkte dabei eher zerknirscht als hinterhältig. „Hast du Zeit zum Reden?“

„Eigentlich nicht. Ich arbeite gerade.“ Sie ignorierte das leere Café und die Tatsache, dass es weniger als dreißig Minuten vor Ladenschluss war.

„*Bitte.*“ Es war keine Aufforderung. Es war ein Flehen. „Es ist wichtig.“

„Rede mit ihr.“ Kim stupste sie an den Ellbogen. „Du wirst heute Nacht nicht schlafen, wenn du sie wegschickst. Hör dir an, was sie zu sagen hat, und dann sehen wir weiter.“

„Es wird nicht lange dauern“, fügte Cassie hinzu.

Pamela schloss die Augen und bat schweigend um Kraft. Es würde nicht länger als fünf Sekunden dauern, um Unheil anzurichten. Sie stand bereits am Abgrund. Die letzten Wochen hatten sie ausgelaugt. Sie hatte unablässig analysiert, was sie miteinander geteilt hatten und was sie hätte anders machen können. Sie konnte nicht aufhören zu glauben, dass da mehr gewesen war. Mehr Emotionen und Zuneigung. Mehr Verbundenheit, die unter der Oberfläche brodelte.

Ja, sie hatte dasselbe über Lucas gedacht, doch sobald er gestorben war, waren es diese Gefühle auch. Die Realität ihrer Ehe war zu Erinnerungen geworden und hatte ihr erlaubt zu erkennen, wie falsch es gewesen war, mehr als Freundschaft und Sex von ihrem Ehemann zu erwarten. Er war unmissverständlich gewesen. Nicht nur in seinen Worten, sondern auch in seinen Taten. Er hatte nichts von ihr gewollt. Keine Liebe. Keine Zuneigung. Nur jemanden, der sich in seinen letzten Monaten um ihn kümmerte. Und nicht ein einziges Mal war er ins Wanken geraten.

Doch bei Bryan konnte sie nicht loslassen.

Alles zwischen ihnen war anders. Er widersprach dem Abstand, den er zwischen sie zu bringen versuchte, indem er sie selbstlos verwöhnte, indem er sich die Probleme ihrer vergangenen Ehe anhörte, indem er die Bücher, die als schmerzhafte Erinnerung an Lucas dienten, nahm und sie respektvoll weitergab. Er hatte mit ihr geflirtet, gelacht, gescherzt, Wein und Abendessen gekauft. Er hatte sie ausgeführt. Er hatte sie begehrt.

Und seine Küsse. Jedes Streichen und Necken seiner Zunge hatte eine Geschichte über mehr als Sex erzählt.

„Was immer zwischen euch vorgefallen ist, er kommt nicht damit klar, Pamela."

Das ließ sie die Augen aufschlagen und ihr Herz bis zum Hals schlagen. „Wie meinst du das?"

„Er hat heute einen Schrecken bekommen." Cassie richtete sich zu ihrer vollen Größe auf. „Eine Panikattacke. Einen völligen Zusammenbruch. Oder etwas in der Art. Und er will mit keinem von uns darüber reden."

Die großen Dosen an Zuneigung für einen Mann, den sie zu vergessen versuchte, strömten sintflutartig zu ihr zurück. „Eine Panikattacke?"

Cassie seufzte. „Es mag nicht wie eine große Sache erscheinen, aber für Bryan—"

„Nein, ich verstehe schon." Er brauchte seine Kontrolle, den Schutz. Sie wusste, wenn er zusammengebrochen war, musste etwas unfassbar Schreckliches vorgefallen sein. „Was ist passiert?" Sie wollte sich keine Sorgen machen, aber das tat sie. Sie sorgte sich so sehr, dass ihr Brustkorb ein wenig zersprang.

„Er hat ein Arbeitsmeeting vorzeitig verlassen, was bei seiner derzeitigen Stimmung nicht überraschend kam. Seit er den Vorführungsabend abgesagt hat, ist er grantiger als sonst."

Er hatte abgesagt? Ihr Innerstes raspelte über freiliegende Herzfasern.

„Das hast du nicht gewusst?" Cassie schaute sie prüfend an.

„Nein." Pamela schüttelte den Kopf. „Aber ich bin ein Niemand für ihn. Es gibt keinen Grund, warum ich es hätte wissen sollen."

„Ich dachte, ihr beide steht euch nahe. Shay erzählte mir, ihr hättet in deinem Appartement gemeinsam zu Abend gegessen und zusammen eine Bar besucht. Für ihn ist das—"

„Unsere gemeinsame Zeit war ein Bestreben, mich davon zu

überzeugen, seine Demo-Assistentin zu sein. Das war's auch schon."

„Richtig ..." Cassie straffte sich. „Ich dachte nur—"

„Möglicherweise war etwas mit seiner Mutter." Sie hatte die Spekulationen satt. Jede Frage machte ihre Dummheit offensichtlicher. „Er hatte wegen seiner Familie viel um die Ohren."

„Er hat dir von ihr erzählt?" Cassie zog die Stirn kraus.

„Nur vom Krebs seiner Mutter. Vielleicht gibt es neue Entwicklungen, die er nicht gut verkraftet." Sie zuckte mit den Schultern und wurde zunehmend erdrückt von der Verwirrung und dem Unmut, die von Cassie auf sie zurückstrahlten.

„Er hat dir erzählt, dass seine Mutter Krebs hat?"

„Ja ... Warum?" Sie warf Kim einen Blick zu und bat wortlos um seelische Unterstützung. „Hat sie das nicht?"

„Ich weiß es nicht. Bryan hat mit mir nie über seine Familie gesprochen. Und nach dem, was T.J. berichtet hat, hat er seine Eltern seit Jahren nicht mehr erwähnt."

„Oh ..." Ihr Mund formte einen Kreis, der sich an seinem Platz zementierte.

„Ja, *oh*. Du scheinst die einzige Person zu sein, der er sich seit langer Zeit geöffnet hat."

„Er hat sich mir nicht geöffnet." Der flüchtige Einblick war nicht annähernd etwas Monumentales gewesen. „Er hat es nur einmal erwähnt."

„Nur erwähnt, dass seine Mutter Krebs hat?" Cassie hob ihre Brauen. „Pamela, glaub mir, wenn er seine Eltern auch nur erwähnt hat, hat er sich geöffnet. Er gibt keine Details über seine Vergangenheit preis. Er gibt so gut wie überhaupt nichts von sich preis."

Die Frau seufzte und entspannte ihren besorgten Gesichtsausdruck. „Wie ich schon sagte, verließ er vorzeitig das Meeting und zog sich ins Büro zurück, in dem er seit Wochen Winterschlaf hält. Fünf Minuten später hörten wir ein gewaltiges Krachen und hasteten nach oben, um zu sehen, wie er den Raum auseinandernahm. Überall lagen Bücher und Akten. Der Schreibtisch war leergefegt und alles auf dem Boden verteilt worden. Einschließlich dem hier."

Cassie hielt ihr erneut den Umschlag hin, und dieses Mal nahm Pamela ihn entgegen.

„Geht es ihm wieder besser?"

„Physisch, ja. Aber psychisch? Emotional? Nein." Sie schüttelte den Kopf. „Das denke ich nicht. Ganz und gar nicht. Aber er will nicht mit uns reden. Und deswegen bin ich hier. Während ihr beide Zeit miteinander verbracht habt, war er glücklich."

„Das hat er dir gesagt?"

Cassie stieß ein Lachen aus. „Nein. Wie gesagt, Bryan öffnet sich nicht. Wir beobachten ihn und deuten subtile Zeichen. Er begann zu lächeln und setzte seltener seine übliche finstere Miene auf. Er alberte auch viel mehr herum. Leo und T.J. haben sein ungewöhnliches Verhalten analysiert und kamen zu dem Schluss, dass es an dir liegen muss." Cassie hielt inne, wartete vermutlich auf eine Reaktion, die Pamela nicht zu geben bereit war. „Du bist die Einzige, die ihm in letzter Zeit nahegekommen ist. Daher dachte ich, wenn ich herkomme und bettle, würdest du vielleicht mit ihm sprechen."

Kim räusperte sich, das Geräusch eine unterschwellige Warnung, den Köder nicht zu schlucken.

„Schau, ich kann deine Lage und deine Besorgnis nachvollziehen." Pamela schielte zu ihrer Schwester, dann richtete sie ihren Blick wieder auf Cassie. „Aber Bryan will, dass ich mich fernhalte. Das hat er deutlich gemacht."

„Bist du sicher? Dir von seiner Mutter zu erzählen, ist ein großer Schritt von ihm. Ein größerer als er mir gegenüber je gemacht hat, und ich bin seit Jahren mit ihm befreundet."

„Cassie, er hat praktisch mit mir geschlafen und mir fünf Sekunden später mitgeteilt, dass unsere gemeinsame Zeit vorbei sei. Fünf Sekunden", wiederholte sie. „Vielleicht auch nur zwei."

Die Frau schnitt eine Grimasse.

„Siehst du?" Sie schlich zur Kaffeemaschine zurück, um ihre Hände zu beschäftigen. „Es tut mir leid, dass ich dir nicht helfen kann."

„Du willst es nicht einmal versuchen?"

„Wieso sollte sie sich dazu verpflichtet fühlen?", knirschte Kim. „Er hat sie weggeworfen wie Abfall."

„Nicht—" Pamela presste ihre Lippen zusammen und

versuchte das Bedürfnis, ihn zu verteidigen, loszuwerden. Kim hatte Recht. Doch ihrem dummen, idiotischen Herzen gefiel es nicht, die Wahrheit von jemand anderem zu hören.

„Du magst ihn." Cassies Gesichtsausdruck wurde weicher, die Freundlichkeit darin verwandelte sich in Mitgefühl.

„Eine Untertreibung", schnaubte Kim.

„*Kim*." Pamela sah ihre Schwester böse an. „Geh und pack draußen zusammen."

„Entschuldigung. Sollte das ein Geheimnis bleiben?"

Nein. Aber es war persönlich. Sie wollte von Cassie nicht in die Brute-Groupie-Kategorie eingeordnet werden, obwohl sie genau dort hineingehörte. „Gib mir eine Minute, okay?"

Ihre Schwester seufzte und begab sich in Richtung Küche.

„Es tut mir leid. Ich wollte es dir nicht noch schwerer machen." In Cassies Stimme lag Aufrichtigkeit. „Falls du dich dadurch besser fühlst, ich denke, du bist der Grund, weshalb er sich in den letzten Wochen zurückgezogen hat. Er zeigt Anzeichen eines gebrochenen Herzens."

„Pff. Ich bin nicht davon überzeugt, dass er überhaupt ein Herz hat."

Cassies Lippen verzogen sich zu einem traurigen Lächeln. „Glaubst du das wirklich?"

Ja.

Nein.

Gott, sie wusste nicht mehr, was sie glauben sollte. „Ich denke, du solltest ihn nach seiner Familie fragen. Vielleicht spricht er dann mit dir über seine Mutter."

„Okay." Cassie nickte bedächtig. „Aber ich denke immer noch, dass er sich freuen würde, dich zu sehen."

„Wenn er mich braucht, weiß er, wo er mich findet."

„Du musst verstehen, ein Mann wie Bryan bittet nicht mit Worten um Hilfe. Er wird nicht damit herausplatzen. Sein Verhalten zeigt, wie sehr er jemanden braucht, und wir vier – Shay, Leo, T.J. und ich – sind nicht gut genug. Er braucht dich."

„Das ist nicht fair." Wenn er einen Fehler begangen hatte und sie wiedersehen wollte, war es an ihm zurückgekrochen zu kommen, nicht andersherum.

„Er ist ein guter Mann, Pamela. Er ist einer der besten. Er zeigt es nur nicht gern."

„Ich weiß." Das hatte sie allein herausgefunden, was seine Zurückweisung umso schwerer zu ertragen gemacht hatte. Er war ein toller Kerl, sie beide fühlten sich sexuell zueinander hingezogen, und dennoch zog er es vor, allein zu sein.

Cassie zog sich zur Tür zurück. „Nun, wenn du deine Meinung änderst oder reden willst, kannst du mich jederzeit im Club besuchen."

„Warte." Pamela schnappte sich den Umschlag und eilte um den Tresen herum. „Ich will den hier nicht."

„Dann gib ihn ihm zurück. Oder zerreiße ihn. Ich will ihn jedenfalls nicht wiederhaben." Sie betrat den Bürgersteig. „Es war schön, dich zu sehen." Cassie winkte leicht mit den Fingern, dann verschwand sie aus dem Sichtfeld und hinterließ ein Gefühl der Betäubung.

Es hatte keinen Sinn, ihr hinterherzulaufen. Dazu hatte sie weder die Kraft noch die Energie.

„Verdammt." Also zog sie stattdessen die Türen des Cafés zu und drehte das *geschlossen*-Schild um.

„Du denkst darüber nach, zu ihm zu gehen, nicht wahr?", kam es von Kim aus der Küche.

„Ich kann nicht anders." Sie stützte ihren Kopf gegen das Glas. „Falls er gerade wirklich etwas durchmacht ..."

„Was?" Die Küchenschwenktüren flogen auf. „Was willst du für ihn tun?"

„Ich weiß es nicht." Sie wandte sich um und schleppte sich zurück zur Kaffeemaschine. „Was, wenn Cassie Recht hat? Was, wenn er mich braucht?"

„Pamela", mahnte Kim.

„Ich weiß, ich weiß." Sie zog den Korb zu sich heran und spähte hinein. „Du denkst, ich mache dasselbe, was ich mit Lucas getan habe."

Kim kam auf sie zu und begegnete ihrem Blick von der anderen Seite des Tresens. „Tust du das nicht?"

„Es ist anders."

„Inwiefern?"

Die Ein-Wort-Frage bedurfte einer weitaus wortreicheren

Antwort. Einer, von der sie nicht sicher war, ob sie sie überzeugend übermitteln konnte, solange alles ungewiss war.

„Pamela? Erklär es mir. Mach mir begreiflich, wieso du dir das noch einmal antust."

„Weil es diesmal echt war", gab sie zu. „Bei Bryan war es nicht nur die Hoffnung auf mehr. Ich konnte dieses Mehr tatsächlich spüren. Und ich hätte schwören können, dass er genauso fühlt."

Sie legte den Umschlag zurück in den Korb.

„Du hast dich schon einmal geirrt. Dasselbe hast du von Lucas gedacht."

„Nein, ich habe es von Lucas erwartet. Gefühlt habe ich es nie, und er hat es kein einziges Mal gezeigt. Ich habe törichterweise gedacht, er sei mir seine Zuneigung schuldig, nach allem, was ich für ihn getan hatte. Ich habe mich in den Gedanken verliebt, dass wir uns lieben. Das weiß ich jetzt."

„Und vielleicht hast du in ein paar Jahren rückblickend auch eine Erklärung für deine jetzige Situation."

Pamela schnitt eine Grimasse. Sie wollte die nächsten Jahre nicht an Bryan denken. Nicht, wenn sie nicht mit ihm zusammen sein konnte.

„Ich will, dass du glücklich bist." Kim schenkte ihr ein halbherziges Lächeln. „Nach allem, was du durchgemacht hast, verdienst du jemanden, der dich anbetet."

„Was soll ich also tun?"

„Wir sollten deine Selbstmitleidsparty mit etwas upgraden, das von deinem sexy Club gesponsort wurde." Sie nahm eine der Flaschen aus dem Korb. „Wir haben Wodka."

„Und Wein."

„Zwei Flaschen." Kim wackelte mit den Augenbrauen. „Und du Leichtgewicht bräuchtest nicht einmal eine." Sie durchsuchte den Korb weiter, bis ihre Finger auf dem Umschlag ins Stocken gerieten. „Hast du was dagegen, wenn ich mir den einmal ansehe? Ich wollte schon immer wissen, was du zahlst, um dich flachlegen zu lassen."

Pamela rollte mit den Augen. „Nur zu." Sie war selbst neugierig auf den Geldwert. Welchen Preis hatte er ihrem gebrochenen Herzen zugrunde gelegt? Hatte er ihr den Mitgliedsbeitrag für genau die Monate erstattet, die sie nicht teilnehmen würde? Oder würde er ihren emotionalen Verletzungen weiteren Schaden zufügen, indem er sie darüber hinaus entschädigte?

Vorsichtig öffnete Kim die Rückseite und zog einen Zettel heraus, das Stück Papier nicht größer als eine Visitenkarte. „Bist du sicher, dass eine Rückerstattung hier drin sein soll?"

„Das hat Cassie gesagt." Sie stellte sich auf die Zehenspitzen und versuchte, einen Blick auf den Inhalt zu erhaschen.

„Naja, das hier ist definitiv kein Scheck." Kim steckte den Zettel zurück in den Umschlag und hielt ihn Pamela hin. „Schau ihn dir an."

Er hatte Standardgröße und war nichts Besonderes, abgesehen von ihrem vollen Vornamen, der auf die Vorderseite gekritzelt war. Diesmal gab es keinen Spitznamen. Und es war auch kein Scheck darin. Nicht einmal Bargeld.

Sie zog den Papierfetzen heraus und fühlte, wie ihr das Blut aus dem Gesicht wich. „Eine Traueranzeige ..."

Ihr Herz zog sich fester und fester zusammen, bis sie es nicht mehr aushielt. Sie blinzelte durch ihre schnell verschwimmende Sicht hindurch, um die herzerschütternden Worte zu lesen, die sie in den Händen hielt.

MUNRO, Pamela Sue aus Tampa, 55 Jahre alt.

Innigst geliebte Ehefrau von Raymond Thomas Munro. Mutter von Bryan Munro. Geschätzte Schwester von Andrew und Kylie, und Tante von Silvia, Tyler, Jackson und Tera.

Verwandte und Freunde sind respektvoll eingeladen, an der Trauerfeier für Pamela teilzunehmen, die am 1. Mai um 10 Uhr in der Kapelle in der 17 Day Street stattfinden wird, gefolgt von der Beisetzung auf dem Friedhof.

Auf Wunsch keine Blumen. Spenden an Ihre bevorzugte Krebs-Hilfsorganisation werden begrüßt.

„Seine Mutter", flüsterte sie. Deshalb hatte er sie immer Ella genannt. „Sie muss vor Wochen gestorben sein. Etwa zur gleichen Zeit, als ich seine Textnachricht ignoriert habe." Schuldgefühle und Reue brodelten in ihr und brachen sich in Form eines trockenen Schluchzens bahn.

Er hatte Kontakt zu ihr gesucht. Er hatte eine Schulter gewollt. Und sie hatte ihn ignoriert.

„Hey, mach dich nicht verrückt." Kim kam um den Tresen herum. „Ich bin sicher, es geht ihm gut."

„Aber ihm geht's nicht gut. Hast du nicht gehört, was Cassie gesagt hat? Er ist am Ende und will nicht einmal mit seinen Freunden darüber reden. Sie wissen nicht einmal, dass seine Mutter gestorben ist."

„Und wie kommst du darauf, dass er mit dir reden wird? Du wirst nur verletzt werden."

Zu spät. Sie befand sich bereits im Spagat zwischen Herzschmerz und Limbo. „Ich muss ihn sehen."

„Süße ..." Kim legte sanft eine Hand auf ihren Ellbogen. „Bitte nicht."

„Du weißt, dass ich das tun muss. Ich kann mich nicht ständig selbst hinterfragen. Egal wie, ich brauche Antworten." Sie griff nach ihrer Handtasche unter der Kasse. „Könntest du bitte für mich abschließen?"

„Nur, wenn du anrufst, sobald du mit ihm gesprochen hast." Kim stemmte ihre Hände in die Hüften. „Und du mir erlaubst ihm gegen die Knie zu treten, sollte er dich ärgern."

„Er trauert—"

„Knie oder wir haben keinen Deal."

„Gut. Du kannst tun, was du willst, wenn es schiefgeht." Sie würde sich später mit der Option auseinandersetzen müssen, ihre Schwester anzulügen. Fürs Erste musste sie zum Club fahren. Um ihren und hoffentlich auch seinen Schmerz zu lindern. „Ich rufe dich an, sobald ich fertig bin."

KAPITEL SIEBZEHN

Bryan starrte auf das Durcheinander, das ursprünglich einmal das Arbeitsbüro gewesen war. Er hatte den Verstand verloren. Vorübergehend. Nun lagen die Überreste ihres einst aufgeräumten Arbeitsbereichs verstreut auf dem Boden in einem chaotischen Haufen, der seinem Leben ähnelte.

Alles wegen einer Todesanzeige.

Einer Todesanzeige, die er verdammt nochmal nicht finden konnte.

„Sie muss hier irgendwo sein." Der neue Umschlag war verschwunden. Der, auf den er geschrieben hatte. Diese sechs Buchstaben, die den Namen der Person bildeten, die sein Leben vor langer Zeit verlassen hatte, aber jede Entscheidung prägte, die er je getroffen hatte. Sie war der Grund dafür, weshalb er nie eine Beziehung gehabt hatte. Sie hatte seine Paranoia in Bezug auf Liebe und Hingabe geschaffen und ihn zu dem Mann geformt, der sich weigerte seine Abwehrhaltung aufzugeben.

Und wofür das alles? Sturen Stolz? Überlegenheit? Um einen Konflikt mit seinen Eltern fortzusetzen, wenn diese Idioten nicht einmal wussten, dass sie sich noch immer im Krieg befanden?

Ihnen waren die Jahre völlig gleichgültig, die er aus Vergeltung für das, was sie ihm angetan hatten, damit verbracht hatte, sich von anderen zu distanzieren. Es war ihnen nicht wichtig genug, als dass es ihnen aufgefallen wäre.

Der anhaltende Schwall an Erinnerungen weckte in ihm das Bedürfnis, das Büro noch einmal auseinanderzunehmen. Er wollte alles zerstören. Vor allem seine Mutter. Doch offensichtlich war sie bereits tot, und sah vermutlich mit ebenso viel Verachtung wie immer von der Hölle zu ihm auf.

„Er ist nicht hier, Mann. Vielleicht dachten Shay oder Cassie, es sei Müll." Leo trat gegen ein aufgeschlagenes Buch auf dem Boden. „Was war überhaupt in dem Umschlag?"

Er stieß den Atem aus. „Nichts." Er würde den Papierkorb nicht ein drittes Mal inspizieren, nachdem die ersten beiden Versuche erfolglos gewesen waren.

„Du bist durchgedreht, weil du einen Umschlag gesucht hast, in dem nichts drin ist?" T.J. warf Leo einen Blick zu. Die beiden kommunizierten schweigend.

„Ja, ich schätze, das bin ich." Er schritt zur Tür, noch immer unfähig, den Mist, der seine Adern verstopfte, offenzulegen. Er konnte nicht darüber reden. Nicht einmal er verstand es. „Ich muss hier raus. Ich räume das Chaos später auf."

Sie hielten ihn nicht auf. Sagten nicht ein Wort. Ihre Samthandschuhe waren wahrhaftig übergezogen, schließlich schien keiner von ihnen bereit zu sein, ihm die verbale Abreibung zu verpassen, die er für die Verwüstung ihres Büros verdient hätte. Auch Shay und Cassie hatten ihn nicht zurechtgewiesen, als sie seinen Zusammenbruch bemerkt hatten.

Er floh den Flur hinunter und nahm auf der Treppe zum *Shot of Sin* jeweils zwei Stufen auf einmal. Er hätte davonrennen sollen. Stattdessen beschloss er sich zu verstecken. Er joggte regelrecht über die leere Tanzfläche, schloss die Tür zum *Vault* auf und ging in Dunkelheit die nächste Treppe hinab.

Er bemühte sich nicht das Licht einzuschalten. Er hoffte, er würde fallen. Ein paar gebrochene Knochen und ein schweres Beruhigungsmittel waren der bestrafenden Leere, die ihn verzehrte, vorzuziehen.

Seine Mutter war tot, und die hauchdünnen Bande, die ihn mit dem Rest seiner Familie verbanden, waren gekappt worden. Die Nachricht hätte irrsinnige Freude bringen müssen. Irgendwie tat sie das aber nicht. Stattdessen erhielt seine Wertlosigkeit eine weitere Schicht. Einen weiteren

Ziegelstein, den er der Mauer um sich herum hinzufügen konnte.

Er erreichte unversehrt den unteren Treppenabsatz und stampfte sich seinen Weg durch die nächste Pincode-Tür, bis er die Newbie-Lounge erreichte. Nach einem Hieb auf den Lichtschalter ging er weiter in den Hauptbereich, dann geradewegs hinter die Bar.

Instinktiv griff er nach einer Flasche Scotch und stellte die beruhigende Flüssigkeit auf den Tresen vor sich. Er starrte den Alkohol an. Sein Körper bettelte um einen Schluck, während sein Verstand flehte, aus der Wirklichkeit entfliehen zu dürfen.

Er würde sich nicht unterkriegen lassen.

Dieses Mal würde er die neuen unsichtbaren Narben, die ihm seine Eltern zugefügt hatten, mit absoluter Klarheit begrüßen. Er würde den Schmerz auskosten. Er würde die Qualen dazu nutzen, seine Stärke zu festigen und den zeitweiligen Ausrutscher, bei dem er idiotischerweise beschlossen hatte, sich um jemanden einen Dreck zu scheren, wegzuspülen.

Er verlor sich im Anblick der Flasche, war minutenlang, vielleicht stundenlang wie gebannt von ihrem vermeintlichen Trost. Dann quietschte die Haupteingangstür. Er schloss die Augen, nicht gewillt, demjenigen, der seine Einsamkeit störte, ins Gesicht zu sehen.

„Ich dachte mir, dass ich dich hier finden würde."

Cassie.

Von allen Leuten, die ihn stören konnten, musste ausgerechnet sie es sein.

Sie hätten Shay schicken sollen. Er hätte keine Hemmungen gehabt, Leos Freundin die Meinung zu sagen. Aber Cassie war anders. Sie war weichherzig. Gütig. Ein verfluchter Ausbruch unerwünschten Sonnenscheins.

Er öffnete die Augen und betrachtete sehnsüchtig den Scotch. „Es ist die einzige Zeit, in der ich hier unten sein kann, erinnerst du dich?"

„Ich war der Meinung, die Auszeit wäre deine Entscheidung."

„Meine Entscheidung?" Vielleicht war sie das. Hätte er die Frauen im *Vault* bloß nicht verärgert. Hätte er in jener Nacht auf dem Parkplatz bloß jemanden ihres Sicherheitsteams Ella hinterhergeschickt, anstatt seinem nie zuvor dagewesenen Interesse an jemanden des anderen Geschlechts nachzugeben.

„Ich dachte, du würdest dich vor etwas verstecken", bohrte Cassie nach. „Oder jemandem."

Er würgte den Flaschenhals angesichts Cassies unerwünschten Treffsicherheit.

Es war nicht, dass er sich vor Ella versteckte. Er wusste, er würde sie nicht wiedersehen. Vielmehr versteckte er sich vor allem, das ihn an seine Fehler erinnerte.

„Ich will einfach nur in Ruhe gelassen werden."

Langsam ging sie auf die Bar zu, ihre Augen voller Mitgefühl, als sie auf dem Hocker ihm gegenüber platznahm. „Ich habe heute Pamela besucht."

Jeder Muskel versteifte sich. Wut und Selbsthass verflüchtigten sich unter der Last der reinen Angst. „Weshalb?"

„Ich dachte, ich mache es dir etwas leichter und bringe ihr ihre Rückerstattung."

„Danke", knirschte er durch zusammengebissene Zähne. „Aber das hätte ich selbst machen können. Es musste lediglich ein Scheck ausgestellt und zur Post gebracht werden. Ich hatte nicht vor, sie zu sehen."

Cassie zuckte mit den Schultern. „Das dachte ich mir. Und deshalb war es die richtige Entscheidung. Wir hatten alle die Befürchtung, dass die Dinge nicht im Guten enden würden."

Er verengte die Augen in einer wortlosen Warnung.

„Nicht zwischen dir und ihr", beeilte sie sich zu berichtigen. „Sondern auf das *Vault* bezogen. Du weißt, wie stolz wir auf den guten Ruf des Clubs sind."

Sein Kiefer schmerzte unter dem Druck seiner zusammengebissenen Backenzähne. „Ich hoffe, du warst klug genug, dich um deinen eigenen Kram zu kümmern, Cass."

Sie unterbrach den Augenkontakt und zeigte das kleinste Anzeichen reumütigen Trotzes.

„*Cassie?*" Sein Blut wallte auf.

Ihre Wangen färbten sich in einen warmen Rosaton und die zarte Säule ihrer Kehle bewegte sich, als sie schwer schluckte. „Du warst in letzter Zeit nicht du selbst. Ich dachte, sie wäre die Ursache."

„Aber jetzt weißt du es besser." Es hätte ein Statement sein sollen. Mit Überzeugung gesprochen. Stattdessen klang er wie ein Idiot, während er darauf wartete, dass sie sämtliche Neuigkeiten über die Frau ausplauderte, die seine Männlichkeit an sich gerissen hatte.

„Jetzt weiß ich, dass zwischen euch beiden etwas Besonderes geschehen ist. Du magst sie, Bryan. Da bin ich mir sicher. Und als ich den Scheck, den du ausgestellt hast, übergeben habe, konnte ich sehen, dass ihr die Förmlichkeit nicht gefällt."

Es gab vieles an ihrer Aussage auszusetzen, doch sein Fokus richtete sich auf die Unregelmäßigkeit. „Ich habe keinen Scheck ausgestellt, Cassie. Ich bin noch nicht dazu gekommen."

Ihre Augen begegneten seinen, ihre Brauen zogen sich zusammen.

Etwas stimmte hier nicht. Etwas, das seine Intuition bereits mit übelkeitserregender Vorahnung zu verinnerlichen begonnen hatte.

„Ich habe den Umschlag gefunden, den du an sie adressiert hast. Er lag auf dem Boden im Büro."

Auf dem Boden.

In seinem Büro.

Ihm fehlten die Worte. Er spürte nur Panik. Nur entfesselte Wut.

„Bryan?"

Seine Lungen quälten sich mit jedem Atemzug. Seine Glieder zitterten. Er griff mit der freien Hand nach dem Tresen hinter sich, während die Spirituosenflasche ein Loch in seine andere Handfläche brannte. „Das war kein verdammter Scheck."

Die Flasche drohte aus seinem Griff zu rutschen. Er verstärkte ihn, umklammerte das Glas, verzweifelt versucht, sie nicht an die Wand zu werfen.

Ella hatte die Todesanzeige seiner Mutter.

„Hast du gesehen, wie sie ihn geöffnet hat?"

Sie schüttelte den Kopf.

Vielleicht war noch Zeit, den Umschlag zurückzuholen, bevor er geöffnet wurde. Seine Privatsphäre zurückzugewinnen.

„Geh ihn holen." Er funkelte sie zornig an, um die Forderung zu unterstreichen.

„Es tut mir leid, Bryan. Ich dachte, ich tue das Richtige."

„Nein, dachtest du nicht. Das Richtige war dir scheißegal. Du wolltest nur deine Neugier befriedigen."

Sie zuckte zusammen. „Du hast dich noch nie mit einer Frau angefreundet. Nicht so. Zumindest habe ich es nie mitbekommen. Und du warst glücklich. Dann, ganz plötzlich, sagst du den Vorführungsabend ab und sinkst immer tiefer in eine Depression. Ich wollte wissen, was geschehen ist. Wir alle mussten sichergehen, dass bei dir alles in Ordnung ist."

Er wechselte zu ihrer Seite der Bar und richtete sich zu seiner vollen Größe auf. „Hol ihn zurück. *Sofort.*"

„Ich ..." Sie räusperte sich. „Es war fast Ladenschluss. Sie wird nicht mehr da sein."

„Dann finde sie. Steig in dein Auto und komm nicht zurück, bis du ihn hast."

Ihre Augen schimmerten, und der leichte Glanz ihrer nahenden Tränen traf ihn mitten in die Weichteile. *Verdammte Scheiße.* Er schwang zur Wand der Bar herum, die Flasche nun eine ernsthafte Versuchung in seiner geschlossenen Faust.

Wenn er zu trinken begann, würde er nicht mehr aufhören. Nicht heute. Nicht morgen.

„Was war in dem Umschlag? Was ist so wichtig?" Ihre Stimme zitterte. „Und wieso wusste sie nicht, dass der Vorführungsabend abgesagt wurde? Was ist zwischen euch beiden vorgefallen? In der einen Minute habt ihr gedatet, in der nächsten wart ihr—"

„Wir haben nicht gedatet." Er ließ den Kopf hängen.

„Ich bin anderer Meinung." Ihre Stimme stockte noch immer, doch ihre Worte zeigten Rückgrat. „Du hast ihr Dinge erzählt. Du hattest sie gern. Ich musste euch nicht zusammen sehen, um zu diesem Schluss zu kommen. Ich habe Teile von dem gehört, was passiert ist. Du warst bei ihr im Café und bei ihr zuhause. Du brachtest ihr Essen und Wein. Dann, ein paar Tage später, hast du sie mit in eine Bar genommen. Wie können das keine Dates sein?"

Er wusste es nicht. Er hatte noch nie zuvor ein Date gehabt.

„Du hast sie umgarnt, Bryan. Du hast dich mit ihr getroffen, weil du sie magst. Du magst es auf eine Million verschiedene Gründe geschoben haben, aber du hast ihre Gesellschaft genossen und wolltest sie behal—"

„Genug."

„Nein. Du musst begreifen—"

„Ich begreife es, verdammt nochmal, okay?" Sein Kopf hämmerte bei dem Eingeständnis, jeder Herzschlag barg die Gefahr eines Schlaganfalls. „Ich weiß es."

„Du begreifst also, dass dir etwas an ihr liegt?"

Herrgott, wollte sie, dass er sich die Aussage in sein Fleisch ritzte? „Ich *begreife* es."

„Und du lässt sie trotzdem entwischen?"

„Sie ist schon weg." Er zuckte die Achseln. „Da ist nichts, was ich noch tun kann."

„Du hast sie weggestoßen. Aber ich glaube nicht, dass es hart genug war, um permanent zu sein. Du könntest sie zurückgewinnen."

Wozu? Aus welchem anderen Grund, als um sie auf sein herzloses Level hinunterzuziehen? „Ich will sie nicht zurück." Er wollte nur wissen, was sie gesagt hatte. Wie sie es gesagt hatte. Und wie sie gewirkt hatte, als diese Worte ihre Lippen verließen.

„Wieso nicht?"

Er schnaubte verächtlich. Aus hundertundeinem Grund. Tausend Gründen. Und mehr. „Weil es Zeitverschwendung ist. Am Ende lassen einen alle im Stich."

„Wie kannst du das sagen? Besonders nach allem, was T.J. und ich durchgemacht haben. Wir sind durch dir Hölle und zurück, und jetzt sieh uns an."

Er hätte sich klarer ausdrücken sollen – am Ende ließen *ihn* alle im Stich. Seine Eltern. Seine Tanten und Onkel. Seine Cousins und Cousinen.

Er drehte sich zu ihr und betrachtete die entschlossene Haltung ihrer Schultern. „Cass, T.J. hat wie wild versucht, dich hinter sich zu lassen."

„Du weißt, dass das eine Lüge ist." Ihre Augen funkelten verteidigungsbereit. „Er tat es nur, um mich zu beschützen."

Die Innentür quietschte erneut und brachte seine Erschöpfung zu ihrem Höhepunkt. Sollte Shay ihren eigenen Teil zu diesem Desaster beigesteuert haben, würde er seinen verdammten Verstand verlieren. Noch mehr als bereits geschehen.

„Du musst meinen Umschlag zurückholen." Er ruckte mit dem

Kinn in Richtung der Innentür zur Treppe nach oben. „Und nimm mit, wer auch immer das ist. Ich bin nicht an Gesellschaft interessiert."

Eine kurvige Gestalt stand im Türrahmen zur Newbie-Lounge, und der vertraute Anblick setzte seine Augen in Flammen.

Verfickte. Scheiße.

Er stolperte zum Tresen zurück und griff wie nach einer Rettungsleine nach dem Scotch. Seine Kehle drohte sich zuzuschnüren. Seine Lungen verlangten nach mehr Luft.

Cassie schwang auf ihren Hocker herum, und der Name, den sie sagte, schnitt durch ihn hindurch wie ein Schwert durch Seide. „Pamela."

„Hey." Die Erwiderung war die süßeste Form der Folter. Eine Strafe, von der er seinen Blick nicht abwenden konnte.

„Was machst du hier?" Die Frage entsprang der Gewohnheit. Er kannte die Antwort bereits. Aber er musste die Leere des einengenden Schweigens füllen. „Ich dachte, du wolltest nicht mehr herkommen."

„Ich habe gehört, du hattest einen schlechten Tag." Sie hielt den Umschlag in ihrer Hand hoch. „Davon gelesen habe ich auch. Aber keine Bange, ich habe mitbekommen, dass du keine Gesellschaft willst. Ich verspreche, ich werde nicht lange bleiben." Sie war fragil – ihre Augen, ihre Lippen. Sogar ihre Haut sah aus wie Porzellan. Ihr Blick wanderte sanft über ihn, durchbohrte seine Haut, zerriss sein Fleisch. „Können wir reden?"

Er konnte sie nicht abweisen. Er konnte nicht zusehen, wie sie wieder verschwand. Jedenfalls noch nicht. „Lass uns eine Minute allein, Cass."

„Okay." Sie nickte hölzern und glitt vom Hocker. „Bitte geh nicht, ohne dich zu verabschieden."

Er konnte nichts versprechen. Nicht, dass das von Bedeutung wäre. Bis er bereit war zu fliehen, würde Cassie Shay, T.J. und Leo an den Ausgängen positioniert haben, um zu gewährleisten, dass er nicht unbemerkt entkommen konnte. „Wir reden später."

„Dankeschön." Sie ging auf Ella zu und drückte der anderen Frau im Vorbeigehen die Schulter, bevor sie im Newbie-Bereich verschwand.

Der Raum um ihn herum verengte sich, während ihre Augen ihn musterten und die Wahrheit herausfanden.

Er konnte das hier nicht tun. Nicht heute.

Er brach den Verschluss des Scotchs und nahm einen großen Schluck. Das Brennen dämpfte das emotionale Grauen, das ihm bevorstand, doch ein Zug reichte nicht aus. Er hatte die Befürchtung, selbst die gesamte Flasche würde nicht einmal an der Oberfläche des aufziehenden Shitstorms kratzen.

„Hast du es ihnen erzählt?" Langsam näherte sie sich der Bar, ihre Arbeitshose mit Kaffee befleckt, ihre weiße Bluse an den Enden verknittert. Er liebte es, dass sie nicht perfekt aussah. Mascara verschmierte ihre Augenlider. Wenn sie heute Lippenstift getragen hatte, war dieser nirgendwo zu sehen. Nicht, dass sie ihn gebraucht hätte. Ihre Lippen waren schon immer ihr reizvollstes Merkmal gewesen. Hypnotisch und zu verdammt wirkungsvoll.

„Was gibt es da zu erzählen?"

„Du hast es die ganze Zeit für dich behalten?" Sie umrundete die Bar und blieb ein paar Schritte von ihm entfernt stehen.

„Die ganze Zeit?" Er lachte hart auf und kippte einen weiteren Schluck des flüssigen Trostes hinunter. „Ich schätze, ich genieße meine Privatsphäre zu sehr."

„Dann nehme ich an, du wolltest nicht, dass ich das hier habe." Sie legte den Umschlag auf den Tresen, ihre Hand verharrte auf dem Namen auf der Vorderseite.

„Cassie hatte kein Recht dich zu besuchen."

Sie zuckte zusammen, die Andeutung einer Furche bildete sich auf ihrer Stirn. Ihr Schmerz war quälender als die drohenden Tränen von Cassie. Ellas Unbehagen zerriss ihn, verlangte nach einer Entschuldigung, die er mit einem weiteren raschen Schluck zurückdrängte.

„Du solltest es mit dem Alkohol etwas langsamer angehen lassen." Sie beäugte die schwappende Flüssigkeit. „Du wirst dich morgen beschissen fühlen. Es bringt nichts, es schlimmer zu machen."

„Es gibt nur zwei Dinge, die ich im Moment brauche, und eines davon ist Fusel." Klarheit war durch ihre Anwesenheit keine Option mehr. Sie war immer noch zum Anbeißen. Immer noch unwiderstehlich.

„Und das andere?"

„Sex."

Er musste sie ärgern. Er konnte nicht anders. Das Gespräch interessant zu gestalten rettete seinen Verstand vor der dunklen und trostlosen Höhle der Realität. Um ehrlich zu sein, dachte er nicht einmal an seine Mutter, obwohl sie von ihr sprachen. Da war nur Ella.

„Nun, du hast eine Bar voller Fusel." Sie sah sich im Raum um, suchte womöglich nach einer Ablenkung. „Und du hast bereits deutlich gemacht, dass ich bei der anderen Sache nicht helfen kann. Ich nehme also an, du willst, dass ich gehe."

Ob sie nach einem Streit oder nach einer Ausrede zu gehen suchte, konnte er nicht erkennen. Das konnte er bei ihr nie. „Ich werde dich nicht rausschmeißen. Schnapp dir einen Hocker und werde aus erster Reihe Zeuge meines drohenden Alkoholproblems." Er schwang die Flasche an seine Lippen, beobachtete sie, während er den nächsten großen Schluck nahm. „Nach all der Scheiße, die du meinetwegen durchmachen musstest, wirst du die Show wahrscheinlich genießen."

„Welche Scheiße?"

Er stieß ein leises Lachen aus. „Ich muss dir kein Bild malen. Wir waren beide dabei."

„Oh, nein." Sie schüttelte den Kopf und verschränkte die Arme vor der Brust. „Das habe ich nicht gemeint. Ich versuche nur herauszufinden, auf welchen beschissenen Moment du dich beziehst."

Diesmal war sein Lachen hörbar. „Ich weiß die Ehrlichkeit zu schätzen."

„Ich werde dich nicht verhätscheln." Sie kam näher, ihre Schritte noch immer langsam und bedächtig. „Allerdings denke ich, du solltest deinem Konsum etwas Wasser hinzufügen." Sie streckte eine Hand aus, und ihre warmen Finger streiften seine, um den Flaschenhals zu packen. „Lass mich die hier nehmen."

Sie hielt ihre Hände verbunden, genau wie ihre Augen. „Bitte." Sie neigte den Scotch, zog ihn in Richtung ihrer Brust. Ein kräftiger Ruck ließ ihn durch seine Finger gleiten, bevor sie die Flasche behutsam neben ihnen auf die Bar stellte.

Er konnte auf den Alkohol verzichten, solange er ihre Wärme

nicht verlor. Sich beides zu verweigern schien nicht fair.

„Bryan ...“

Sein geflüsterter Name bereitete ihm Schmerzen. Niemand hatte je so mit ihm gesprochen. Nicht ohne Begehren oder Verlangen. Sie war aus selbstlosen Gründen hier, setzte sich mit seinen Problemen auseinander, und er konnte nicht verstehen, warum.

„Wieso interessiert es dich?“ Er rückte näher, streifte ihre Schenkel mit seinen, und das Flimmern atomarer Anziehungskraft schwemmte die verkorksten Gründe davon, die ihn überhaupt erst zum Trinken getrieben hatten.

Sie wich nicht zurück, sondern hob lediglich ihr Kinn und weigerte sich wegzuschauen. „Du brauchst Wasser.“

„Das gehört nicht einmal zu den Top Zwanzig Dingen, die ich brauche.“

„Tatsächlich?“ Diesmal trat sie zurück, und er konterte, indem er einen Arm um ihre Taille legte und sie dicht bei sich hielt.

„Ja, tatsächlich.“

Sie stieß ihn mit dem Ellbogen in die Rippen, sanft, aber nachdrücklich. „Du suchst nach einer Ablenkung, die aber nur vorübergehend sein wird. Du musst darüber sprechen. Wenn nicht mit mir, dann mit deinen Freunden. Erzähl ihnen von dem Krebs. Erzähl ihnen von der Beerdigung.“

„Ich war nicht da.“

Schockiert versteifte sie sich und blinzelte ihm heftig entgegen.

Die Sekunden des Schweigens kamen einer Strafe gleich. Ausnahmsweise einmal wollte er nicht, dass sie ihn für ein gefühlloses Arschloch hielt. Er fand keinen Gefallen an der anschuldigenden Miene, die ihm entgegenstarrte. Er wollte besser sein. Ehrenhaft sein. „Ich wusste nichts davon. Sie haben es mir nicht gesagt.“

„Sie haben dir nicht gesagt, wann die Beerdigung deiner Mutter ist?“

Nein. Zum ersten Mal hatte jemand in seiner Familie auf ihn gehört, obwohl seine Aufforderung nicht mehr als eine schmerzvolle Gegenreaktion gewesen war. Sie fanden immer seine Schwachstelle, ganz gleich wie er sich verhielt.

„Sie haben mir nicht gesagt, dass sie gestorben ist."

Ihre Miene verdüsterte sich und ihre Kehle arbeitete, als sie schwer schluckte. Atemzug um quälenden Atemzug entfachte ihre Bestürzung von Neuem seine eigene. „Wann hast du es herausgefunden?"

„Ein paar Stunden vor dir."

Ihr wunderschönes Gesicht verlor alle Farbe und verwandelte sich in einen Ausdruck voller Mitgefühl. Sie wandte sich ab, umklammerte den Tresen und stieß langsam den Atem aus, bevor sie ihre Lungen erneut mit Luft füllte.

„Ella?" Er stellte die Flasche neben sie und fuhr mit der Handfläche über ihren Arm. „Was ist los? Wieso bist du aufgebracht?"

„Wieso?" Sie rutschte weiter die Bar entlang. „Ich bin erschüttert deinetwegen. Das hast du nicht verdient. Sie haben dir schon genug zugesetzt. Ich verstehe nicht ..."

Er verlor sich in ihren Worten und den Tränen, die nun ihre Wangen verschmierten. Sie weinte. Nicht wegen etwas, das er getan hatte. Diese Tränen schienen auf etwas zurückzuführen zu sein, das sie fühlte.

Seinetwegen.

Sie sorgte sich?

Um ihn?

„Es bringt nichts, Sturzbäche zu weinen, Liebes. Es ist nicht so, als würde ich sie zurückbringen wollen. Meine Mutter ist genau da, wo sie hingehört."

„Oh, Gott." Ihre Augen weiteten sich. „Sag sowas nicht."

„Wieso nicht? Ich habe sie nicht umgebracht. Es tut mir nur nicht leid, dass sie fort ist."

„Du trauerst, Bryan."

„Nicht um sie." Er schüttelte den Kopf. Er fühlte etwas, aber es war sicher nicht Trauer um die Frau, die ihn geboren hatte. „Ich schwöre, ihr Dahinscheiden könnte mir egaler nicht sein."

„Was ist dann heute Nachmittag passiert?"

Heute Nachmittag? Er ging die Ereignisse des Tages durch und filterte das Einzige heraus, was es wert war, die Gerüchteküche anzuheizen. „*Cassie*. Was hat sie gesagt?"

„Sie war in Sorge um dich."

„Nun, um meiner geistigen Gesundheit willen, können wir bitte jeden anderen Menschen auf diesem Planeten bis auf weiteres vergessen?"

„*Ich* bin in Sorge um dich."

Herrgott nochmal. Wo zum Teufel hatte er den Scotch hingetan?

„Ich weiß nicht, was ich dir sonst noch sagen soll." Er fuhr sich mit der Hand durchs Haar, unfähig, seine Verwirrung zu erklären. Er scherte sich einen Dreck um seine Mutter. Ihr Tod war ihm scheißegal. Es ging um etwas anderes. Etwas, das er nicht genauer bestimmen konnte.

„Als Lucas starb, habe ich tagelang geweint, obwohl wir uns nie nahestanden." Ihre Stimme kam in langsamen, leisen Intervallen. Der deprimierende Tonfall roch nach Verzweiflung. „Erst eine Woche später wurde mir bewusst, dass ich mehr um das trauerte, was hätte sein können. Ich litt, weil die Traumbeziehung, für die ich gekämpft hatte, niemals Wirklichkeit werden würde. Ich habe so sehr versucht, ihn dazu zu bringen, mich zu lieben, ohne je die Hoffnung aufzugeben. Dann war er weg. Genau wie alle märchenhaften Träume." Sie senkte den Blick und starrte auf ihre Füße. „Ich trauerte um das, was hätte sein können. Nicht um den Mann, der gestorben war ... Wenn das einen Sinn ergibt."

Er erstarrte, ihre Erläuterung sank ihm bis ins Mark.

Es war so eine simple Erkenntnis. So leicht ausgesprochen. Und doch war es genau das, was er fühlte. Er scherte sich einen Dreck um seine Eizellenspenderin. Das, was ihn zerriss, war das, was er verpasst hatte. Was die meisten Menschen für selbstverständlich hielten.

Ein schmerzliches Lachen entwich ihm und löste den Schmerz hinter seinen Rippen. Die Brillanz dieser Frau war für ihn unbegreiflich. Er wusste nicht, woher sie seine Gedanken kannte oder wie sie so ungewöhnlich scharfsinnig geworden war. Er genoss es, dass sie hier war, bei ihm, und das hohle Gefühl verdrängte, das nicht länger seine Brust beherrschte.

„Bin ich zu weit gegangen?" Sie blickte durch dichte Wimpern zu ihm auf, der Anblick ihrer Besorgnis raubte ihm die Worte. „Es tut mir leid ... Ich sollte gehen."

Er konnte, *sollte* sie nicht zum Bleiben überreden.

„Nochmal", fügte sie sanft hinzu, „mir tut es leid, dass du das durchmachen musst. Es wird leichter. Das verspreche ich." Sie ging zum Ende des Tresens, und ihr Rückzug spornte sein dumpfes Leiden an zurückzukehren.

Er brauchte sie hier. Allerdings sah er keine Möglichkeit sie zu überzeugen zu bleiben.

Das Ertragen seiner Gesellschaft hatte keine Plusseiten. Er hatte weder das gutherzige Wesen von T.J. noch die geschmeidige Eleganz von Leo.

Nur eine beschissene Grundhaltung und eine noch beschissenere Lebensperspektive.

„Nicht." Das war alles, was er hatte. Ein Wort. Eine erbärmliche, zaghafte Silbe.

Sie hielt mit dem Rücken zu ihm inne, ihre Hände schlaff an ihren Seiten. Er spürte, wie sie ihm entglitt, immer weiter auf eine Flucht zusteuerte, obwohl sie an Ort und Stelle blieb.

„Bleib ein bisschen." Er kam von hinten auf sie zu und schlang einen Arm um ihre Hüfte.

Der einzige Trumpf in seinem Arsenal war Sex.

Sinnliche Finesse.

Die Begabung Orgasmen zu bereiten.

Sie schluckte hörbar, und er kämpfte gegen den Drang zu erschaudern an. Alles an ihr sprach von Unbehagen – ihre steife Wirbelsäule, ihr hektischer Atem, ihr Schweigen.

Sie drehte sich um, wobei ihre Hüfte schmerzhaft effektiv seinen Schritt streifte. Die leichte Berührung hatte zur Folge, dass sich sein Schwanz schnell mit rauschendem Blut füllte. Und der Aufschlag ihrer dunklen Wimpern gestaltete zusammenhängend zu denken zunehmend schwieriger.

„Du willst eine Ablenkung?"

„Ich will dich." Er zog sie fest an sich und legte seine freie Hand in ihren Nacken.

„Was ist mit deiner Versicherungspolice?"

Er schnaubte. „Stellt sich heraus, dass alles möglich ist, wenn man herausfindet, dass die eigene Mutter unter der Erde liegt."

Sie zuckte zusammen. Vermutlich gefiel ihr seine Herzlosigkeit nicht oder sie erkannte, dass er log. Der Beweis dafür ragte dick und schwer zwischen ihnen auf und rückte in den

Mittelpunkt, als er sich vorbeugte, um ihren Mund mit seinem zu bedecken.

Der Kuss war von äußerster Finesse – zarte Lippenstriche und ein sanfter Tanz der Zungen. Er wollte diesen Moment auf ihre Seele tätowieren. Sich selbst in ihr Gedächtnis einbrennen, so wie sie ein Loch in seines gegraben hatte.

„Stopp." Sie legte ihre Hände auf seine Brust. „Ich halte das immer noch für keine gute Idee."

Die Zurückweisung stach heftiger, als sie es hätte tun dürfen. „Warum nicht? Ist ja nicht so, als wäre meine Bilanz bisher nicht von befriedigendem Erfolg gekrönt gewesen."

Sie machte ein finsteres Gesicht. Schnaubte. Beide Reaktionen wie ein Tritt in sein Gewissen.

„*Fuck*." Er trat zurück. „Tut mir leid. Ich bin heute miserable Gesellschaft ... Ganz anders als sonst, was?"

Er wartete auf ihren Konter. Darauf, dass ihre Augen wieder Feuer spien.

„Deine Gesellschaft war nie mein Problem, Bryan."

„Überspring die Beschwichtigungen, Liebes. Wir wissen beide, dass ich dich öfter verärgert habe als nicht. So bin ich nun mal."

Ihre Schultern sackten zusammen. Seine Worte bezwangen sie auf eine Weise, die er nicht verstand. „Du bist netter, als du denkst."

„Dann schlaf mit mir", bettelte er. Der erbärmliche Schweinehund, in den er sich verwandelt hatte, flehte darum, flachgelegt zu werden. Nicht von irgendjemandem. Nur von ihr. Und nur weil er annahm, nie wieder die Gelegenheit dazu zu bekommen. „Keiner von uns beiden hat etwas zu verlieren."

Ihr Lächeln war unecht. Vielleicht sogar nachdenklich. „Bryan, wenn ich dir sage, was mir durch den Kopf geht, wird deine Versicherungspolice wieder aktiv."

„Dann tu es nicht." Er glitt auf sie zu, presste seine Lippen auf ihre und hob sie vom Boden. „Sag kein Wort."

„Ich kann es nicht für mich behalten." Ihre entschlossenen Hände fanden wieder seine Brust und drückten ihn weg. „Für den Fall, dass wir uns nicht wiedersehen, will ich sichergehen, es ausgesprochen zu haben."

Sie traf sich mit jemandem. Schlief mit jemandem.

Gott, er wollte nicht wissen, mit wem.

„Bryan?“

„Ja?“ Er stellte sie auf die Füße, griff nach der Flasche Scotch und ließ die brennende Flüssigkeit seine Kehle hinunterrinnen.

„Du wirst es nicht hören wollen.“

Er nickte, seinen Fokus auf den versiegenden Scotch gerichtet.

Sie hatte Recht. Er stellte sich bereits darauf ein ihr mitzuteilen, sie solle ohne Erklärung gehen. Er wollte keine Einzelheiten darüber hören, mit wem sie angebandelt hatte. War es der Cowboy aus der Bar? Oder der weichliche Bastard, der vor ihrem Café über seine eigenen Worte gestolpert war? Vielleicht war es jemand mit noch schlechteren Eigenschaften.

Gott wusste, sie hatte einen bescheidenen Geschmack bei Männern.

„In Ordnung. Schieß los.“ Er hob die Flasche erneut an, diesmal hielt er die Flüssigkeit im Mund, damit sie sich in seine Zunge brannte.

„Ich mag dich.“

Der Alkohol würgte ihn und presste die Luft aus seinen Lungen. „Was?“

„Als wir uns das erste Mal trafen, habe ich dir versichert, kein Interesse an dir zu haben – nicht, weil ich wusste, dass es das war, was du hören wolltest – ich mochte dich wirklich nicht. Ich fand deine Einstellung toxisch und deine Selbstsicherheit ging mir auf die Nerven. Aber der Mann, den ich kennengelernt habe, ist nicht so brutal wie alle behaupten.“ Sie knabberte an ihrer Unterlippe. „Ich sehe diesen Kerl nicht, wenn ich dich anschaue. Ich sehe jemanden, mit dem ich mehr Zeit verbringen möchte. Jemanden, in den ich mich verguckt habe. Jemanden, den ich lieben könnte.“

Er ließ die Flasche auf den Tresen sinken, klammerte sich aber weiter an den Hals, um sich zu erden.

„Bitte nicht sauer sein.“ Sie hielt kapitulierend ihre Hände hoch. „Ich weiß, es ist das Letzte, was du hören willst. Und deshalb habe ich es dir in der Nacht auf dem Parkplatz nicht erzählt. Ich bin weggegangen, genau wie du es wolltest. Aber ich kann heute Abend nicht mit dir zusammen sein und so tun, als würde ich anders empfinden. Ich kann dir die Wahrheit nicht vorenthalten.“

Er wollte alles glauben, was er hörte. Wären da nicht der Alkohol, der Nervenzusammenbruch und die bescheidenen Nachrichten über seine Mutter, hätte er sich wahrscheinlich einreden können, dass es sich nicht um eine Halluzination handelte. Das Problem war, dass es zu willkürlich schien, die einzige Sache, die er wollte, in greifbarer Nähe vor sich zu haben. Es war zu schön, um wahr zu sein.

„Sag etwas", flehte sie.

„Gib mir einen Moment." Sein Kopf schwirrte, Alkohol und Desorientierung entfalteten ihre hinterhältige Wirkung.

Er wollte ausnüchtern. Er *musste* ausnüchtern.

Er ging zur Spüle, schnappte sich ein leeres Glas vom Regal und füllte es mit Wasser. Schluck um Schluck kippte er ein Glas hinunter, dann ein zweites, der betäubende Rausch dank seiner Ungeduld eine erhebliche Belastung.

„Schon gut." Ihre Stimme wurde leiser. „Ich finde selbst hinaus."

„*Nein*." Gott, nein. Er brauchte nur einen Moment.

Er umklammerte den Tresen, senkte den Kopf und atmete tief durch.

„Schon okay. Diese Reaktion ist besser als der Zorn, den ich erwartet hatte. Ich dachte, du würdest mich anschreien."

Denn das hatte er in der Vergangenheit getan. So war er nun einmal.

Konzentrier dich.

Er wiederholte gedanklich eine passende Antwort, wieder und wieder, bis er sicher war, dass sie angemessen war. „Ich empfinde das Gleiche."

Sie blieb stumm, totenstill.

Aus den Augenwinkeln sah er, wie ihm Verwirrung entgegenstarrte. Er wusste nicht, ob er es laut ausgesprochen oder das Mantra in seinem Kopf an Stärke gewonnen hatte.

Sie zeigte keinerlei Reaktion. Wahrscheinlich wusste sie nicht, wovon er redete, weil alles, was sie gesagt hatte, ein Produkt seiner Fantasie gewesen war.

Fuck.

„Ella?" Er richtete sich auf und befahl seiner Verunsicherung sich zu verkrümeln. „Ich empfinde das Gleiche."

KAPITEL ACHTZEHN

*P*amela hielt sich zurück.

Bryan war betrunken und emotional angeschlagen, was ihr unvermitteltes Geständnis einschlagen ließ wie eine Bombe. Ein Desaster war geradezu vorprogrammiert.

„Du bist dran", flüsterte er.

Ihre Mundwinkel hoben sich, ihre Augen füllten sich erneut mit Tränen. „Ich versuche immer noch zu verdauen, was du gesagt hast."

„Warum?"

„Du bist verwirrt—"

„Von meinen Emotionen?", fragte er vehement. „Kein Scheiß. Ich habe Wochen damit verbracht, es zu verstehen, und es macht immer noch keinen Sinn."

All ihre Unsicherheiten klammerten sich augenblicklich daran fest. „Du hast wochenlang an mich gedacht?"

„Du klingst erfreut zu erfahren, dass ich kaum geschlafen habe, seitdem ich dich das letzte Mal gesehen habe." Er überbrückte die Distanz zwischen ihnen, die Spitzen seiner Schuhe stießen an ihre. „Und die Leute denken, ich sei der Gnadenlose."

Diesmal blühte ihr Lächeln auf und breitete sich in unbändigem Enthusiasmus auf ihrem Gesicht aus. „Du bist nicht gnadenlos."

„Ruiniere meinen Ruf nicht, Liebes." Er drängte sie gegen die Theke, seine Hüften stießen gegen ihre. „Du hast mir schon genug angetan."

Seine Kraft durchdrang sie, beruhigte ihre zerrütteten Nerven und linderte den Herzschmerz. Sie wollte tiefer in ihn hineinfallen, versinken, ertrinken. Doch das konnte sie nicht. Noch nicht.

„Können wir das für eine Weile auf Eis legen?"

Er schob seine Hand in ihre und verflocht ihre Finger auf ihren Schenkeln. „Glaubst du immer noch, dass es eine Reaktion auf Trauer ist?"

Sie nickte. „Ein wenig, ja."

„Schon okay." Er grinste. Der eindrucksvolle Anblick überraschte. „Ich glaube auch immer noch, dass es sich um eine Halluzination unter Alkoholeinfluss handelt."

Er drückte seine Lippen auf ihre und stahl mit seinem patentierten Kussstil ihre negativen Gedanken. Er leckte sie ausgiebig, geduldig, während ihre Zungen sich im Sparring übten und tanzten. Sie fuhr mit ihren Händen am Revers seines Anzugs entlang, zog ihn fest an sich, doch das entfernte Gemurmel einer Konversation, das mit jeder Sekunde lauter wurde, unterbrach ihre Konzentration.

Bryan beendete den Kuss, um über ihre Schulter zu starren. „Deine Kavallerie ist da."

Sie runzelte die Stirn und schwang herum, um zu sehen, wie Leo, T.J., Cassie und Shay den Hauptraum betraten, nur um nacheinander an Ort und Stelle zu erstarren.

„Whoa." T.J. warf seiner Frau einen Blick zu. „Damit habe ich nicht gerechnet."

„Womit *hast* du denn gerechnet?" Bryan hielt Pamela von hinten gefangen, eine Hand jeweils rechts und links in Hüftnähe auf der Theke.

„Ich, ähm ..." Cassie errötete. „Ich hielt es für eine gute Idee, einmal nach eurem Wohlergehen zu sehen. Vorhin war die Lage recht angespannt."

„Es geht uns gut." Pamela richtete sich auf und genoss Bryans Hitze an ihrem Rücken. „Es ist alles in Ordnung."

Cassie nickte, während Shay ihre Arme vor dem Oberkörper verschränkte.

„Und so beginnt der Fragenhagel", murmelte Bryan ihr ins Ohr.

„Geht es deiner Mutter gut?", fragte Shay. „Offenbar hast du Pamela erzählt, dass sie krank ist."

„*Shay*", zischte Cassie. „Das war vertraulich."

Scheiße. Bryan schwieg, und seine Wärme verwandelte sich in eisigen Stahl.

„Es tut mir leid." Sie drehte sich in seinen Armen um. „Ich habe es Cassie gegenüber vorhin erwähnt. Ich hatte angenommen, sie wüssten es bereits." Sie hielt den Atem an und wartete auf seine Wut.

„Keine Bange." Er schenkte ihr ein dünnes Lächeln. „Shay schnüffelt herum wie ein Privatdetektiv. Früher oder später hätte sie es sowieso herausgefunden."

Seine leichtfertige Akzeptanz führte bloß dazu, dass sie sich noch schuldiger fühlte. Es weckte in ihr außerdem den Wunsch, den Atem aus seinen Lungen zu küssen.

„Geht es ihr gut?", fragte Leo.

Bryan sah Pamela weiter an, ohne seine Freunde eines Blickes zu würdigen, als er verkündete: „Sie ist tot."

Sie zuckte nicht zusammen. Verzog nicht das Gesicht. Sie begann zu glauben, dass er anders als mit schonungslosen Erwiderungen nicht zu reagieren wusste. Vielleicht war es ein Bewältigungsmechanismus, oder etwas, das er seit seiner Kindheit von seinen herzlosen Eltern gelernt hatte.

„Oh, Scheiße", war T.J.s Stimme über zahlreiches Keuchen hinweg zu vernehmen. „Was ist passiert?"

Bryans Gelassenheit zeigte Risse, auf seiner Stirn bildeten sich tiefe Falten.

„Schon gut." Sie konnte seine Stärke sein. Zumindest wollte sie es sein, wenn er es ihr erlaubte. „Lass mich das übernehmen." Sie wandte sich mit einem traurigen Lächeln seinen Freunden zu. „Sie hat Ende April ihren Kampf gegen den Krebs verloren."

„April?", fragte Shay anklagend. „Sie starb letzten Monat und du hast es uns nicht erzählt?"

Pamela zuckte zusammen, ihr Blut kochte angesichts der gefühllosen Reaktion.

„Lass sie", brummte Bryan ihr ins Ohr, während sich sein Arm um ihre Taille wob. „Es bereitet mir zu große Genugtuung zu sehen, wie sie sich zum Affen macht."

„Brute?", blaffte Shay. „Was zum Teufel ...?"

„Du musst zugeben, dass es unfair ist", fügte Leo hinzu. „Wir haben dir wochenlang Freiraum gegeben, zugelassen, dass du die Arbeitslast auf unseren Schultern ablädst. Ich bezweifle nicht, dass du Zeit brauchtest, aber das hättest du uns schon vor heute sagen können. Wir hatten keine Ahnung, was vor sich ging."

Bryan begann mit ihrem Haar zu spielen und verhielt sich so, als wäre das hitzige Gespräch eine beiläufige Unterhaltung. „Diese hübsche Dame hier war der Grund für meine Probleme. Nicht meine Mutter."

„Ich?" Sie spähte über ihre Schulter. „Wieso?"

„Ich habe dir doch gesagt – du bist mir nicht aus dem Kopf gegangen. Ich konnte mich nicht konzentrieren. Ich musste mich aus dem Kontakt mit Kunden zurückziehen, weil meine Public-Relations-Fähigkeiten auf einmal alles andere als überzeugend waren."

„Damit hast du noch nie einen Blumentopf gewinnen können", murmelte Shay.

Er feixte, doch der Ausdruck verblasste rasch. „Das mit meiner Mutter habe ich erst heute erfahren."

„Oh, Scheiße." Leo fasste sich an seinen stoppeligen Kiefer. „Wer zum Teufel tut sowas?"

„Meine Familie", entgegnete Bryan. „Aber das Gute daran ist: Einer erledigt, einer noch übrig."

Alle zuckten zusammen.

Leo hielt warnend seine Hände hoch. „Sag so einen Scheiß nicht. Das bringt dich in die Hölle."

„Wenigstens wird mich meine Familie dann dort begrüßen können, nicht wahr?"

„Bryan ..." Ihre geflüsterte Bitte schwebte zwischen ihnen. Sie konnte mit seiner Distanziertheit nicht länger umgehen. Es war nicht gesund. Sie musste mit ihm allein sein, damit sie ihn so trösten konnten, wie Frauen es taten – mit Zuneigung und

Verständnis und Liebe. Nicht dem sorglosen Hin und Her zwischen Freunden.

Cassie begegnete ihrem Blick mit fragenden Augen. „Wir sollten wieder nach oben gehen ...“

„*Ja, bitte*“, formte Pamela wortlos mit ihren Lippen und war dankbar für Cassies Intuition. „*Dankeschön.*“

„Gute Idee. Wir lassen euch beide für ein paar Minuten allein.“ T.J. legte eine Hand auf die Hüfte seiner Frau und geleitete sie zum Ausgang. „Wenn du etwas brauchst ...“

„Mir geht’s gut.“ Bryans Lüge war überzeugend. Doch sie wusste es besser.

„Ja“, nickte Leo. „Wir sind hier, Kumpel. Gib einfach Bescheid.“

Die vier marschierten durch den Eingang zur Newbie-Lounge und ihre Schritte entfernten sich, bis das ohrenbetäubende Klicken eines Türschlosses Pamelas Schicksal besiegelte.

Im Raum blieb es still. Die Leere schloss sie ein, während Bryans Herzschlag an ihrem Rücken nachklang. Sie spürte, dass er die Stille nicht füllen würde. Zumindest nicht mit Ehrlichkeit oder Emotionen. Wenn sie ihm die Gesprächsführung überließ, würde mehr dunkler Humor folgen, um seine Gefühle zu verschleiern, da war sie sich sicher. Sie sehnte sich nach seinem Vertrauen und wünschte sich, er würde sich ihr gegenüber öffnen. Und sei es nur ein wenig.

„Du witzelst über Dinge, die dich aus dem Gleichgewicht bringen.“

Er vergrub seine Stirn in ihren Haaren. „So bin ich nun einmal.“

„Wenn du darüber reden würdest, würde es vielleicht besser werden.“ Sie blickte starr durch den Raum, in dem Wissen, dass er ihren Vorschlag verabscheuen würde.

„Ich ziehe meine Weise vor. Sie funktioniert bei mir.“ Eine Weise, die seinen sich langsam anstauenden Kummer verborgen hielt. Gott bewahre, dass er seinen Ruf ruinierte. „Fürs Erste“, fügte er hinzu. „Wer weiß zu welchen mädchenhaften Dingen du mich überredet bekommst, wenn wir mehr Zeit miteinander verbringen.“

„Das willst du?“ Sie wandte sich um und geriet in den Bann der emotionalen Tiefe seiner Augen. Kein dunkles oder gefühlloses Geplänkel mehr. Er war nackt, verletzlich und, oh, so wunderschön. „Die gemeinsame Zeit, meine ich, nicht den mädchenhaften Teil."

„Das kommt doch als Nächstes, oder? Ich habe das noch nie gemacht."

„Das habe ich nicht gefragt. Ich will wissen, was du willst."

Ein Mundwinkel hob sich allmählich, und sein Grinsen wurde breiter, als er seine Hüften stärker gegen ihre presste. „Was das betrifft, kennen wir, glaube ich, beide die Antwort."

„*Bryan.*" Sie bemühte sich nicht zu lachen. „Ich meine es ernst."

Er starrte auf ihren Mund, sein Daumen hob sich, um mit federleichtem Druck ihre Unterlippe nachzuzeichnen. „Willst du immer noch warten?"

„Das kommt darauf an ..."

Sein Blick schnellte zu ihrem. „Auf was?"

„Darauf, ob du möchtest, dass ich mich sicher fühle bei dem, was zwischen uns passiert. Der körperliche Teil war einfach. Warum geben wir uns nicht die Zeit, an allem anderen zu arbeiten?"

„Du versuchst über meine Libido hinweg an meine Logik zu appellieren?" Er schnalzte mit der Zunge. „Dummer Schachzug, Liebes."

Es war nicht dumm. Sie wollte, dass er das nächste Mal, dass sie miteinander schliefen, bei klarem Verstand war. Ihretwegen und seinetwegen. Reue war das Letzte, was sie beide gebrauchen konnten, sollte er morgen aufwachen und entscheiden einen Fehler gemacht zu haben. „Ich denke einfach, es wäre das Beste zu warten."

Er ignorierte sie und beugte sich vor, um mit den Lippen von ihrem Kiefer über ihren Hals zu der empfindlichen Stelle unter ihrem Ohr zu wandern.

Alkohol. Verlust. Herzschmerz. Sie führte sich die Aspekte vor Augen, die seine Entscheidungen beeinflussten.

Sie sollte ihn in seiner himmlischen Verführung nicht bestärken. Nicht jetzt, da er endlich dort war, wo er sein sollte. Sie sollte sich gedulden, um ihres Herzens willen. Einen weiteren Tag lang. Zumindest bis zum Morgen.

„Morgen wirst du einen klareren Kopf haben. Stabiler sein." Sie seufzte, als sein Mund ihr Schlüsselbein fand und das raue Kratzen des Bartes seine exquisiten sanften Küsse durch eine leichte Reibung ergänzte.

„Stimmt."

Sein Oberschenkel teilte ihre und streifte durch den Schritt ihrer Hose hindurch ihre Klitoris. Kribbeln breitete sich in ihrem Unterleib aus, und die Ranken der Lust wuchsen höher und höher. Langsam schaltete ihr Gehirn um, schob den gesunden Menschenverstand ins Abseits und zerrte Befriedigung in den Vordergrund. Sie brauchte mehr Berührungen, mehr Küsse, mehr Endorphine.

Er bewegte sein Bein zwischen ihren, reizte ihre Scham. „Mehr Sicherheit?"

„Mmm hmm." Sie schloss wimmernd die Augen. Alle Hoffnung war verloren. Kein einziger Teil ihres Körpers wollte von diesem Mann getrennt sein. Kein einziger Finger. Kein einziger Nerv.

Rationales Denken wurde durch Lust erstickt.

Die wichtigen Dinge konnten morgen geklärt werden.

Danach.

„Ich schätze, ich habe mich schon einmal geirrt." *Herrgott*, sie war so ein leichtes Ziel. So ein Groupie.

Er würdigte ihre Kapitulation nicht, sondern setzte nur den köstlichen Pfad seines Mundes fort. Sie öffnete den obersten Knopf ihrer Bluse, dann den nächsten, um ihr Dekolleté seiner Gnade auszuliefern.

„Ich habe von den beiden geträumt." Er glitt mit seiner Hand in das Körbchen ihres BHs und knetete ihre Brustwarze. „Meine Vorstellungskraft wurde ihnen nicht gerecht."

Er küsste ihr Brustbein, die Wölbung ihrer Brust, dann riss er an ihrem BH, damit er ihre Brustwarze in den Mund saugen konnte. Ein Lauffeuer entflammte unter ihren Rippen. Leidenschaft kollidierte mit Glückseligkeit.

Für einen winzigen Moment war alles perfekt. Sie waren

synchron – Bewegungen, Herzschläge, Intensität. Geist, Körper, Seele.

Er zollte ihren Brüsten Tribut. Sein Schenkel neckte ihre Mitte. Jeder Nerv prickelte dank seines Könnens. Es fehlte nicht viel und sie würde so kommen, durch Reibung und Saugen.

„Wir sollten besser aufbrechen." Er richtete sich auf und trat zurück. Seine Lust schien innerhalb eines Augenblicks zu verfliegen, während sie Pamela fest im Griff behielt. „Lass uns von hier verschwinden."

„Wie bitte?" Sie leckte sich die trockenen Lippen, als er nach der Flasche Scotch griff und sie in einem Schrank unter der Bar verstaute. „Was war das gerade?"

„Du willst keinen Sex. Also lass uns gehen."

„Aber ..." Wie konnte er aus den brodelnden Tiefen der Fleischeslust zu den frostigen Eiskappen der Enthaltsamkeit springen? „Was? Warum?"

„Deine Regeln."

„Wow." Ihr Mund klappte auf. „Du bist schrecklich."

Ein blendendes Grinsen strahlte sie an. „Nein, aber fürs Erste habe ich die Kontrolle."

„Fürs Erste?"

„Jepp. Das ist nicht immer so in deiner Gegenwart." Er knöpfte ihre Bluse zu, die gefasste Geste eine körperliche Zurschaustellung seiner Disziplin. „Dachtest du wirklich, ich würde die Stabilität und Klarheit aufs Spiel setzen, von der du gemurmelt hast?"

„Weshalb dann anfangen?"

„Ich bin kein Heiliger." Er zwinkerte ihr zu. „Du magst die Regeln diktieren, aber ich weiß, wie dieses Spiel gespielt wird." Er ergriff ihre Hand und zog sie vorwärts.

„Das war wirklich fies von dir." Ihr Höschen war feucht. Ihre Brüste schrien nach mehr. „Ich will dir nicht verzeihen."

„Ich bin betrunken und emotional, schon vergessen? Sei nachsichtig mit mir."

„Du bist betrunken, emotional und bald kastriert, wenn du nicht aufhörst, mich hinter dir herzuziehen."

„Mich zu kastrieren würde bedeuten, in engen Kontakt mit meinem Schwanz zu kommen, und das ist tabu. Du darfst deine eigenen Regeln nicht brechen." Er zog sie weiter, um die Bar herum und auf die Zementtreppe zu, die zum Parkplatz des *Shot of Sin* führte. „Und außerdem gefällt es dir, meine Hand zu halten."

„Ich kann nicht glauben, dass du mich ausgetrickst hast." Sie versuchte, trotz eines ungewollten Lächelns finster dreinzublicken. „Das ist nicht fair."

Doch, das war es. Ausnahmsweise einmal schien alles fair und ehrlich und schön zu sein. Ihn einzuatmen, seine Stärke zu spüren, zu wissen, dass ihm etwas an ihr lag – das Glücksgefühl war überwältigend.

Er hielt am Fuß der Treppe inne, und die Atmosphäre änderte sich, als er sich auf die vor ihnen liegende Dunkelheit konzentrierte. „Ella?"

Sein ominöser Tonfall setzte ihrem munteren Herzschlag ein Ende. „Ja?"

Er warf ihr über seine Schulter einen Blick zu, seine Gesichtszüge waren angespannt. „Ich kann nicht versprechen, es nicht zu vermasseln."

Ihr Herz schwoll an. „Ich weiß."

Er nickte scharf und lief weiter, seine Finger drückten sanft ihre.

„Bryan?"

„Hmm?" Er ging weiter, zum oberen Ende der Treppe und der Tür, die nach draußen führte.

Sie schlang ihre Arme um seine Taille und schmiegte ihren Kopf an seinen Nacken. „Ich kann nicht versprechen zu verschwinden, wenn du mich das nächste Mal darum bittest."

„Damit kann ich leben."

„Nein." Sie schüttelte den Kopf. „Ich meine es ernst. Ich werde all die anderen Sexjunkies in den Schatten stellen."

Er schob lachend die Tür auf. „Komm, lass uns von hier verschwinden."

„Ernsthaft." Sie folgte ihm in das schwindende Tageslicht. „Wenn du je mit mir Schluss machen solltest, stalke ich dich."

Sein Glucksen war unbehaglich.

„Und ich schlitze dir die Reifen auf." Sie schwang glücklich ihre vereinten Hände. „Nach all der Zeit hat uns das Schicksal endlich zusammengeführt." Sie grinste, als er seine Schritte verlangsamte und seine Körperhaltung sich versteifte. „Meinst du nicht auch, dass es an der Zeit ist über Partnertattoos nachzudenken?"

Er blieb stehen. Sein Blick brauchte lange Sekunden, um ihrem zu begegnen. Er musterte sie eindringlich.

„Was ist?" Sie blinzelte zu ihm auf. „Hast du Angst vor Nadeln?"

Seine Augen verengten sich, und er riss sie an seine Brust. „Spielst du mit mir?"

„Vielleicht", kicherte sie. „Du hast damit angefangen."

„Und ich werde es beenden." Er pinnte ihr die Hände auf den Rücken und presste seinen Mund auf ihren, um sie mit Glückseligkeit zu bestrafen.

Sie wand sich, wollte kein zweites Mal nachgeben. „Fang nicht wieder damit an."

„Werde ich nicht." Er starrte auf sie hinab, musterte ihre Augen, ihre Nase, ihre Lippen. Alles wurde mit der gleichen visuellen Zuneigung überschüttet. „Ich glaube, ich habe meine Meinung geändert."

„Worüber?" Sie inspizierte sein wunderschönes Gesicht ebenso zärtlich und sog die Güte in seinen tiefblauen Augen und den Anblick seiner dunklen, verführerischen Lippen in sich auf.

„Ich werde es nicht vermasseln, Ella."

„Weißt du was, Bryan?" Ihr Herz schwoll wieder an, pumpte prickelndes Blut durch jeden Zentimeter von ihr und erfüllte sie mit Zuversicht. „Ich glaube dir."

EPILOG

*P*amela glitt mit ihren nackten Oberschenkeln auf den Barhocker und tat ganz entspannt, obwohl sie es nicht war. Wimmern und Stöhnen erfüllte ihre Ohren, begleitet von gemurmeltem Gerede, leisem Lachen und dem gelegentlichen Klirren eines Glases, wenn sich *Vault*-Besucher um sie herum gesellig zusammenfanden.

„Ich habe nicht damit gerechnet, dich hier unten zu sehen." Shay nahm ein großes Glas aus dem Regal. „Tequila Sunrise?"

„Ja, bitte." Wobei, wenn sie es sich recht überlegte ... „Mach einen Doppelten draus."

Shay musterte sie argwöhnisch. „Nervös, wieder hier zu sein?"

„Ich bin mir nicht sicher." Seit Monaten hatte sie keinen Fuß in den Sexclub gesetzt. Nicht seit der Nacht, in der sie geschworen hatte, nie wiederzukommen.

Seitdem hatte sich ihr Leben verändert. *Alles* hatte sich verändert. Sie wusste nicht länger, was sie zu erwarten hatte, sobald sie das *Vault* betrat. Es war zu einem komplizierten Ratespiel geworden.

„Bryan hat mir gesagt, ihr beide würdet nicht mehr daten." Shay beäugte sie prüfend, während sie eine Flasche Orangensaft aus dem Kühlschrank unter dem Tresen holte.

„Tatsächlich?"

„Ich kenne keine Einzelheiten. Er sagte nur, dass das erste

Date mit grandioser Gründlichkeit gescheitert wäre und er sowas nie wieder tun würde."

Pamela zog eine Grimasse, als sie sich daran erinnerte. Ihr Essen in einem exklusiven Restaurant war ein unbehaglicher Alptraum gewesen. „Wir haben es nicht einmal bis zum Ende des Abendessens durchgehalten."

„War es so schlimm?"

„Ja, war es." Sie hätte sein enormes Unbehagen genießen und es als bittersüße ausgleichende Gerechtigkeit betrachten können, aber das konnte sie nicht. Er hatte mit dem Besteck herumhantiert, den Wein hinuntergestürzt und nicht einen Bissen der extrem teuren Gerichte zu sich genommen. „Er ist nicht der Typ fürs Daten."

Shay schob den Tequila Sunrise über die Bar, hielt das Glas jedoch fest. „Ich nehme an, die Sache endete im Guten, wenn er deine Mitgliedschaft reaktiviert hat." Sie hielt den Alkohol weiterhin zurück. „Aber wenn du aus Vergeltung hier bist, muss ich dich bitten zu gehen. Ich will kein Drama an seinem ersten Abend zurück."

„Drama? Ich bin nicht hier, um—"

„Ich mag dich." Shay senkte ihre Stimme und warf einen verschwörerischen Blick über Pamelas Schulter, als sie das Glas losließ. „Bitte zwing mich nicht dazu, dich rausschmeißen zu müssen."

„Wen rausschmeißen?" Bryans köstliches, tiefes Knurren kitzelte ihren Nacken, dessen Klang die Fähigkeit hatte, weibliche Wesen in einem Zehnkilometerradius verrückt zu machen. „Was habe ich verpasst?"

Er drehte ihren Hocker um und lenkte damit ihr Augenmerk auf sein markantes, perfektes Gesicht. Sein Bart war getrimmt, die blonden Strähnen kürzer, wodurch mehr von dem Mann offenbart wurde, den er darunter verbarg. Sie würde sich nie an ihm sattsehen können, nicht, wenn er sie besitzergreifend und voller Zuneigung ansah. Heute Abend war da aber noch etwas anderes.

War er nervös?

„Unsere Trennung anscheinend." Sie funkelte ihn gespielt

finster an. „Du hast deinen Freunden erzählt, wir würden nicht mehr daten?"

Seine vollen Lippen wölbten sich und lösten eine Kettenreaktion aus, die seine Gesichtszüge in eine vollkommen atemberaubende, vielleicht sogar süße Miene verwandelte. „Das tun wir auch nicht."

„Stimmt." Sie beugte sich zu ihm und fuhr gemächlich mit dem Mund über seinen. Sein antwortendes Knurren wanderte in ihren Bauch und sickerte hinunter in ihren Schoß. „Aber ich glaube, du hast ihnen einen falschen Eindruck vermittelt."

„Ihr seid noch zusammen?", quietschte Shay und zog damit die Aufmerksamkeit des Raumes auf sich.

Etliche Menschen stoppten das, was sie taten – trinken, küssen, vögeln –, und drehten sich zu ihnen um.

„Dezent", knirschte Bryan. „Äußerst dezent, Shay."

Pamela wand eine Hand in seinen Nacken und hielt ihn fest. Sie liebte diesen Mann. Nicht, dass er das wusste. Das L-Wort war extrem bedeutsam für ihn. Ohne die Liebe seiner Eltern erachtete er die Emotion als den heiligen Gral der Menschheit. Sie erwartete nicht, die Äußerung jemals von seinen Lippen zu hören. Aber sie fand Trost darin sich zu sagen, dass seine Bewunderung und seine Hingabe etwas Vergleichbares seien.

„Wieso hast du deinen Freunden einen falschen Eindruck vermittelt?", flüsterte sie.

Während ihrer gemeinsamen Zeit hatte er sich verändert. Jeden Tag öffnete er sich ein wenig mehr, erzählte ihr Kleinigkeiten aus seiner Vergangenheit, gab ihr genug, um ihre Bedenken zu zerstreuen. Anscheinend endete sein transparentes Verhalten, sobald er zur Arbeit kam.

„Ich musste dich so lange wie möglich für mich behalten." Er lehnte sich zurück und schaute sie an. „Ich wollte nicht jedes Mal, wenn ich Luft hole, Fragen über uns beantworten müssen. Ich brauchte es, dass es eine Zeit lang nur um dich und mich ging."

„Was zum Teufel ist hier los?" Shay schlug mit den Händen auf die Bar.

„Siehst du?", meinte er gedehnt. „Sie ist wie Hämorrhoiden, die wir nie wieder loswerden."

„Bin ich nicht", zeterte die Barkeeperin. „Du bist zu verschlossen. Vielleicht solltest du dich ab und zu mal mitteilen."

Bryan schüttelte den Kopf, seine Nase streifte Pamelas. „Ich will nicht teilen."

„Du hast Glück, dass du süß bist." Sie knabberte an seiner Unterlippe. „Aber es ist an der Zeit, es ihr zu sagen. Sei nicht gemein."

Seine Brust vibrierte, und der raubtierhafte Klang kitzelte ihre Brustspitzen, während er seine Hände um ihre Hüften schlang und ihren Hintern umfasste. „Wir daten nicht, Shay", murmelte er zwischen zwei Küssen. „Wir leben zusammen."

Pamela strahlte und versank in seiner Zuneigung, während die Barkeeperin Fragen in ihre Richtung schleuderte, eine nach der anderen, bis ihre Lautstärke einem Schreien gleichkam und Leo, T.J. und Cassie sich dem Kreuzverhör anschlossen. Nicht ein einziges Mal erlaubte Bryan eine Unterbrechung ihres Kusses. Er hielt ihre Körper – Lippen und Hüften – vereint, während seine Zunge die ihre mit sanften Liebkosungen versorgte.

Sie konnte nicht genug von ihm und seinen arroganten Forderungen bekommen. Nicht jetzt, und erst recht nicht, als er sie von ihrem ersten Date fortgezerrt und verkündet hatte, sie sollten die lästigen Formalitäten überspringen und zusammenziehen.

Seine vorbelastete Vorstellung davon, wie eine romantische Beziehung zu verlaufen hatte, hatte Bryan Schwierigkeiten bereitet. Er hatte seine eigenen Regeln aufstellen müssen. Und das außerplanmäßige Vorspulen in eine zementierte Verbindung hatte für sie beide funktioniert.

Sie liebte die Stabilität und die Hingabe. Er genoss es, sie auf Trab zu halten. Nicht ein einziges Mal hatten sie zurückgeblickt.

Er war nicht so, wie sie erwartet hatte. Sie hatte bereits gewusst, dass sie die Laken im Schlafzimmer in Brand setzen würden. Doch auch abseits von Sex und Verführung war er der aufmerksamste und beschützerischste Mann, den sie je getroffen hatte.

Und der selbstloseste.

Und heute Abend überraschte er sie mit seinen sanften Zuwendungen aufs Neue. In einem Sexclub, zum ersten Mal als

Paar, hatte sie erwartet, dass er in den Raubtiermodus schalten würde – Hände, Zähne und rotierende Körperteile.

Diese zarte Sanftheit war eine Million Mal besser.

Er lehnte sich zurück, und seine blauen Augen überwältigten sie mit ihrer Leidenschaft. „Bereit für das Kreuzverhör?"

Sie nickte und nutzte die Sekunden ihres Blickkontakts, um zu versuchen ihn zu lesen. Als er sich seinen Freunden zuwandte, tappte sie immer noch im Dunkeln.

T.J. und Cassie standen dicht beieinander bei den Hockern neben ihnen. Shay und Leo waren hinter der Bar.

Shay stemmte eine Hand in die Hüfte und hob eine manikürte Braue. „Ihr seid uns eine Erkl—"

Leo schlug eine Hand über den Mund seiner Freundin und linderte den Eingriff mit einem Kuss auf ihre Stirn.

„Seid ihr glücklich?", fragte Cassie über den wachsenden Enthusiasmus im Raum hinweg.

„Das ist eure erste Frage?", schnaubte Bryan. „Großartig. Das hier wird die ganze Nacht dauern."

„Das ist unsere einzige Frage", korrigierte Leo. „Du teilst dich nicht gerne mit und uns geht es nichts an. Wir wollen nur wissen, dass ihr glücklich seid." Er nahm seine Hand aus Shays Gesicht und schenkte sich ein Glas Bourbon ein. „Habe ich nicht Recht, Shay?"

Sie grunzte. „Sprich für dich selbst. Ich will alle schmutzigen Details."

„Es gibt keine schmutzigen Details." Bryan schlang einen Arm um Pamelas Taille und drückte sie fest. „Dating hat nicht funktioniert, also sind wir zusammengezogen."

„Aber ihr seid glücklich?", fragte T.J.

„Ja." Seine Antwort war simpel. Kein scharfer Ton. Keine Emotionen. Kein Blödsinn. „Sind wir jetzt fertig?"

Pamela verbarg ihre Enttäuschung. Sie erwartete nicht, dass er über ihre Beziehung schwärmte oder mit ihr prahlte. Sie erwartete lediglich ... etwas. Irgendetwas, das dem Mann gerecht wurde, zu dem er in der Abgeschiedenheit seines eigenen Heims wurde. Hier in der Bar fiel er in die Verhaltensweisen des verschlossenen, zugeknöpften Mannes zurück, als den sie ihn kennengelernt hatte. Selbst seine Haltung wirkte steif.

Leo neigte den Kopf, hob sein Glas zum Gruß und ging dann zum Ende der Bar.

Diskussion beendet.

„Jepp, das ist alles." Cassie strahlte. „Ich freue mich so für euch beide." Sie klopfte Bryan auf die Schulter und schritt davon, wobei sie ihren Mann mit sich zog.

Shay wiederholte ihr Augenrollen und sagte kein Wort, als sie zur Seite trat und einen wartenden Gast mit einem Rucken ihres Kinns aufforderte, seine Bestellung zu äußern.

Das war's. Das Kreuzverhör war beendet, bevor es begonnen hatte.

„Und deswegen hast du unsere Beziehung geheim gehalten?", fragte sie.

„Das ist nicht normal", brummte er. „Ich vermute, sie wiegen uns in einem falschen Gefühl der Sicherheit."

„Bist du deshalb so unruhig?"

Er versteifte sich und wich ihrem Blick aus.

Sie hatte den Nagel auf den Kopf getroffen. Er *war* unruhig. „Was ist los? Ich dachte, du wärst aufgeregt wegen heute Abend."

Sie hatten über die Komplikationen gesprochen, die ihre Rückkehr ins *Vault* mit sich brachte. Es war ihr erster großer Test. Das Vertrauen und die Verantwortung, die es benötigte, einen Sexclub zu besuchen, während man in einer festen Beziehung war, war nicht zu vernachlässigen und verdiente einen zweiten, dritten und vierten Gedanken.

Er runzelte die Stirn. „Ich weiß nicht, wovon du sprichst."

Er log? „Bryan? Was geht hier vor?"

„*Scheiße*", murmelte er vor sich hin. „Hör zu, ich habe etwas geplant. Ich bin mir nur nicht sicher, wie es sich entwickeln wird."

Ihr Magen drehte sich um. Welche Pläne waren in der Lage, diesen erfahrenen Mann nervös zu machen? „Du bist nie nervös, wenn es um Sex geht."

„Exakt." Er räusperte sich und richtete sich zu seiner vollen Größe auf. „*Hey*." Er erhob seine Stimme, durchbrach das Stöhnen und Wimmern. „Ich brauche eure volle Aufmerksamkeit."

Ihr Herz flatterte, als der Raum seiner Aufforderung folgeleistete. Paare unterbrachen ihre sexuellen Aktivitäten. Menschen traten aus den angrenzenden Zimmern, um zu hören, was er zu sagen hatte. Sogar Cassie und T.J. schauten verwirrt aus der hinteren Ecke zu.

„Wie ihr alle wisst, ist dies mein erster Abend zurück—"

Pfiffe und Jubel durchschnitten die Luft.

„Kommt schon, Leute." Er beschwichtigte die Aufregung mit erhobenen Händen. „Wie ich schon sagte, war ich nicht mehr hier unten, seitdem ich den Vorführungsabend abgesagt habe. Leider hat der ursprüngliche Plan nicht funktioniert, aber heute Abend möchte ich euch allen einen Vorgeschmack darauf geben, was euch erwartet, sobald ich den Kurs umgestaltet habe."

Er wandte sich Pamela zu und hielt ihr eine Hand hin.

„Bryan?" Sie blickte sich unsicher im Raum um. „Was hast du vor?"

„Du wirst mir bei der kleinen Kostprobe behilflich sein."

Sie schüttelte den Kopf. *Nein.* Nein, nein, nein. Sie war kaum auf das vorbereitet, was in den dunklen Schatten zwischen ihnen beiden geschehen könnte, geschweige denn unter einem Mikroskop.

Alle starrten sie an. Die simmernde Erregung in der Luft kitzelte ihre Haut. „Ich glaube nicht, dass ich bereit dafür bin."

Seine Unruhe verblasste unter der Brillanz seines Grinsens. „Das bist du." Das Versprechen war verrucht. Selbstsicher. Völlig unwiderstehlich.

Sie griff nach ihrem Drink und nahm einige große Schlucke der Flüssigkeit.

„Trink nicht zu viel." Seine Hitze näherte sich und umhüllte sie, seine Lippen fanden ihren Hals. „Du wirst hierfür nicht betäubt sein wollen."

Doch, das wollte sie.

Wäre er nicht so unruhig, hätte sie den bevorstehenden Frivolitäten mit unbändiger Begeisterung nachgegeben. Ihre Nippel kribbelten bereits. Ihr Höschen hatte sich in eine schlüpfrige Angelegenheit verwandelt. Sie liebte jede Gelegenheit, bei der sie in der sicheren Umgebung des *Vault* eine Exhibitionistin sein konnte.

Doch Bryan war aus irgendeinem Grund besorgt. Angst ging in Wellen von ihm ab.

„Wir sollten zuerst darüber reden." Das Gewicht des Interesses im Raum lastete auf ihr.

„Vertrau mir."

„Das hat nichts mit Vertrauen zu tun. Ich habe dich noch nie anders als hundertprozentig selbstbewusst gesehen, wenn es um Sex ging. Worüber auch immer du dir Gedanken machst, es fängt an mich zu beunruhigen."

„Los", rief ein Mann aus dem hinteren Teil des Raumes. „Startet die Vorführung."

Bryan schob eine Hand in ihr loses Haar und umfasste ihren Hinterkopf. „Ich hatte Bedenken, dich zu überrumpeln. Das ist alles. Ich wollte nicht, dass du etwas ahnst, aber dir nichts zu sagen, ist mir schwergefallen, weil ich mich schuldig gefühlt habe."

Sie musterte ihn, unsicher, was sie glauben sollte. „Willst du mich auf den Arm nehmen?"

„Wann habe ich das jemals getan?", feixte er und machte es ihr damit zehnmal schwerer, ihrer Intuition zu vertrauen.

„Du bist dir sicher, dass zwischen uns alles in Ordnung ist?" Das war alles, was zählte. Alles andere war ihr gleichgültig.

„Wir sind genau da, wo ich uns in diesem Moment haben möchte." Er verschränkte ihre Hände und zog sie vom Hocker. Anschließend führte er sie mühelos durch die sich verdichtende Menge. „Je schneller wir das hinter uns bringen, desto schneller habe ich dich ganz für mich allein."

Leo und T.J. stellten rasch das Mobiliar um, um Platz zu schaffen. Ottomanen wurden an die Wand geschoben. Sofas wurden gewendet und gedreht. Alles wurde strategisch so angeordnet, dass es dem großen Bett in der Raummitte zugewandt war, dessen cremefarbenen Satinlaken unter den Deckenlichtern schimmerten.

Bryan blieb an der Seite der Matratze stehen und küsste ihre Fingerknöchel. „Du kannst nichts falschmachen. Wie auch immer das hier ausgeht, geht auf meine Kappe, okay?"

Sie nickte.

„Okay?", knurrte er und verlangte mit zusammengezogenen Augenbrauen eine verbale Antwort.

„Okay, du gnadenloser Kerl."

Übergangslos verwandelte sich sein Ausdruck von

angespannter Sorge in sanfte Anerkennung. Vielleicht sogar Stolz. „Dass du es nicht vergisst."

„Das habe ich schon." Sie kannte ihn mittlerweile gut und vor allem besser als jeder, der glaubte, dieser Mann wäre harsch und herzlos. Hinter seinem starren Äußeren verbarg sich das genaue Gegenteil.

„Also dann, Leute." Er sondierte das Publikum aus halbbekleideten Besuchern. „Dies wird nur ein Vorgeschmack sein auf das, was noch kommen wird. Am eigentlichen Vorführungsabend plane ich, eine Reihe verschiedener Techniken zu besprechen. Wir werden über die Vorteile von *Edging* sprechen, und darüber, wie Kontinuität oder Überraschung sich auf unterschiedliche Weisen auf Frauen auswirken können. Aber heute Abend dreht sich alles um das Lesen der Anzeichen."

Er lockte sie mit einem gekrümmten Finger auf das Bett. „Leg dich dicht zu mir. In Reichweite."

Sie stand unbeweglich da, ihr Herz klopfte ihr bis zum Hals. Das hier würde ihren Exhibitionismus auf ein ganz neues Niveau bringen – von Amateurin zu Professorin.

„Keine Sorge." Er streckte eine Hand aus. „Ich verspreche, ich werde mich um dich kümmern." Sein Grinsen war verschlagen und großspurig, das Gegenteil von besänftigend.

Er machte keinen Sinn. In einem Moment wirkte er rastlos und nervös, im nächsten verströmte er seine tief verwurzelte, selbstsichere Sexualität ohne jeden Makel.

„Du hast später eine Menge zu erklären. Das weißt du doch, oder?"

Er neigte den Kopf. „Ich weiß, Liebes."

Sie ließ ihre Hand in seine gleiten und erlaubte ihm, ihr auf das erhöhte Bett zu helfen. Er leitete sie an, sich dicht an die seitliche Matratzenkante zu legen, wo die feinen Deckenlichter auf sie hinab strahlten und sie vor dem im Schatten liegenden Publikum in einen Schein tauchten.

„Hinreißend." Bewunderung ebbte von ihm ab. „Ich glaube, hinterher wirst du mehr als nur ein paar Verehrer haben."

Ihre Wangen erhitzten sich, von seinen Worten und dem zustimmenden Geflüster der Menge.

„Dein Erröten macht Dinge mit mir, Liebes."

„Mit mir auch", murmelte ein anderer Mann.

Sie schüttelte glucksend den Kopf. „Fang einfach an, ja?"

„Ihr habt die Dame gehört. Wir sollen mit der Show beginnen." Er wandte sich der etwa dreißigköpfigen Menschenmenge zu, die alle erwartungsvoll schwiegen. „Eure Aufgabe heute Abend ist es, diese vollkommene Frau hier zu studieren. Ich will, dass ihr imstande seid, die kaum wahrnehmbaren Zeichen zu erkennen, damit ihr begreift, wie subtil ein Partner beim Sex sein kann."

Ihre prüfenden Blicke lagen auf Pamela, kitzelten ihre Haut und schärften ihr Bewusstsein. Sie atmete das Interesse der Menge ein, hüllte sich in ihre prickelnde Sinnlichkeit. Aber da war noch etwas anderes, das den Druck zwischen ihren Schenkeln verstärkte. Etwas, nach dem sie sich jeden Tag von diesem süchtig machenden Mann verzehrte.

„Seht ihr das?" Sein flüchtiger, scharfer Blick erfasste alles. „Ihre Atmung beschleunigt sich, und ich habe sie noch nicht einmal berührt. Kann mir jemand sagen, wieso sie jetzt schon erregt ist?"

„Alkohol?", fragte jemand.

„Nein", rief Shay. „Sie hat nicht einmal ihr erstes Getränk ausgetrunken."

„Sie ist in einem Sexclub. Natürlich ist sie erregt", behauptete ein Mann.

„Falsch." Bryan fegte den Kommentar verbal beiseite. „Sie ist nicht neu in der Szene. Es ist nicht so, als würde es sie in ein keuchendes Etwas verwandeln, euch beim Herummachen zuzusehen. Versucht es nochmal."

„Die Erwartungshaltung?", fragte eine weibliche Stimme.

„Womöglich, aber ich würde mein Haus nicht darauf verwetten." Er hielt Pamelas Blick gefangen, decodierte jede ihrer Bewegungen. Jeden ihrer Atemzüge. „Möchte sonst noch jemand eine Vermutung äußern?"

Es folgte Stille, nicht der leiseste Ansatz einer Antwort war zu hören.

Sein Fokus hielt sie in Trance und ihre Atemzüge wurden zu einem Keuchen.

„Deine Augen", bekannte sie. „Deine Selbstsicherheit."

„Ich hatte gehofft, dass du das sagst." Er schenkte ihr ein leichtes Grinsen. „Die meisten Frauen fühlen sich von Wissen angezogen. Das Problem ist, dass jede Frau anders ist, was bedeutet, dass niemand selbstgefällig werden kann. Da ist immer eine Lernkurve mit einem neuen Partner, egal für wie gut man sich hält. Der Trick, um ein Experte zu werden, ist die Person zu lesen, mit der man zusammen ist. Hört nie auf, nach Signalen zu suchen."

Er machte einen Schritt auf das Bettende zu und stellte sich vor ihre Füße. „Ihr müsst erkennen, was nicht gesagt wird, denn euer Partner könnte aus verschiedenen Gründen lügen. Vielleicht fehlt das Selbstbewusstsein. Oder er vertraut euch nicht genug. Vielleicht ist er schüchtern. Oder er will eure Gefühle nicht verletzen."

Quälend langsam streckte er seine Hand aus. Sie konnte seine Berührung spüren, noch bevor die einzelne Fingerspitze ihren Knöchel streifte, ganz leicht, und doch versengend in ihrer Intensität.

„Nichts ist erfüllender als eine sexuell befriedigte Frau." Er sprach leise, während die Feuerspur ihre Wade hochwanderte. „Nehmt euch Zeit, ihren Körper zu erkunden. Lasst sie glauben, es sei ein Spiel, während ihr die ganze Zeit tiefer und tiefer unter ihre Haut kriecht. Ihre Geheimnisse ergründet."

Sie versuchte sich nicht zu bewegen, nicht zu zucken. Still liegen zu bleiben wurde schwierig. Je weiter die einzelne Fingerkuppe wanderte, desto stärker reagierte ihr Körper ohne ihre Erlaubnis, zitterte und zuckte wie eine Richterskala bei einem apokalyptischen Erdbeben.

„Was glaubt ihr, wie ich mich bisher mache?"

„Ihre Atmung wird immer noch schneller", bemerkte Cassie.

„Ja, aber was noch?" Seine Liebkosung glitt höher, über ihr Knie, an der Innenseite ihres Oberschenkels entlang. „Hat jemand ihre Muskelzuckungen bemerkt? Sie verlaufen ihr Bein entlang, meinen Berührungen voraus und erahnen meinen nächsten Schritt."

„Und sie wendet sich dir zu", ergänzte T.J. „Nicht viel, aber ein wenig."

„Das sind die winzigen Anzeichen, auf die ihr achten müsst.

Alles Bewusste könnte aus den Gründen, die ich genannt habe, ein Akt sein. Diese fast unmerklichen Veränderungen sind das, was am meisten bedeutet. Insbesondere das Erweitern dieser schönen Pupillen."

Sie war gewillt, die unmerklichen Anzeichen beiseitezuschieben und ihn an den Haaren auf das Bett zu zerren. Wie konnte ein einzelner Finger sie derart quälen?

Nein, es war nicht nur die Berührung, das durfte sie nicht vergessen. Es war sein durchdringender Blick. Seine Stimme. Seine unfehlbare Kompetenz. Die Liste wurde mit jedem Blinzeln länger.

Sein Aftershave. Sein Kleidungsgeschmack. Seine erotische Selbstlosigkeit.

Es gab nicht eine Sache an diesem Mann, die sie nicht anmachte.

Nicht eine Sache, die sie nicht dazu veranlasste, ihre Schenkel aneinanderreiben zu wollen.

Sie räusperte sich über ihren trockenen Hals hinweg und schluckte, um ihre brennende Kehle zu befeuchten.

Er unterbrach die Demonstration seiner sexuellen Kompetenz und ließ eine zärtliche Aufrichtigkeit an ihre Stelle treten. „Wie geht es dir?"

„Gut, danke." Ihre verräterische Stimme brach.

Die Leute glucksten, einige prusteten, während Bryan auf Pamela hinablächelte, seine Bewunderung ein lebendiges, atmendes Etwas.

Das Feuer entzündete sich in der Mitte ihres Oberschenkels erneut und wanderte zu ihrem Strumpfband.

Überhitzt und hyperventilierend leckte sie sich die Lippen.

Alle beobachteten sie beide, durchströmten sie mit ihrer Faszination. Von der Gruppe ging keinerlei Ablehnung aus, nur Staunen und Vergnügen. Jede einzelne Person konzentrierte sich gezielt auf ihre Erfüllung.

Er glitt mit einem Finger unter das Strumpfband und zog fest daran, um es dann mit einem Schnippen wieder loszulassen.

„Autsch", zischte sie.

„Nun, genau das ist eine geradezu blendende Darstellung von etwas, das ich falsch gemacht habe. Und ich spreche nicht von dem verbalen Hinweis. Ja, sie ist auch zusammengezuckt, was ein weiteres offensichtliches Zeichen ist, aber wäre sie schüchtern und hätte versucht ihre Reaktionen zu unterdrücken, könnten wir uns immer noch auf ihre starre Körperhaltung verlassen und die Weise, wie sie ihre Beine weggeneigt hat."

„Sie hat sich außerdem auf die Matratze zurückgezogen", meinte eine Frau.

„Ganz genau." Bryan glitt mit dem Finger an ihrem Strumpfband entlang, um den Schmerz darunter zu lindern. „Selbst wenn sie gekeucht oder gewimmert hätte, ihr Körper hat sich zurückgezogen. Das ist der Moment, in dem ihr euer Ego beiseite kehrt und erkennt, dass eurem Partner nicht gefallen hat, was ihr ihm angeboten habt."

Pamela erstarrte. Sie war sich der Signale, die sie ausgesandt hatte, nicht bewusst gewesen. Ihre Wangen kribbelten. Ihre Brust und ihr Bauch ebenfalls.

„Nun", fuhr er fort, „habt ihr einmal Mist gebaut, müsst ihr es wiedergutmachen. Fehler sind ganz normal. Ihr müsst sie bloß zu eurem Vorteil zu nutzen wissen."

Er fügte dem wohltuenden Gleiten an ihrem Strumpfband einen weiteren Finger hinzu. Langsam glitten die suchenden Fingerspitzen höher und höher, nach innen und in Richtung der empfindlichen Stelle, an der ihr Innenschenkel den Schritt ihres Höschens berührte. Sie zuckte zusammen, überreizt von den herumwirbelnden Empfindungen in ihrer Mitte.

„Besser so?", neckte er.

„Du bist fürchterlich." Sie funkelte ihn böse an und erntete damit ein weiteres Lachen aus der Menge.

Seine Berührung tauchte unter das Gummiband und verharrte dort, ohne zu ihrem Preis vorzudringen. Vor und zurück rieb er unmittelbar unter dem Gummizug und verwandelte die erogene Zone damit in einen Orgasmustrigger, der kurz vor der Detonation stand. Er würde sie ohne Penetration zum Kommen bringen.

Schon wieder.

„Ich will weiterhin Beobachtungen hören. Ruft sie hinein. Sagt mir, was ihr seht, denn von meinem Standpunkt aus ist sie ein Kaleidoskop von Signalen."

Sie wimmerte und versenkte ihre Zähne in der Unterlippe.

Er war dort. *Genau* dort. Weniger als einen Zentimeter von ihrer pulsierenden Pussy entfernt. Und dennoch schien er meilenweit entfernt zu sein. Die Zuversicht in seiner Miene verriet ihr, dass sie den Gipfel ihrer Wonne nur erklimmen würde, wenn er es zuließ.

„Ihr Rücken ist durchgedrückt", rief ein Mann.

„Sie streckt ihre Brüste vor."

„Sie rollt mit den Augen."

Das Atmen wurde schwer, als durcheinander hineingerufene Beobachtungen den Raum erfüllten.

„Sie keucht."

„Krallt sich in die Laken."

„Sie schluckt immer wieder."

Bryans Fingerspitzen rückten näher und näher, bis er schließlich durch ihre Erregung glitt, das sanfte Gleiten exquisit. Beinahe perfekt. Bloß nicht ganz ausreichend.

Sie brauchte ein bisschen mehr. Eine leichte Penetration. Ein Streichen über ihre Klitoris.

„Sie hebt dir ihre Hüften entgegen."

„Sie zittert."

„Ihre Augen sind geschlossen."

Oh, Gott.

Er hörte auf. Das himmlische Gleiten verschwand. Seine wunderbaren Finger entzogen sich ihrem Höschen.

Sie blinzelte zu ihm auf, sackte auf die Matratze, während frustrierte Tränen ihre Sicht trübten. Das war Folter. Reines, an Hysterie grenzendes Elend.

„Noch nicht, Liebes." Sein eigenes Leiden durchtränkte seine Worte. „Da ist noch eine Sache, die ich tun will, bevor ich dich ganz für mich allein habe."

„Bitte, Bryan." Sie presste die Schenkel zusammen. „Du bringst mich um."

„Ich weiß."

Er streckte ihr eine Hand entgegen, die sie ergriff, und erlaubte ihm so, sie in eine sitzende Position zu ziehen.

„Ich gebe euch allen eine letzte Chance sie zu analysieren." Er setzte sich auf die Matratzenkante und klopfte sich auf die Oberschenkel. „Komm her."

Sie runzelte die Stirn und versuchte fieberhaft herauszufinden, was als nächstes kommen würde.

„Schon okay. Es wird nicht lange dauern." Er packte ihr Handgelenk und lenkte sie der Menge zugewandt auf seinen Schoß.

Ihre Glieder zitterten vor Verlangen. Ein Schweißfilm überzog ihre Haut. Es erforderte all ihre Selbstbeherrschung, sich nicht umzudrehen und ihr Gesicht in seinem Nacken zu vergraben. Eine weitere geflüsterte Bitte und, das wusste sie, er würde ihr geben, was sie brauchte. Er würde ihrer beider Qualen beenden.

Er teilte ihre Oberschenkel mit seinen Händen, regte ihre Beine dazu an, sich über seine zu legen, und enthüllte dadurch den durchnässten Schritt ihres Höschens.

Sie bebte, vibrierte. Sie war von einer Hypersensibilität erfüllt. Sogar die leichte Reibung seines Anzugmaterials brachte sie zum Wimmern.

„Ich will, dass ihr sie genau beobachtet." Seine Stimme wurde tief, hart in ihrer Aufforderung. „Ich will, dass ihr euch konzentriert und all ihre Signale genau lest."

Ihr Atem stockte, die Vorfreude machte sie fertig. Ihr Herz drohte zu explodieren, die pulsierenden Muskeln in ihrem Brustkorb standen in Flammen.

„Bist du bereit, Liebes?"

Sie nickte, als er ihr loses Haar über ihre Schulter strich, um seine Lippen an ihr Ohr zu legen.

„Dieser Test basiert auf Worten", wisperte er. „Mal sehen, welche Reaktionen ich hervorrufen kann."

Sie nickte erneut, bereit, so verdammt bereit seinen Dirty Talk zu hören.

„Bist du sicher, dass du soweit bist?"

„Ja", keuchte sie. Sie wollte, dass es vorbei war, damit sie ihn bespringen, ihre Lippen auf seine pressen und seinen Körper unter ihren zerren konnte.

„Okay."

Sie hörte, wie er schluckte, und spürte, wie sein Bart ihre Wange kitzelte.

„Ella …“ Seine Stimme war kaum hörbar, sodass alle Anwesenden nicht mitbekommen würden, worum es bei ihrem Gespräch ging. „Ich wollte es dir schon eine ganze Weile sagen. Aber ich wusste nicht, wie du reagieren würdest.“

Sie nickte und versuchte ihn mit dem hektischen Kopfwackeln zu einem schnelleren Abschluss zu bewegen.

„Ella …“ Er hielt inne, seufzte, die Hände an ihren Oberschenkeln schwitzten. „Ich liebe dich.“

Die Erregung verschwand. Die Geräuschkulisse ebenfalls.

Da war nichts mehr.

Keine Gedanken. Kein Begreifen. Bloß eine langsame Wiederholung seiner sanften Äußerung in ihrem Kopf.

„Das sieht nicht gut aus.“ Entfernte Worte durchbrachen ihre Benommenheit.

„Was auch immer du gesagt hast, hat ihre Lust vertrieben.“

„Du hast es versaut, Brute. Sie ist nicht mehr scharf.“

Diese drei Wörter waren eine Traumvorstellung gewesen. Sie hätte nie erwartet, dass sie Wirklichkeit werden würde. Sie waren zu wichtig für ihn. Zu besonders. Drei kleine Wörter zerbrachen sie und machten alles instabil – ihr Herz, ihren Verstand, ihre Emotionen.

Starke Hände umfingen ihre Taille, hoben sie hoch und drehten ihren kraftlosen Körper, bis sie seitwärts auf seinem Schoß saß.

„Ella?“ Seine blauen Augen blinzelten besorgt, seine Verletzlichkeit für jedermann sichtbar. „Ich hätte meinen Mund halten sollen, nicht wahr?“

„Nein.“ Sie schüttelte den Kopf. Ihre Zunge verknotete sich in all den Dingen, die sie sagen wollte. In all den Dingen, die er hören musste. „Auf keinen Fall.“

„Was ist passiert?“, rief eine Frau. „Was geht hier vor?“

Seine Nasenflügel bebten, und die Härte kehrte in seine Gesichtszüge zurück. „Ich hätte das woanders machen sollen.“

„Warum hast du das nicht?“ Die Frage purzelte aus ihrem Mund. „Warum jetzt? Warum hier?“

Sie verstand es nicht. Es wäre so viel einfacher für ihn gewesen, diesen Moment ungestört zu teilen. Allein. Ohne die ganzen prüfenden Blicke.

„Ich kann deinen Körper lesen, als wäre er mein eigener, Liebes. Aber wenn es darum geht, deine Gefühle zu lesen, bin ich ahnungslos. Ich brauchte ihre Unterstützung, um deine Reaktion zu verstehen." Er stieß ein bitteres Lachen aus. „Das ist scheinbar nicht gerade gut für mich ausgegangen."

„Natürlich ist es das. Ich bin nur schockiert, das ist alles."

„Du fängst gleich an zu weinen."

„Nein." Sie wischte sich die einsame Träne weg, die sich befreit hatte. „Tue ich nicht."

Er hob vielsagend eine Braue.

„Naja, tue ich, aber nur, weil ich glücklich bin. Ich hätte nie erwartet, die Worte je von dir zu hören."

Er versteifte sich. „Weil ich ein herzloses Arschloch bin?"

„Bryan, ich weiß, dass diese Aussage dir die Welt bedeutet. Und ich ..."

„Und du hast nicht erkannt, dass du mir mehr als die Welt bedeutest?"

Ihre Brust erhitzte sich, Wärme und Erleichterung überfluteten sie gleichermaßen. „Ich war mir nicht sicher."

„Sei dir sicher, Ella", flüsterte er. „Es gibt nichts Wichtigeres für mich als dich. Ganz gleich, was du im Gegenzug empfindest."

Seine Finger glitten ihren Kiefer entlang, hielten sie fest, als er sich für einen zärtlichen Kuss vorbeugte. Die Berührung seiner Lippen dauerte eine Sekunde, bevor er sich zurückzog.

Nein. Sie wollte mehr. *Brauchte* mehr.

Sie stand auf, um ihre Position zu ändern und sich rittlings auf seinen Schoß zu setzen.

„Diese erbärmliche Ausrede eines Kusses ist nicht ausreichend." Sie stieß ihn in die Brust und erntete ein Glucksen. „Nicht, nachdem du mich bis zur Gedankenlosigkeit gequält hast."

„Willkommen in meinem Leben. So fühlt es sich an, jeden verdammten Tag mit dir zu leben."

Sie lehnte lächelnd ihren Kopf an seine Schulter und ließ ihre Arme um seine Taille gleiten, während sich seine um ihren Rücken wanden.

Seine Gefühle glichen ihren eigenen. Ihre Bewunderung und Zuneigung wurden erwidert. Der gnadenlose Mann, den sie einmal für herzlos gehalten hatte, war zärtlicher und liebevoller, als man sich überhaupt vorstellen konnte.

„Sollen wir immer noch beobachten?", fragte jemand, als die Stille, verursacht durch wachsende Verwirrung, die zuvor erhitzte Atmosphäre veränderte.

Keiner von ihnen beiden antwortete. Keiner von ihnen bewegte sich oder sprach, während sie weiterhin so taten, als gäbe es die Welt nicht.

Für Pamela existierte nichts anderes.

Nur er.

Nur sie.

„Bryan?", flüsterte sie.

Er gab ihr einen zarten Schmetterlingskuss auf den Hals. „Ja, Liebes?"

„Ich liebe dich mehr."

Jeder Muskel unter ihr spannte sich an. Seine Arme verkrampften sich in ihrem Rücken.

„Oh, Scheiße", murmelte jemand aus der Menge. „Was zum Teufel ist da los?"

„Ich bin verwirrt. Gehört das zur Vorführung?", fragte eine Frau.

„Das denke ich nicht", übertönte Leos Stimme die zunehmenden Spekulationen. „Das war's, Leute. Das ist das Ende der Show. Geben wir ihnen etwas Privatsphäre, okay?"

Schlurfende Füße schlichen um das Bett herum. Gemurmelte Worte erreichten ihre Ohren. Aber sie ließ ihn nicht los. Auch als der Raum wieder zu seiner üblichen Darbietung von Dirty Talk und Genuss zurückkehrte, unterbrach sie ihre feste Umarmung nicht.

„Das hat noch nie jemand zu mir gesagt." Sein Griff verstärkte sich, um sie wie einen Rettungsanker an sich zu pressen. „Ich wusste nie, wie es sich anfühlen würde."

„Wie fühlt es sich an?"

„Ich weiß es nicht." Er schüttelte den Kopf. „Es fühlt sich wohl so an, als wäre ich nicht mehr allein."

„Das bist du nicht. Wirst du nie wieder sein." Sie würde dafür sorgen, dass er das erkannte. Jeden Tag ein wenig mehr, egal, wie lange es dauerte. „Bring mich nach Hause, Bryan. Ich will jetzt nicht hier sein."

„Gute Entscheidung." Er küsste ihre Stirn und stand auf, wobei er sie wie ein Kind um seine Taille geschlungen hielt. „Aber zuerst will ich die Worte noch einmal hören."

„Welche Worte?" Sie grinste, was ihren Versuch, die Dumme zu spielen, scheitern ließ.

„Du weißt, wovon ich spreche."

„Schon, aber ich will, dass du richtig fragst."

Sein Kiefer spannte sich an, doch er sah der Verwundbarkeit offen ins Gesicht und senkte sein Kinn, während er sie mit seinem Blick durchbohrte. „Sag mir, dass du mich liebst, Ella."

Schmerz explodierte in ihrer Brust. Der köstlichste und erfüllendste Schmerz, den sie je empfunden hatte. „Ich liebe dich, Bryan Munro. Ich liebe jeden einzelnen Teil von dir."

THE VAULT

- Erwacht
- Vereint
- Gnadenlos

HUNTING HER

- Hunter

RECKLESS BEAT

- Blinde Leidenschaft

ÜBER DIE AUTORIN

Eden Summers ist eine Bestsellerautorin von zeitgenössischen Liebesromanen, die sich durch eine gehörige Portion Knistern und Sarkasmus auszeichnen.

Sie lebt in Australien mit ihrer jungen Familie, die sich durchaus bewusst ist, dass sie langsam aber sicher dem Wahnsinn verfällt.

Eden hat ein Faible für extrem dominante, dunkelhaarige und sarkastische Romanhelden; ihre Heldinnen sind starke Frauen, die ein Gespür dafür haben, wann sie sich auf die Zunge beißen oder mit einem lieblichen Lächeln Rache nehmen sollten.

Weitere Informationen:
www.edensummers.com
eden@edensummers.com

9 781925 512342